KB071084

수마트라 우림 속의
검은 황금을 찾아서

사막에서
정글까지 II
더 깊은 정글로

신현호 지음

지식공감

사막에서 정글까지 II

더 깊은 정글로

머리말

《사막에서 정글까지》를 발간한 지 약 10개월이 지났다.

친지들에게 증정본으로 보냈고 시중 서점에서도 또한 인터넷으로 비록 적은 숫자일망정 내 책이 팔려나갔다.

내 글을 읽어준 독자들로 하여금 과분할 정도의 격려의 말들이 쏟아졌다. 나와 비슷한 젊은 날을 보냈던 친구들은 오랫동안 잊었던 현장 이야기에 신이 나기도 하고… 또 어떤 친구는 마치 무협지를 보는 듯하다고 했는데, 칭찬인지 비웃음인지 구별이 안 되기도 했다. 재미있었다는 표현을 그리했을 거라고 내 나름 해석하기도 했지만, 가장 인상 깊은 서평은 자기 아들, 며느리, 사위, 딸들에게 필독하라고 주었다는 친구의 글이었다.

나를 아껴주는 어느 선배님은 말하기를, "자네 늙어가는 게 참 안타깝다."라기도 했다. 출판사를 통해서 〈팬 미팅〉도 두 번이나 초대받는 즐거움도 있었다.

너무나 벅찬 느낌이었다. 이 글을 쓰면서 '과연 이 대단치 않은 이야기를 누가 읽어줄 것인가?'라는 걱정과 두려움이 앞섰던 것이 솔직한 나의 심정이었다.

내 책이 발간 되도록 도와준 도서출판 지식공감에 의하면 나 같은 아마추어 작가가 쓴 책이 시중에서 단 한 권도 팔리지 않는 경우가 허다하다는데, 그래도 내 책은 소량이나마 팔려나갔다는 것에 나는 신기해했고, 그나마 충분히 감사한 마음이다. 심지어 미국 LA 지역에 있는 반디서점에서도 수십 권이 팔려 나갔다.

《사막에서 정글까지》를 출간하고 난 후 뭔가 끝나지 않은 미진한 느낌이 남아 있었다.

동칼리만탄 비료공장 프로젝트 이후 진짜 정글에 들어가 숱한 어려움을 겪어낸 석탄 광산 이야기며, 귀국해서 그 당시 유행했던 다세대 주택 지어 팔기, 주문주택 지어주기 등 소형 건축업자로서 살아온 이야기며, 식당을 개업하여 지역사회에서 제법 유명세를 누려도 보고, 그리 멀지 않은 시골 땅에 100여 년 된 낡은 한옥과 밭을 사들여 주말 농부가 아닌 '제대로 된 농부'로 십여 년 살아간 이야기며….

나이 60이 넘어서 또다시 인도네시아에 건설되는 포스코(Posco) 제철공장에 불려 나가서 젊은 시절 근무지였던 칠레곤(Chilegon)시에서 또다시 건설 현장 담당 임원으로 일하며 기술자로서 마지막을 불태우던 추억….

나이와 체력의 한계를 느끼고 있을 때 과음과 스트레스로 어느 날 갑자기 쓰려져 지금까지 10년이란 긴 세월을 환자로서 투병 생활을 해오며 겪은 이야기 등을 끝까지 써보고 싶은 생각이 들기 시작했다. 그래서 마음을 고쳐먹고 다시 책상에 앉았다.

나의 자전적 에세이집 "사막에서 정글까지"를 후편까지 써냄에 있어서, 문구와 어휘를 다듬어준 오래된 스승같은 친구 권태일 그리고 이성균 선생, 또한 '도서출판 지식공감'의 전재진 부장님께도 고마움을 표한다.

좋게 보면 다양했던 나의 삶, 나쁘게 표현하면 파란만장했던 삶.

그래! 나의 삶이다. 나와 인생을 한때라도 같은 시공에서 공존했던 모든 이에게 나의 삶을 선사한다. 감사합니다. 행복했습니다.

2022년 4월
水落山 아랫동네에서 脫稿하면서
著者 申鉉浩

목차

제2장
골목 건축공사
소규모 건축업

제3장
다시 직장인으로

부록: 못다 한 이야기

제1장

/

석탄 줄기 찾아 (더 깊은 정글로)

수마트라 원시 정글로

건설회사가
석탄개발 사업으로 전환

/

　칼리만탄 티모르 비료공장 프로젝트를 끝내고, 자카르타(JKT) 본사로 들어온 지 약 두세 달 정도가 되었을까?

　김해근 씨는 이미 JSI사(社)를 퇴직하고 수마트라 모 지역에 석탄 사업을 하고 있었으므로 본사에 남은 한국인 직원은 오직 나 하나뿐이었고, 중국계 직원은 Mr. 씻왈린, 인디아계 젊은 직원 몇 명뿐이다. 이미 이 회사는 인도네시아 건설업계에서 더 이상 건설공사를 수주하는 데에는 벽에 부딪힌 상태인 것 같다.

　내가 다녀온 칼팀 공사를 마지막으로 아무런 신규 수주가 없이 회사 전체는 생동감 없이 적막한 세월이 이어지고, 대부분의 직원들은 퇴직했든가 혹은 구조 조정으로 회사를 떠나간 상태였다.

　이런 상태에서 나는 인도네시아에 온 지 무려 6년 만에야 JKT 생활을 여유롭게 할 수 있는 시간이 되었다. 주변의 골프장도 다니고 이곳에 유명한 마사지도 받아보며, 친지들이 사는 집도 방문하고 맛집 식당 등을 찾아다니며 실로 몇 년만의 한가로움을 즐기는 시간이었다.

　아침 시간에 T.K사장실에서 커피타임을 할 때면 T.K사장님은 "Mr. 신, 이렇게 할 일이 없을 때 운동도 하러 다니고 골프장도 다녀요. 근무시간 중에도 좋으니 마음대로 외출하시오." 한다. 사장님의 이런 배려 속에 편안한 마음으로 JKT 생활을 즐길 수 있었다.

당시 JKT 시티는 시설과 건물 등 도시환경이 어떤 면으로 보면 서울 보다 훨씬 진일보된 도시환경이었다고 기억된다. 대중교통이 별로 없고 아침저녁으로 교통난을 겪는 문제나 도시 빈민들의 질서 없는 행상 행위로 조금 정신없어 보이기는 해도 말이다.

이 회사에는 또 하나의 전통이 있다. T.K 부친이신 썸청 회장께서 말레이 정글에서 창업했을 때부터 생긴 전통이라 하는데, 직원들이 정글에서 죽어라 일을 하다가 모처럼 집에 갈 때는 가는 편에 그 가족들이 일용할 생필품과 식량을 든든히 실어서 보내는 것이다.

어느 날 퇴근길에 내 차에 쌀 몇 포대와 식용유, 화장지, 샴푸 등 꽤 많은 양의 물품들이 뒷자리에 실려 있었다.

"이게 뭐냐?"라고 묻자 운전수는 회사에서 당신 가족들에게 정기적으로 주는 물건이라고 했다. 값어치로 말하자면 별거 아니지만, 집에 있는 사람은 엄청 좋아했다. 오래전 생겨난 전통을 현대식 기업이 된 지금도 이어가는 것이 나도 좋은 전통이라 생각되었다.

이렇게 JKT 생활이 점점 익숙해지고 마치 내가 인도네시아에 이민이라도 온 것 같은 착각까지 들 즈음, 어느 날 T.K 사장이 나를 불렀다. 사무실 책상 앞에 단정히 마주 앉아 진지하게 말을 꺼냈다.

그의 말은 대략 이러했다. 우리 회사는 인도네시아 건설시장에서 더이상 건설 프로젝트 수주가 어려워졌다는 것. 그래서 그 타개책으로 석탄개발 사업으로 방향을 바꾸기로 했다는 것이다.

석탄 사업의 배경은 이러했다.

인도네시아 국토 내에는 자본과 기술의 부족으로 캐내지 못한 엄청난 양의 석탄이 매장되어 있다는 것이다. 당시 인도네시아에는 대부분의 발전소가 석탄 화력발전소였지만 자국 내 석탄을 사용 못 하고 호주 석탄 수입에 의존해 왔는데, 그즈음 호주 석탄 노동자들의 극심한 노동쟁의로 인하여 폐광하는 광산이 많아졌기 때문에 호주 석탄 수입에 큰 차질이 생겼다는 것이다. 그래서 인도네시아 자국 내에서 소비되는 석탄 수요를 충당하기 위해서라도 자국 생산하지 않으면 안 되는 상황이 발생했다는 것이다.

그리하여 인도네시아 정부는 자국 국토 내 석탄 매장량을 대대적으로 조사하고 그 석탄 탄좌를 민간 기업의 민자투자로 개발하려는 계획을 발표했다. 그때 인도네시아 정부의 동력자원부가 내놓은 탄좌가 전 국토에 몇십 개가 되었는데, 그중 경제성이 좋다고 생각되는 몇 개의 탄좌를 T.K 사장은 이미 덜컥 사들인 상태였다.

이러한 배경 설명하면서 T.K는 나에게 말했다.

"Mr. 신 같은 구조물 엔지니어에게 매우 미안한 제안이지만, 회사의 형편이 이러하니…. 당신에게 석탄 탄좌 개발이란 것이 적당치 않다는 것 알아요. 그러나 이 일에 참여해 보지 않겠어요?"

이렇듯 사주께서 진지하게 이야기하는데 "나는 싫어요!" 할 수도 없었고, 거부한들 솔직히 내게 다른 방법이 있지도 않았다.

그분은 아마도 이제쯤은 나라는 사람을 스쳐 가는 용병 엔지니어가 아니라, 진실된 식구의 한 사람으로 받아들이고 있음을 나는 느끼고 있었다.

T.K LOW 사장을
소개함

/

　싱가포르에 오래된 건설그룹사인 SUM(森) 건설그룹의 오너 라오썸 (劉森) 회장의 장남으로서 한자식 이름은 劉德光, 중국 발음으로 '라오득광'이고, 우리식 발음으로는 유덕광이다.

　부친이 운영하는 〈깊은기초〉 전문건설회사에서 젊은 나이부터 해안 항만 공사 등을 담당하며 자연스럽게 건설 사업에 숙달된 사람이다. 지나치게 똑똑하고 매사에 결론이 빠르며 매우 스마트한 성품을 가진 48년생 중국계 싱가포르인이다. 지금 내가 근무하는 'JSI' 회사는 그가 인도네시아에 설립한 현지 법인체이다.

　외모를 보자면 약 170㎝ 정도의 신장에, 60㎏ 정도의 다소 마른 체구를 갖고, 반짝이는 졸보기 금테 안경에 다소 앞으로 빠져나온 아래턱, 하얀 모시 와이셔츠에 윤기 자르르한 회색 양복을 자주 입는다. 뒷굽이 조금 높은 살색 송아지 가죽 구두에 가벼운 발걸음, 만다린 중국어는 물론 똑 떨어지는 영어 구사. 누가 봐도 동양인치고는 상당히 세련되고 부티가 좍~ 흐르는 외모를 갖춘 사람이다. 이 사람과 마주하고 앉으면 원인 모를 열등감에 나 자신이 움츠러드는 경우가 있었다고 기억된다.

부인은 일본 여인인데, 49년생이라 한다. 내가 그들을 처음 만난 건 내 나이 33세 때이니까 그때 그들은 35~36세 됐을 것이다. 일본기업 '브리지스톤' 사장의 딸이다.

두 사람이 같이 나타나는 경우가 있는데 말끔하고 간결한 동양인 부부, 완벽한 커플로 보인다. 그녀는 JKT 모처에서 '까뽀유끼'라는 일본식 술집을 경영한다. 남편이 그만한 재력가임에도 불구하고 이런 업소를 운영한다는 것이 조금은 이해가 안 되지만, 아마도 그녀의 젊은 시절 '생활 패턴'의 관성이 아닐까 하는 생각이 든다.

이들 부부는 사이에는 아이가 없다. 하지만 그녀의 소생은 아닌, 당시 7세의 아들이 딱 하나 있다. 이 아이의 엄마는 대만의 가수라는데, 후덕하게 생긴 육덕진 아줌마이다. 또 다른 한 명의 여인은 성명 미상의 홍콩 여배우, 이 여인은 그저 단순한 첩이라는데, 나는 그녀까지는 본 적이 없다. 여하튼 이렇게 세 여인과 관계를 유지하고 살아가는 동남아의 소위 '잘난 남자'다.

게다가 싱가포르의 부친 회사를 벗어나 인도네시아에 현지 법인을 세우고, 좋은 공사를 골라서 수주하며 발리섬에서는 진주조개 양식업도 하는 등 사업에 있어서도 고수라 할 수 있다.

인도네시아 파트너 사장은 'Mr. 에카'라는 분인데 인도네시아 내부에서는 정계·재계를 통틀어 상당한 영향력과 실력을 갖춘 분이었다. 동네 아저씨 같은 부드러운 외모와 인정미 넘치는 덕담도 잘해주는 사람이다.

현지 법인을 설립하고자 하면, 현지 파트너가 필수적으로 구비되어야 하는 '설립요건'에 따라 공동 대표 자격으로 JSI에 와 있는 분이다.

그래서 본사에는 사장실이 두 개다. 내부에 있는 책상, 소파, 회의 탁자까지 똑같은 사장실에 한쪽에는 'T.K' 사장, 한쪽에는 '에카' 사장이 앉아 있다.

중요 결재나 업무 토론은 주로 T.K 사장실에서 이루어진다. 즉 모든 실무적 처리와 결정 사항은 모두 'T.K' 사장이 처리하고 '에카' 사장은 회계상 도출되는 이익금 중 약속된 일정 지분만큼만 가져가면 되는 사이인 것이다.

위에서 말했듯이 T.K 사장은 일본인 처와 대만 국적의 아이 생모, 홍콩 여배우까지 세 여인을 곁에 두고 아무렇지도 않은 듯 살아가고 있었는데, 그의 나이 40을 넘기면서 또 한 명의 여인이 생겼다.

내가 당시 근무하던 본사 사무실엔 업무 보조 여직원들이 몇 명 있었는데, 대부분은 유부녀였고, 처녀로서는 우리 기술직 직원들이 만드는 내역서나 계약서 등을 도와주는 아주 영리한 중국계 인도네시아 국적의 '스와니'라는 아주 젊은 아가씨가 있었다. 이 아이가 얼마 전부터 평소 하지 않던 화장을 한다든가, 복장이 점점 야해지고, 앙상한 몸매였는데 살집이 다소 붙으며 모양새가 봐줄 만하게 여성스러워졌다고 생각했는데, 그러던 어느 날부터 사무실에 출근하지 않았다.

그러자 직원들 사이에 소문이 돌았다. '스와니'가 'T.K' 사장의 첩이 되어 들어앉았다는 것이다. 최근에 들은 소식은 두 아들과 미국으로 이주하여 잘살고 있다고 한다.

하여튼 T.K 사장은 여자 편력이 대단한 것 같다. 세상에서 최고 명품이라는 것은 모두 소유하고 마음껏 즐기며 살아가는, 잘난 남자이다. 여자는 일본 여자, 음식은 중국 음식, 자동차는 독일제, 차 번호는 중국인이 좋아하는 8번, 번호판에 아무 표시 없이 8자 하나만 달랑 적힌 판. 이런 차는 길에서 경찰도 경례를 한다. 이런 번호를 받으려면 큰돈이 든다 했다.

'하루요' 여사는 아이를 못 낳는 탓으로 대만 엄마, 홍콩 배우까지는 아무 소리 않고 있다가 나이 어린 인도네시아 처녀 '스와니'가 나타났을 때는 정말 화가 났던가 보다. 자기 남편 T.K를 끌고 나와 직원들 합숙소 건물로 가서, 직원들 다 나오라 소리치고, 그 방마다 한 명씩 들어있는 현지처들을 모두 야단치며 T.K 사장을 개망신시켰다는 후문을 들었다.

깊은 원시림,
정글로 가는 길

/

나는 감사한 마음으로 그분의 제안을 받아들였다.

회사에서 이미 구입한 탄좌는 수마트라 남서부에 위치한 〈뱅끌루 탄좌〉, 자바 중남부 〈수게부미 탄좌〉 칼리만탄 북동쪽의 〈브로운 탄좌〉 등이 있었는데, 그중 전혀 미개발 탄좌인 〈뱅끌루 탄좌〉를 맡아서 해결해 보라는 것이었다.

나는 즉시 회사가 현재까지 가지고 있는 뱅끌루 탄좌에 대한 자료를 받아놓고 그 지역의 입지 조건부터 공부하기 시작했다. 이런 미지의 세계로 들어가려면 준비할 것이 많았다.

제일 중요한 것이 〈1/50,000 지형도〉인데 이 나라에선 이런 지도를 구할 길이 막막했다. 한국의 경우 국립지리원(국토지리정보원)에서 구입하든가, 종로에 있는 ○○지도사에서 전국 도곽별로 잘 정리된 것 중 내가 필요로 하는 도곽을 구매하면 된다. 간단한 나의 인적 사항과 사용처만 적으면 어렵지 않게 구할 수 있는 지도이지만 인도네시아에서는 이런 지형도를 공개적으로 구할 곳이 없었다. 주변에 문의해 봐도 이런 지도의 존재 자체를 아는 사람이 없다.

군 시절 작전상황판에 의례 끼어있는 이 지도가 지금 내가 정글로 들어감에 있어서 꼭 필요로 했다.

그밖에 〈쌍안경〉과 〈스케일 자〉 눈금이 정교한 〈군사용 컴퍼스〉와 〈육분의〉도 필요했다. 그런데 다른 것은 다 구입했지만 지도는 여전히 구하지 못했다. 그러던 중 인도네시아군 출신인 한 직원에게 물어보니 그한테 뜻밖의 답이 나왔다. 인도네시아 육군 본부에 가면 어렵지만 그 지도를 구할 수 있을 거라는 것이다.

이 나라의 군부대는 아무나 출입도 안 되고 무지하게 고자세이므로, 접근 자체가 어려운 곳이다. T.K 사장에게 이런 말을 하니 그가 구해 주겠다고 한다. 그로부터 3~4일 후 지도가 내게 왔다. 놀라웠다.

그런데 지도 인쇄 날짜가 2차 대전 중인 1942년도이다. 게다가 지도가 새것도 아니었다. 누군가가 접고 펼친 자리가 선명했다. 한술 더 떠 표기된 문자는 로마자인데 독일어로 설명되어있다. 이건 아마도 네덜란드 강점기에 그들이 만든 지도임이 틀림없다고 판단했다.

여하튼 나는 이 귀한 자료를 곱게 펴서 내가 집중적으로 Survey 해야 할 〈Kethahun〉이란 지역을 중심으로 확대 복사하여 Hard지에 올려놓고 조심스레 〈아스테이지〉로 포장하여 작전상황판을 만들었다.

또 한 가지 JKT 뒷골목 시장에서 험상궂게 생긴 대검 한 자루를 구입해서 오른쪽 허리와 허벅지에 묶어서 언제라도 뽑아 들 수 있게 준비했다. 이건 완전히 '람보'의 폼이다. 아무도 들어가 본 적이 없는 몇천 년 천연정글에 들어가자면. 이 정도의 호신 무기는 있어야 하겠다고 생각했다.

이러저러한 절차를 겪으면서 인도네시아 최고 정글 지역인 수마트라로 향했다. 이번에도 추 박사와 동행이다.

위치는 수마트라 중서부에 있는 뱅끌루(BKL) 시티이다. JKT에서 뱅끌루까지는 국내선 항공으로 약 1시간이 소요된다.

JKT에서 BLK로 가는 방향은 JKT에서 서쪽 방향이므로 몇 년 전 우리가 시공했던 수랄라야 화력발전소 상공으로 지나가게 되어 있다. 비행기 창을 통하여 내려다보고 있었는데, 역시 이 지역은 내가 2년 반이나 있었던 곳이라 그런지 눈에 띄는 대로 알아볼 수가 있었다.

'아하, 저기는 쎄랑 시티구나, 오~, 저기는 칠레곤 시티이고, 아하 ~.'

수랄라야 화력 발전소(비행기에서 촬영)

드디어 수랄라야 발전소가 창문 밖으로 보였다.

방파제 모습과 냉각수 인입 Chanel이 보인다. 제1기 발전소의 높다란 굴뚝에서 연기가 피어오른다. 발전을 하고 있다는 얘기다. 옅은 구름 사이로 그 모습을 본 나는 재빨리 카메라를 꺼내어 그 현장 전체를 항공사진으로 담았다.

아, 왜 이리 기분이 좋을까. 내가 참여했던 공사를 객관적으로 다시 쳐다보는 이 뿌듯한 심정은 건설 기술자만이 느끼는 벅찬 보람이다.

'앞으로 기회 있을 때마다 내 손으로 빚어낸 현장을 모두 둘러보리라. 내 체력이 다 하기 전에…'

이런 생각을 하다가 어느덧 뱅끌루 공항에 착륙했다.

'에디친'이 보낸 차를 타고 그 팀들이 숙소 겸 사무실로 사용하는 뱅끌루(BKL) 시내 모처에 임차한 커다란 주택에 도착했다.

'에디'가 주인방(Master Room)에 이미 자리 잡고 있었고 그 팀원(전원)들이 세 명으로 각기 방 세 개를 사용하고 있었으므로 나머지 방으로는 그저 잠자리가 해결될 수 있는 방 몇 개가 남아 있었다.

나는 일단 〈끄따운〉 현장으로 나가기 전까지, 이 집을 근거로 준비 작업을 해야 하는 것이다. 대략 1개월 정도 이 집에 있어야 하는데 '에디'의 손아래 직원이라도 된 듯한 분위기가 영 마음에 걸린다. 즉, 욕실도 없는 건넌방에 자리를 잡고, 샤워를 하자면 뒷마당에 임시로 만들어 놓은 칸막이 샤워장으로 가야 한다. 모두 모여 밥을 먹을 때도 '에디'가 으레 상석에 앉는 꼴이 괜스레 속이 꼬인다.

'에디 친'이란 직원은 중국계 말레이인으로서 나이는 나보다 4~5세 아래다. 어느 학교에서 무슨 공부를 했는지는 모르겠는데 싱가포르 회장댁 로열 Family라 하고 T.K 사장이나 추 박사에게는 깍듯이 처신을 잘한다.

그러나 그는 현장 경험이 없는지라, 나 같은 현장인에게는 약간의 열등감과 한편 '너 정도는 내가 이겨 먹어야겠다.'라는 야비한 모습이 여기저기 보이는 자였다. 만약 한때라도 나와 현장 경험을 같이 해 보앉다면 그와 나는 자연스럽게 서열 정리가 되었으련만…. 지금 그의 태도에서 보이는 나라는 존재는, 용병으로 입사해서 슬슬 치고 올라와 자리매김을 하고 있는 너 같은 꼬레아 용병, '언젠가 걸리기만 해봐라.' 하고 벼르고나 있었던 것처럼 사사건건 내 존재를 뭉개고 있었다. 싸잡아서 내가 데리고 간 내 직원들 Mr. 찬, Mr. 탄, Mr. 용 등도 덩달아 심할 정도의 눈칫밥을 먹었다.

이들은 지난 세월 나의 수하 직원으로서 나와의 관계는 서열이 분명한 직원들이다. 이들도 중국계 말레이인이고 '에디'와는 나이도 비슷하여 친구처럼 편히 지내는 사이였지만, 그들은 나에게는 확실히 윗사람 대접을 하고 있으니, '에디'에게는 이것도 못마땅한 모양이다.

그렇게 지내는 중에 내 팀 직원들과 '에디' 사이에 가벼운 다툼이 생겨서 분위가 아주 이상하게 흘러갈 때, 내가 말참견을 한 것이 도화선이 되어 '에디'란 친구가 나에게 두 눈 똑바로 뜨고 마치 야단치듯 몇 마디를 던지는 사건이 생겼다.

나, 이런 상황에서 잘 참지 못하는 다혈질 남자다.

그러나 이날은 '욱!' 치밀어 오름을 억누르며 말했다.

"헤이, Mr. 에디, 나 무지하게 다혈(Hot Blood) 성격인데 오늘은 일단 더 이상 말하지 않겠다. 너도 성격이 급한 것 같은데, 나도 이 회사에 입사한 지 6년이 넘었고 모든 면에서 너보다는 고참이다. 지난 현장에서 내가 어떻게 살아왔는지 다른 직원에게 물어보고 추 박사에게도 물어봐라. 일단 오늘은 인내하겠다. 나에게 할 말이 더 생각나면 다시 이야기해라, 그러면 그때는 말이든 행동이든 대답해 주겠다."라고 했다.

그리고 이틀인가 지난 아침에 그가 나에게 똑바로 서서 말하길,

"Mr. 신, 내가 경솔하게 군것에 대하여 사과합니다."라고 한다.

　나는 즉시 "그래. 그 사과 받아들이겠다. 앞으로 친구처럼 잘 지내자." 하고 악수했다.

　하지만 그 이후로부터 나는 그를 더 볼 기회도 없었고, 내가 맡은 현장으로 떠나갔다.

새끼 침팬지

/

〈뱅끌루〉의 '에디'네 숙소에 1개월 정도 함께 살던 때, 이 집에서 일하는 현지 아줌마가 세 명인가 있었는데, 그중에 한 명이 엄마 잃은 새끼 침팬지 한 마리를 키우며 살았다.

이놈은 온 집안을 놀이터 삼아 엄청 어지르고 옷장 위, 장롱 뒤 할 것 없이 수도 없이 오르내리며 정신을 뺀다. 배고프다고 조르면 젖병에 우유를 담아준다. 이걸 한 손에 들고 소파 위로 훌쩍 올라와 반쯤 누운 자세로 우유병을 들고 꼴딱꼴딱 빨아먹는 모양이 우습기도 하고 귀엽기도 했다.

우유병이 다 비워지면 거실 바닥에 팽개치고 또 운다. 더 달라고 우는 소리가 짐승 소리가 아니라 거의 사람 아이처럼 운다. 새로 우유병을 채워주면 반쯤 먹다가 배가 부를 때쯤이면 남은 병을 또 거실 바닥으로 던진다. 그러면 우유가 줄줄 바닥에 흐른다. 그리고는 냉장고 위로, TV 뒤로, 소파 아래로 들쑤시며 돌아다니며 논다.

'사람 엄마'가 "몽이야! 시장가자" 하고 부르면 신이 나서 달려가 기저귀 차고 뒤뚱거리면서 엄마 손 잡고 따라가는 모습이 영락없이 사람 흉내를 낸다.

이놈은 나를 제일 싫어하고 무서워한다. 왜냐하면 보기만 하면 야단을 치니까. 일보고 집에 들어오다가 나와 마주치면 잽싸게 장식장 꼭대기로 후다닥 올라가서 고개를 숙이고 숨는다. 내가 소파에 앉아 있으면 고개를 살며시 들어 상태를 살핀다. 그러다가 나와 눈이 마주치면 나는 즉시, "요년! 저리 가!"하고 호통치면 고개를 쏙 내려서 다시 숨는다. 그러다가 순간적으로 뛰어 내려와서 '사람 엄마'에게로 도망간다. 엄마 치마폭으로 폴짝 숨으면서 찡얼거리는 소리를 낸다. 그리고는 "엄마, 저 아저씨 무서워!"라고 이르듯이 종알댄다.

귀엽기도 하지만 원숭이와 같은 집에 사는 건 싫다.

정글 신고식

/

뱅끌루 사무실에서 내 현장으로 떠날 준비가 모두 끝났다.

여기서 내가 더 가야 할 곳은 '끄따운'이란 곳인데 북쪽으로 약 70 ㎞ 떨어진 곳의 작은 마을이다.

1단계로 탄좌 위치까지의 탐사작업을 해야 한다. 우리 직원들이 머무를 수 있는 전초기지 겸 숙소도 구해 놔야 한다. 직원들 각자 자기 장비도 갖추고 JKT 본사에서 준비해온 장비, 지도 등 모두 챙기고 이곳 BKL에서 구입한 식품, 야영 장비 등을 모두 사륜구동 소형 트럭에 적재하고 직원들도 사륜구동 Toyota 랜드크루저 차에 올라 진짜 정글로 출발했다.

첫날은 우리가 탄 자동차가 들어갈 수 있는 마지막 지점까지 들어갔다. 도로는 BKL시내를 벗어나자마자 흙먼지 날리는 비포장도로이고 정글로 들어가는 길은 이미 도로라고 볼 수 없는 자갈과 큰 돌들이 어지러이 깔린 험한 길이다.

골짜기에서 내려온 물이 콸콸 흘러내리는 냇물 옆을 따라, 보통 자동차로는 도저히 굴러가지도 못할 산악 길을 운전자는 요령껏 잘도 간다. 내려서 걷는 편이 나을 것 같다. 얼마나 덜컹거리면서 지그재그로 가는지 앉아 있기도 힘들었다.

운전자는 '텔만'이라는 젊은이인데 칼팀(Kaltim) 시절부터 내 자동차 운전사이다. 이곳까지 나를 따라온 착실한 청년이다. 그는 이곳 지리에 밝았다.

"자, 여기서부터는 자동차가 갈 수 없습니다."

"오! 그래?"

우리 일행은 차에서 내려섰다.

그 순간, "끄엉 끄엉, 끄으윽 끄으윽 머엉 머엉 우앙 우앙" 하는 소리가 숲속에서 들려왔다. 나로서는 난생처음 들어보는 소리다.

나와 같이 간 추 박사나 에디는 아무렇지도 않게 이 소리를 듣고 있다. 이게 무슨 소리냐고 물으니, "아! 이거? 오랑우탄, 침팬지 등 원숭이 울음소리"라고 하면서 손으로 까마득히 높은 나무 위를 가리킨다. 올려다보니 나무 가지가지 사이에 마치 까마귀 떼처럼 뭔가 동물들이 분주히 뛰어넘고 이리저리 날아다니듯 움직이고 있었다. 이놈들이 떼 지어 한쪽 방향으로 옮겨가면 나뭇가지가 큰바람에 흔들리듯 "솨~ 아" 소리가 난다.

아! 저 까마귀 떼 같은 애들이 원숭이란 말이지? 출발 전 BKL 시내에서 에디가 땅콩 두 봉지를 사서 내게 주면서 한 말이 생각난다.

'이거 필요할 거라고…'

에디가 나에게 사인을 보낸다. 나는 얼른 땅콩 한 봉지를 꺼내서 바닥에 뿌렸다. 그 순간! 그 높은 가지에 매달려 있던 녀석들이 거의 자유 낙하 속도로 내려왔다. 정말 떨어지듯 내려왔다. 땅바닥에 후두둑, 후두둑 내려앉는다. 그리고는 내가 뿌린 땅콩 앞으로 우르르 몰려와 서는 땅콩을 주워 먹는다.

뿌려진 땅콩이 거의 없어지자 내 앞으로 와르르 몰려와서 거의 100마리가 넘는 녀석들이 이빨을 내놓고 뭐라고 웅얼거린다. 겁이 났다. 나는 또 한 봉지의 땅콩을 바닥에 뿌렸다. 이놈들은 점프점프 하면서 내 앞으로 뛰어와 내 손을 잡고 땅콩이 더 있는가를 검사했다. 나도 모르게 뒷걸음치며 손사래를 쳤다.

"걱정 마. 또 줄게."

한 줌의 땅콩을 주머니에서 꺼내어 뿌렸다.

이젠 이놈들이 내 바짓가랑이를 잡고 늘어진다. 이 순간 화를 내도 안 되고 웃어도 안 된다. 내 이를 보이면 적의를 표시하는 것이라고 오해해서 떼거리로 공격당할 수 있다 한다. 무표정하게 돌아서서 바지 주머니를 뒤집어 탈탈 털어 보이고서야 이 녀석들에게서 풀려날 수 있었다.

정글에는 이 녀석들 먹거리가 지천일 텐데 왜 인간이 주는 먹이를 탐식할까? 내 운전사의 설명은 이러했다. 정글 먹이 보다는 뭔가 다른 고소함과 단맛이 있기 때문에 저렇게 걸식을 한다는 것이다. 특히 볶은 땅콩은 적당한 소금이 가미 됐기 때문에 더 좋아한다고 한다.

이런 과정을 겪으면서 나는 이 처녀림에 첫발을 들이고, 이곳에서 수백 수천 년을 살아온 정글 주인들에게 제대로 입장 신고식을 치렀다 할 것이다.

깜뽕 끄빨라

/

'깜뽕'이란 시골 마을이란 뜻이고 고향이란 뜻도 된다.

여기서는 시골 마을이라고 이해하면 된다.

'끄빨라'는 인체의 머리란 뜻이지만 우두머리 대장이란 뜻도 된다.

그러므로 '깜뽕 끄빨라'라면 촌장(그 마을의 우두머리)이다.

달랑 두 집만 있는, 문명이 끝나는 마을, 오늘 우리 일행이 힘들게 들어와서 원숭이에게 신고식까지 치른 이곳의 마을 풍경이다. 두 집 중에 한 집이 촌장집이란다. 어느 집이 촌장집인가 알 수가 없었다. 사람들도 어딘가 나가고 빈집이다.

들어온 길의 왼쪽 집에서 잠시 기다리니 그 집 부인(이부)이 왔다. 오늘 밤 우선 세 사람 잠자리를 청하니 그 집 부인이 "우린 방 여유가 없어서 어떡하나?"라고 한다. 거실 입구 현관이라도 하룻밤 묵으려면 그것은 허락하겠단다.

추 박사와 에디 그리고 나는 이미 날도 어둑해지고 이런 깊은 정글 엔 어두움이 빨리 다가오므로 하룻밤 묵을 자리가 아쉬운 처지라서 그렇게라도 사람 사는 집안에 안전하게 머물 수 있음을 아주 고맙게 생각했다. 여기에서 세면도구 가방만 들고 들어가 뒷마당 우물터에서 땀 씻고 그 집에서 주는 밥 한 그릇 먹고 나니 완전히 깜깜한 밤이 되었다. 야생 짐승도 많고 독초, 독충이 많으니 그 집 현관 안 문간에서 거친 나무 의자 하나씩을 받아서 그 자리에 앉아 긴 밤을 지새웠다.

얼마나 엉덩이가 아프고 괴로운지 차라리 바닥에 눕고 싶지만 무슨 벌레가 기어 나와서 물릴지도 모르고 해서 꼬박 나무 의자에 앉은 채 꾸벅꾸벅 졸면서 하룻밤을 보냈다.

아침이 되어 뒷마당에 가서 세수하고 나니 '이부'는 아침식사를 하란다. 어제는 갑자기 오셔서 준비를 못 해 미안하다고 하면서 준비된 식탁엔 닭고기 튀김이 큰 접시에 푸짐하게 올려져 있었다. 그 집 마당에 돌아다니는 시골 닭 한 마리를 아침에 잡아 음식을 차린 것이다. 쌈발 소스(우리식으로는 '다대기+간장')에 찍어서 먹으니 튀긴 닭고기가 어찌나 그렇게 맛있던지….

이틀 뒤에 직원 3명과 모두 6명이 오겠다고 하니 이부 말씀이 "우리 집에는 방이 없으니 길 건너 집(깜뽕 끄빨라 집)에 얘기해 보라."라고 한다. 그 말대로 건넛집에 가니 키가 크고 건장한 영감님이 "내가 촌장이요."라고 한다. 이틀 뒤부터 머무를 자리를 부탁하니 그는 쾌히 승낙했다.

자, 이젠 현장 답사를 하기 위한 전진할 수 있는 Base Camp가 결정된 것이다.

이틀 뒤를 약속하고 BKL로 돌아왔다.

이틀 뒤 나는 내 팀 직원 Mr. 찬, Mr. 용, Mr. 리 세 명과 함께 정글 안에 새로 마련된 베이스 캠프(촌장댁)으로 이사를 했다. 방을 두 개 나누어 들어갔다.

우리 직원 중 나까지 네 명은 큰 방으로, 작은 방은 인도네시아 정부(동력자원부)에서 이 탄좌를 우리 회사에 매도한 회사(쿠스마 라야 우타마) 소속 2명이 들어왔다. 이들은 내일부터 내 팀을 안내해서 저 컴컴한 정글을 뚫고, 석탄이 매장되어 있는 위치까지 우리를 데려다줄 사람들이었다. 국영기업 소속인 준공무원이라고 봐야 한다.

그들은 탄좌의 위치(좌표), 매장량, 탄맥의 방향, 두께 등 탄좌에 대한 자세한 설명을 도면을 펴놓고 나에게 브리핑했다. 그리고 또 다른 한 팀, 뱅끌루에 주둔하는 인도네시아 해병대에서 헌병 두 명을 우리 일행에 보내 주었다. 한 명은 중사, 한 명은 일병이었는데 중사는 권총으로 무장하고 일병은 M16으로 무장 한 채 우리 같은 외국인 기술자들이 정글 개발을 하는 데 있어서 신변을 보호하는 경호업무를 맡고 왔다는 것이다.

나에게도 45구경 권총 1정과 실탄 1탄창이 지급되었다. 그리고 허리에는 내가 준비한 대검 한 자루와 권총 1정이 묵직하게 매달려졌다. 약속한 촌장댁에 도착했다.

거실에 들어서서 차 한 잔 마시면서 이것저것 살펴보니 여기 촌장님은 인도네시아 육군 상사 출신으로서 현역 시절 정복 사진이 떡하니 걸려있고 그 옆에 훈장과 표창장이 액자에 넣어져 벽에 걸려있었다. 말 몇 마디 해 보니 대단한 자부심을 지닌 분이었다. 전역 후 이곳으로 이주해서 커피 농사를 지으며 살아간다고 했다.

인도네시아 정부는 인구밀도가 낮은 수마트라 정글 지역으로 인구가 많은 자바 사람들을 정책적으로 이주시키는 인구 분산 정책을 진행 중인데, 이주 조건은 이렇다.

국유림을 2ha를 무상으로 주고, 그중 1ha는 개간 상태로 해서 그곳에 무상으로 주택을 지어준다. 나머지 1ha는 본인이 정착하면서 개간해야 한다. 이주 시부터 3년간 생활비와 식량을 지원한다.

개간된 정글 산악지대에 경작할 수 있는 농산물은 커피 재배인데 3년이 지나야 커피 재배가 수익을 낼 수 있으므로 3년간 생활비를 준다는 조건이다.

촌장님은 나와 내 직원들에게 주인 안방을 쓰라고 내어 주신다. 나는 극구 사양했지만 촌장님은 마당 구석에 있는 작은 방이 부부에게는 충분하니 걱정 말고 안방을 쓰라고 하신다. 주인 방이라 해야 조금 넓고 나무판자로 짠 침상 위에 돗자리와 담요가 깔려 있는 정도지만 이런 오지까지 와서 이 정도 잠자리를 얻은 것은 정말 감사한 일이다.

'꾸스마 라야' 직원들은 건너편 작은방에 침대도 없이 두 명이 들어가고 헌병 두 명은 거실 바닥에 자리를 잡았다. 이렇게 우리 일행은 이 집에서 숙식을 해결하고 당분간 머무르게 됐다.

촌장 부인(이부)은 자기가 할 수 있는 한 최선을 다해서 우리에게 먹을거리를 제공해 주려고 무척 애를 썼다. 그런데 애로사항이 없는 것은 아니었다. 이 지역의 특색은 집안에 화장실이 없다는 것이다. 뒷마당에는 산에서 내려오는 냇물을 굵은 대나무를 수도관처럼 연결해서 항상 물이 주르르 흘러내리게 만들고 그 주변에 시멘트로 발라 놓아서 폭포 샤워를 할 수 있을 뿐 변기는 없다.

이 사람들은 마을 앞길 건너 흐르는 꽤 넓은 냇물에 돌로 쌓아 만든 징검다리에 올라앉아 남녀노소 할 것 없이 '응가'를 한다. 아침에 가보면 동네 젊은 여인네들이 우리를 보고 깜짝 놀라 돌아앉지만 이미 노출된 엉덩이를 감출 길은 없다.

우리는 곁눈질을 할 뿐 안 쳐다보듯이 딴청을 피우다가 그녀들이 일을 마치고 돌아가면 우리도 그 돌무더기에 올라앉아 일을 볼 수밖에 없다.

이슬람인들은 흐르는 물은 더럽지 않다고 생각한다. ㅇ덩이가 둥둥 떠내려가는 물에 빨래도 하고 쌀도 씻는다. 그러나 유량이 많고 유속이 빨라 쑥쑥 흘러가니까 얼핏 아무 지장이 없을 것도 같다. 이곳에 나도 오래 살아왔다면 어쩔 수 없이 이런 생활에 익숙해지지 않았을까?

이곳은 저녁이면 조그만 엔진 발전기로 길 건너 집과 이 집의 현관 앞에 전등 한 개씩 켜 놓는다. 저녁 8시쯤 되면 모두 잠자리에 들어가고 발전기는 스톱시킨다.

밤에는 모기와의 전투가 시작된다. 담요를 덮어쓰면 모기와는 차단되지만, 더위 때문에 걷어붙이는 편을 택한다. 현지인들은 모기에 그렇게 괴로워하지 않는 듯하다. 이방인인 나만이 온몸에 모기 물린 자욱이 빨긋빨긋, 땀띠와 더불어 괴롭기 짝이 없다.

나처럼 준비성이 탁월한 사람이 어찌하여 모기장이나 바르는 모기약을 준비하지 못했을까? 밤마다 이렇듯 괴로운 시간을 보내며 지내고 있다.

한밤의 촌극

/

촌장 집에서 그렇게 지내던 어느 날 밤이다.

한숨 잠이 드는가 했는데 뱃속이 좋지 않았다. 어제 먹은 음식이 뭔가 잘못되었는지 아랫배가 꾸르륵거린다. 웬만하면 그냥 참고 자려 했는데 설사가 나오려는지 도저히 참을 수가 없었다.

'아이고 배야~'

작은 플래시를 비춰가며 옆에서 자고 있는 직원들의 발등을 밟을 세라 조심스럽게 밖으로 나왔지만, 이 깜깜한 밤중에 외진 길을 지나 냇물 징검다리 화장실까지 간다는 것이 도저히 자신이 없었다.

'어쩌지?'

잠시 고민을 하던 중 마당 한 구석의 헛간이 눈에 띄었다.

'옳지, 저기다!'

헛간으로 들어가 보았다. 손전등으로 여기저기 비추어 보니 이것저것 잡동사니가 쌓여 있는 속에 법랑 세숫대야가 눈에 띄었다. 그리고 그 옆에 오래된 신문지 더미가 있다.

'오~, 됐다. 이거다.'

대야에 신문지를 깔고 일을 보기 시작했다.

내일 아침 일찍이 아무도 모르게 들고 나가 냇물에 버리면 된다고 생각하면서 흐뭇한 기분으로 몸을 풀고 있었다.

그때!

한 치 앞도 안 보이는 이 상황에서 내 코앞에 뭔가가 다가와 킁킁대는 게 아닌가? 뭐지? 쪼그려 있는 자세로 두 손을 앞으로 뻗었는데 내 두 손엔 뭉클한 털북숭이가 가득 잡힌다. 심지어 움직이기까지 한다.

순간적으로 너무 놀라서 소리를 지를 뻔했다. 플래시를 켜보니 커다란 흰 개 한 마리가 향기에 취해서 내 앞까지 다가온 것이다. 이 집 마당에서 키우는 덩치 큰 흰둥이 똥개였다. 그놈의 목덜미를 어둠 속에서 잡았으니 놀랄 만도 하지 않는가? 내 아래쪽으로 자꾸 고개를 들이미는 이 녀석을 한 손으로 밀쳐가며 나머지 볼일을 봤다.

뒤처리를 해야겠는데 신문지로 덮어서 이놈이 건드리지 못하게 헛간 선반에 올려놓고는 다시 방으로 들어가 잠을 자려고 드러눕는 순간, 헛간에서 나는 소리.

"떼데그르~~, 땡그렁!"

대야 떨어지는 소리, 흰둥이가 점프해서 잡아당겨 떨어뜨린 게 틀림없다. 할 수 없이 다시 나가 보았는데 흰둥이의 머리와 등에 내 설사 배설물이 엉망으로 묻어있고 이놈은 혀로 입맛을 다시고 있다. 아이고 이걸 어쩌나 대책이 없다. 이 밤에…, 할 수 없다. 그냥 다시 방에 올라와 자는 수밖에….

아침 일찍이 흰둥이를 데리고 냇물로 갔다. 세숫대야도 해결하고 흰둥이는 냇물 깊은 곳으로 밀어 넣어 헤엄쳐 나오게 했다.

진땡커피

/

커피나무가 자라는 곳은 세계적으로 적도 지방이다. 중앙아프리카, 동남아, 중앙아메리카 등지인데 일명 커피 벨트라고도 한다.

지금 내가 있는 이곳은 동남아 중 수마트라 중남부지역, 정확히 커피 벨트에 속한 지역이다. 정글을 개간한 땅에 첫 농작물로는 커피나무가 제일 잘 자란다고 한다.

커피나무는 심은 후 삼 년이 지나야 열매를 수확할 수 있기 때문에 정글로 이주 한 사람에게 삼 년간 식·생활비를 지원한다는 것이다. 내가 머무는 이 집도 요즘이 커피 수확기인가 보다. 커피나무 주변에 비닐을 깔고 긴 작대기로 나무를 털면 대추보다 조금 작은 커피 열매가 우수수 떨어진다.

나무 크기는 별로 크지 않고 제일 높은 가지가 사람 키보다 2배 정도의 높이에 얼핏 보면 앵두나 보리수나무 같은 모양이다. 빨간색으로 익은 것도 있고 아직 푸른 것도 있는데, 이 열매를 따다가 널찍한 멍석을 깔고 그 위에 펴서 말린다.

과육이 쪼글쪼글 마르면 절구에 넣고 바닥이 넓적한 절굿공이로 갈아내듯 방아질을 한다. 마른 과육은 벗어지고 그 안에 있던 씨앗이 튀어나오는데 그것이 바로 커피 원두 콩이다.

매일 아침 잠에서 깨어날 때는 커피콩을 로스팅하는 아주 기분 좋은 커피 냄새가 온 집안에 그득하다. 큼직한 무쇠솥에 커피콩을 넣고 기다란 나무 주걱으로 저으면서 볶아내면 푸른 연기가 폴폴 나면서 약간 태우듯이 로스팅된다. 가장 원시적인 커피가 탄생하는 과정이다. 이때 나는 냄새가 얼마나 좋은지 모른다. 이 볶아진 커피콩을 다시 절구에 넣고 퐁퐁 찧으면 커피 가루가 되는데 이것을 고운 체에 받아낸다. 이 가루를 커다란 주전자에 몇 주걱 넣고 물과 함께 펄펄 끓이면 마실 수 있는 진땡커피가 된다.

여기는 설탕이 귀하다. 그래서 이곳엔 가짜 꿀이 절대 있을 수 없다. 가짜 꿀을 만드는 설탕이 더 비싸니까. 대신 야생 꿀을 두어 스푼 넣어서 완전 쓴맛을 조금 달게 하여 큰 머그잔에 가득히 부어서 아침마다 마시란다.
그러나 그 향과 맛에 취해서 그 커피를 다 마시면 그날 밤 잠자는 것은 포기해야 할 지경이다. 여기 사람들은 그 진한 커피에 밥도 말아 먹는 걸 봤다.

수마트라에서 생산되는 커피 중에 특히 '루왁 커피'라는 게 있다. '루왁'이란 '야생 사향고양이'인데 생김새는 얼핏 우리나라 족제비같이 풍성한 꼬리가 달린 동물이다. 이놈들이 커피 열매를 따 먹고 난 후

씨만 분변으로 나오는 것을 모아 커피로 가공한 것이다. 동물의 소화 기관을 통과시키는 과정에서 아주 특이한 맛이 가미된다 한다.

엄청 비싼 가격으로 팔려나가기 때문에 사향고양이를 사육하면서 사료로 커피 열매를 먹여, 인위적으로 루왁 커피를 생산하는 농가도 생겼다 한다. 커피 애호가들은 비싸더라도 루왁 커피를 즐기기도 하지만, 나로서는 보통 커피와 크게 다르지 않은 것 같다.

정글 투어 개시

/

촌장댁을 베이스캠프로 하고 이제부터는 도보로 걸어서 석탄 매장
지까지 걸어서 가야 한다. 우리가 확인하려는 탄좌까지는 지도상 직
선거리 50km이다. 이 길을 측정 장비와 기록 장비를 지참하고 걸어 들
어갔다가 걸어 나오려면 적어도 일주일을 잡았다.

50km를 3~4일에 걷는다는 것은 하루에 15km 정도 걷는다는 것인
데, 뭐? 하루에 15km밖에 못 간다고?

이제부터 우리 팀(나와 직원 3명, 공무원 2명, 헌병 2명) 8명의 운행 책
임자는 나다. 이 열대 처녀림을 헤치고 길도 없는 곳을 장비와 식량
을 짊어지고 가야 하는 일정은 하루에 15km를 주파하기도 절대 쉽지
않다고 판단했다.

중간에 야영도 해야 한다. 야영을 하자면 잠자리, 식사, 조리도구
등 필요한 도구를 챙겨야 할 짐이 한두 개가 아닌 것이다.

촌장님께 짐꾼을 모아 달라고 부탁했다.

곧 짐꾼 대장이 왔다. 자기는 길 안내 가이더 겸 일꾼들의 팀장이라
고 소개했다. 노임은 우리 돈으로 하루 10,000원꼴이다. 가정부 한 달
월급이 90,000원 정도이니 일당치고는 꽤 센 편이다.

정글 들어가기 직전

가져갈 짐을 마당에 모두 끄집어내어 놓으란다. 그걸 보고 몇 명이 필요한지 자기가 판단하여 사람을 데리고 온다 했다. 우리 직원들은 측정 장비, 배터리, 기록 장비 등 무거운 장비류와 식품, 막영 장비, 취사 장비 등 모두 마당에 정렬했다.

이튿날 아침, 짐꾼 20명이 왔다. 모두 둥글고 긴 바구니를 등에 메고 머리띠를 이마에 걸친 채 허리에는 정글도를 찼으며 톱과 도끼 등을 들고 왔다. 헤드 랜턴도 착용했다. 신발은 발가락 슬리퍼 차림이거나 맨발이었다.

모든 짐은 자기네들이 분류해서 바구니에 담아 멘다.

출발 준비가 된 것이다.

우리 직원들은 각자 소지품(세면도구, 카메라 등)을 가벼운 배낭에 넣고, 튼튼한 등산화와 각반을 착용했다. 나 자신은 내 소지품 외에 운행 장비(컴퍼스, 지도 판, 스케일 자, 작은 삼각대)와 카메라 필름 여유분, 플래시를 배낭에 넣고 허리에는 군용 탄띠에 권총, 대검을 매고 가벼운 차양 모자와 장갑, 발목에는 고무 붕대 각반을 둘러서 정글 동물에 대비했다. 이제 하늘이 보이지 않는 정글 길로 들어서서 걸어간다.

총원 28명의 기나긴 행군이다. 맨 앞에 길 안내자가 걸어가고 그다음 우리 직원 3명이 그 뒤를 따라가며, 나는 바로 그 뒤, 그러니까 선두그룹 다섯 번째 순서를 지키며 걸어갔다. 길이 있을 리 없으니 목표 지점까지 먹줄 튕기듯 방향을 설정해 놓고 직선에 가까운 방향으로 나간다.

전진 속도가 점점 늦어진다.

가이더 외 두 명이 선두에 합세했다. 이들은 얇은 정글도를 왼손 오른손에 하나씩 들고 넝쿨이며 나뭇가지들을 후려쳐서 사람이 갈 수 있게 길을 만들며 나간다. 비가 오지 않는데도 정글은 습기로 축축하고 후덥지근함이 가득했다. 죽어 넘어진 굵은 통나무 밑을 포복으로 기어서 통과하기도 하고 이끼투성이의 미끄러운 바위를 넘어서 전진해 갔다. 계곡을 만나면 신발

을 신은 채 허리, 가슴까지 물에 빠지면서 급류를 건넜다. 신발을 벗으면 바닥의 돌과 독충들 때문에 위험하기 때문이다.

지팡이를 만들어 쌍지팡이를 짚으면 한결 안정감이 생겼다.

준비한 도시락으로 여기저기 흩어져 점심을 먹고 또다시 전진하여 꼬박 10시간을 걸었다. 시간이 오후 5시인데 벌써 어두워졌다. 야영 준비를 해야 하므로 전진을 멈추라 했다. 짐꾼들은 등짐을 벗어놓고 정글도만 들고서 각자 숲속으로 들어간다. 한참 후 굵기가 약 10~15 cm쯤 되고 곧바로 자란 긴 나무를 두세 개씩 질질 끌고 나타나서는 기둥을 세우고, 가로목을 걸치며, 지붕 도리목 걸치고, 가로목에는 반반한 통나무를 촘촘히 깔아 놓으니 영락없는 원두막 모양이 되어간다.

통나무를 고정하는 것은 긴 넝쿨로 묶었는데, 야무지게도 묶어놓는다. 꼭 힘을 써야 할 곳은 한 뼘쯤 되는 못을 박아 고정했다. 그 위에 준비해온 천막 천을 올리고 돗자리를 깔아 놓으니 이 정글 안에 이만한 잠자리가 어디에 있겠는가?

약 한 시간 만에 이런 원두막을 뚝딱 지어내는 이 짐꾼들의 솜씨가 놀라울 뿐

정글 속 잠자리(원두막)

이다.

이만하면 됐다.

자~, 자기 짐을 올
려놓고 잘 준비. 끝

야영 준비가 끝난
후, 짐꾼 중 한 명이
자기 짐 바구니에서

원두막 휴식 사진

뭔가를 꺼내어 어깨에 멘다. 투망이다. 그이는 그걸 메고 계곡물의 용
소(龍沼)로 가더니 그물질을 몇 번 만에 전어 크기만 한 반짝이는 물
고기를 큰 물통으로 절반 정도 잡아 왔다. 이 물고기는 살결이 투명
해서 내장이 다 비쳤다. 얼마나 깨끗한지 손질도 하지 않고 식용유에
튀겨서 여기서 새로 한 밥과 함께 먹으니 이것이 정글의 별미였다.

좋은 안주에 술이 빠질까? 짐꾼 바구니에 넣어 두었던 위스키 한
병이 생각나서 찾아내었다. 등산용 컵에 한 잔을 채워서 이 생선튀김
과 같이 먹으니 기가 막힌 맛이다.

짐꾼들도 밥을 해서 자기들이 준비해 온 카레 양념장 비슷한 것을
밥에 얹어서 손으로 움켜쥐어 먹는다. 밥상 없이 흙바닥에 앉아서 먹
기는 나도 짐꾼들도 똑같다.

이렇게 저녁 식사를 끝내고 나니 캄캄한 밤이 되었다. 아무것도 할
것이 없고 갈 곳도 없다. 오로지 원두막에 올라가 누워있을 뿐이다.
그런데 등이 아팠다. 왜냐하면 아무리 반질한 통나무를 촘촘히 깔고

그 위에 돗자리와 담요 한 장이 깔려있었지만 밤새 누워있기에는 너무 등살이 박히기 때문이다. 이곳에 올라오기 전, 야영을 하자면 아무래도 거친 바닥에 대비해야겠다는 생각을 하고 준비한 것이 있었다. 합판을 잘라서 사람 어깨부터 엉덩이까지 크기로 준비하라 했는데 '미스터 리'에게 이 합판을 찾아오라 해서 등 밑에 깔고 누웠더니 얼마나 편안한지 스르르 잠이 들었다.

온종일 정글 길을 힘들게 걸어왔으니 고단히 잠에 빠졌다.

이 숲속엔 다행히 모기가 없다. 시원하다. 들리는 소리라는 것은 앞에 흐르는 계곡 물소리다. 바람에 흔들려서 나무끼리 비비적대며 "삐걱삐걱"하는 소리와 높은 나뭇가지가 바람에 움직이며 "솨~아…."하는 소나기 같은 소리뿐, 벌레 소리도 없고 개구리 소리도 없다. 그야말로 괴기한 밤이다.

나와 내 직원들은 이나마 급조한 원두막에서 담요 깔고 편히 누워있지만, 그 외 사람들(짐꾼들과 군인)은 어찌 자고 있는가? 궁금하여 내려가 보니 그 정글 바닥에 우의 한 장 깔고 아무렇지도 않게 잠들어 있다. "괜찮아?"하니까 "다다아빠(괜찮아요)"라고 한다.

정글의 동물들

/

입산 전 **BKL** 경찰서에서 간단한 정글 안전 교육을 받았는데 수마트라 정글에서 인간에게 가장 위협적인 야생동물은 야생 코끼리라 했다.

호랑이나 표범은 사람 인기척이 나면 스스로 피해 간다고 한다. 그러나 코끼리는 영역을 중요시하는 동물이므로 자기네 영역에 들어와 야영하거나 집을 지으면 일렬횡대로 쳐들어와 짓밟아 초토화한다는 것이다. 하지만 지금 우리 야영지는 코끼리 영토가 아니다. 현지 안내원들은 그런 것을 미리 알고 이 자리를 잡아준 것이다.

오랑우탄도 정글에서 흥미로운 동물 중 하나다.

'오랑우탄'은 '오랑=사람' + '우탄=정글', 즉 숲속에 사는 사람이란 뜻이다.

실제로 이들의 생활을 보자면 정글 한복판, 조금 널찍한 공간에 나뭇가지와 풀잎으로 지어진 움막집이 모여 있는데, 이것이 오랑우탄이 사는 마을이라 했다.

우리 일행이 정글 길을 걷던 중 커다란 바위를 끼고 막 커브를 튼

순간 쓰러진 나무 등거리에 누런 털의 커다란 짐승이 뒤돌아 앉아 있었다. 꼬리가 길게 내려와 있고 머리털이 무성한 것이 첫눈에 사자같이 보였다. 급히 자세를 낮추고 살펴보니 이것들도 기척을 느꼈는지 아주 느린 동작으로 뒤돌아보았다. 커다란 안경을 쓴 것 같은 수염 난 얼굴, 오랑우탄 어미 두 마리다. 알고 있었던 것보다 덩치가 크다. 안내자가 걱정 말라면서 "워이!" 한마디를 외치니 오랑우탄 두 마리는 귀찮은 듯 천천히 우리가 갈 길을 비켜 주었다.

길 안내자 영감님께 내가 물어보았다.
"여기 호랑이가 많다는데 나는 호랑이를 보지 못했다" 했더니 웃으면서 하는 말, "당신은 호랑이를 못 봤지만, 호랑이는 당신을 봤을 거다. 그리고 호랑이(=마타하리) 이야기하지 마라. 그러면 마타하리가 나타난다."하며 웃는다.
'이야! 이건 우리 속담과 똑같지 아니한가?'
산돼지는 사살하거나 사냥이 허가된 동물이다. 맹수류는 쏘지 말라고 했다. 파충류도 포획 가능하다고 했다.

이 정글에서 생활한 몇 개월간 나에게 가장 공포를 준 동물은 '거머리'이다. 한국에서는 논에 고인 물에만 사는 것이 거머리인 줄 알았는데 이곳 정글에는 습기 찬 나무, 돌, 땅바닥 할 것 없이 거머리투성이다. 눈 깜짝할 새에 신발에 달라붙어 야금야금 뒤쪽으로 기어 올라온다. 움직이는 것을 보면 '자벌레' 식이다. 바짝 곤두서 있다가 동물 피 냄새가 나는 쪽으로 움직인다. 이것들은 단추 구멍이나 신발 끈 사이로 비집고 들어와서 맨살이 닿으면 꼼지락거리면서 살 속으로 파고

들어가 생피를 빨아먹는데, 굵기가 이쑤시개 정도였다가 피를 빨면 새끼손가락 정도로 통통해진다.

이 정도가 되어도 피를 빨리는 사람은 느끼지 못한다. 피가 주르륵 흘러내릴 때쯤에서야 옆 사람이 발견할 수 있다. 즉시 옷을 벗기고 거머리를 잡아떼어내야 하는데, 손으로나 핀셋으로 당기면 몸통이 끊어져도 이미 몸속으로 들어간 부분은 빠져나오지 않고 염증으로 발전되어 큰 고생을 하게 된다. 아마도 이렇게 떼어내기 어려운 존재라서 '거머리 같은 놈'이란 욕이 생겼나 보다.

가장 효과적으로 거머리를 떼어내는 방법은 담뱃불이다. 몸에 절반이 박혀있는 거머리 꽁지 부분에 담뱃불을 들이대면 이놈은 뜨거움에 몸부림치면서 사람 몸에 박힌 이빨을 풀고 밖으로 몸통을 빼내다가 바닥으로 굴러떨어진다. 떨어진 모양은 잘 삶아진 번데기 모양으로 둥글고 통통하다. 발로 꽉 밟으면 몸통이 터지면서 핏방울이 '퍽!' 튀긴다. 칼로 찌르면 땅바닥 흙에 퍼져 피가 손바닥 크기로 적셔진다. 몸에서 빠져나온 구멍은 뻥 뚫린 채로 피가 멈추지 않고 울컥울컥 흘러나온다.

거머리 주둥이에는 '히루딘'이란 혈액 용해 물질이 있다고 한다. 이 구멍을 쥐어 짜내든가 빨아내든가 해서 이 성분을 없애야 피가 멈춘다. 이러하니 내가 거머리를 두려워하지 않을 수 없다.

계속되는
정글 투어

/

캄캄한 어둠 속 잠에서 깨어났다. 무척이나 충분히 잔 것 같다.

그런데 시계를 보니 밤 2시다. 소변을 보러 원두막 아래로 나갔다가 와야 하겠는데 저 천막 문을 열어 나무 사다리를 타고 축축한 땅바닥에 내려서야 한다는 것이 두렵다는 생각이 들었다. 주변에는 모두 쿨쿨 자고 있다. 내 귀에는 냇물 흐르는 소리, 나무끼리 삐걱대는 소리, 나뭇가지 흔들리는 소나기 같은 소리만이 가득하다. 사방은 완전 깜깜. 내 손바닥도 보이지 않는다. 내 손목에 묶어놓은 작은 플래시, 이걸 켰더니 워낙 어두운 곳이어서인지 꽤나 밝은 것 같다.

잠들기 전 풀어놓은 권총과 대검이 매달린 탄띠를 다시 메고 원두막에서 내려섰다. 여기선 내 플래시가 내 발밑에만 보일 정도로 미미했다.

조심스레 몇 걸음 걸어가서 소변을 보고 다시 나무 사다리를 올라오는데 무엇인가 내 뒷덜미를 잡아당기는 듯한 순간적 공포를 느끼면서 다시 들어와 내 자리에 누워서 잠 못 드는 밤을 보냈다.

긴 밤을 보내고 아침이 밝았다. 짐꾼들은 또다시 쌀을 씻고 밥을 했다. 우리 직원들은 어느새 정글 생활에 숙달이 된 듯 냇물 건너 저쪽으로 가서 돌 몇 개를 모아놓고 아침 대변도 보고 세수도 하고, 다시 건너와서 아침을 먹었다. 준비해온 생선 통조림과 새로 지은 밥, 그런대로 맛있다. 짐꾼들에게도 통조림을 나누어 주었다.

다시 출발 준비를 한다.

지난밤 우리가 잠을 잤던 원두막은 철거하지 않고, 천막지만 거두어 간다. 돌아올 때도 여기서 자야 하기 때문이다. 식품도 약 1/4 정도를 이곳에 두고 간다. 나뭇가지로 발처럼 엮어서 식품을 가운데 넣고 김밥처럼 도르르 말고 철사로 꼭꼭 묶어 펜치로 꼭 조여 놓는다.

사람은 여기까지 올 일이 없고, 원숭이들이 식품을 망가뜨리지 못하게 철사로 묶는다. 그러면 펜치 같은 연장이 없이는 풀지를 못한다는 것이다.

짐꾼들의 짐도 꽤 줄었다. 짐꾼 대장 아저씨는 몇 명을 지목하여 내려가라 했다. 이런 경우 이틀 치의 일당을 주어 보내는 것이 통례라한다.

우리 팀 경리를 맡은 Mr. 리에게 그리하라고 승낙해 주었다. 이틀치 일당을 받은 짐꾼들은 별 불만 없이 왔던 길을 빈 바구니를 메고 경쾌하게 걸어 내려갔다.

목적지를 향해서 또다시 정글 투어가 이어진다.

가이드가 우리를 안내해서 전진하고 있지만 나는 지도와 컴퍼스,

육분의를 가지고 현재 우리 일행의 위치를 확인해 간다.

요즘 같으면 아무리 험준한 지역에 간다 해도 G.P.S. 장비만 가지고 있으면 내 위치의 좌표를 아주 정확히 알 수가 있다. 하지만 불과 몇 개의 구식 측량기와 나침판, 지도만 가지고 학창 시절과 군 시절 배운 산악 운행법, 독도법을 총동원하여 수마트라 서남부의 4,000m급 고봉과 별자리를 기준으로 '스케일자'로 시준하여 선을 그어서 그 교점을 찾아 나갔다. 이런 측량법은 정확도가 매우 낮지만 그래도 이런 방법밖엔 없다.

그나마 정글 투어에 필요한 정도의 위치는 파악할 수 있으므로 오늘의 이동 거리와 나머지 이동 거리가 계산이 된다.

목적지까지 들어가는데 2박 3일, 도착 후 현장 측정 작업이 끝난 후 돌아 나올 때 2박 3일, 합해서 7일을 잡았는데, 정확히 맞아떨어졌다. 안내인에게도 이 내용을 상의했는데, 그 사람 의견도 꼭 맞는 일정이라고 동의했다. 그래서 야영지를 도중에 2개, 목적지에 1개 만들겠다고 했다.

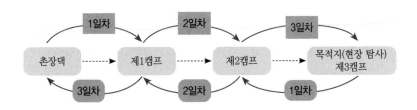

이곳은 남반구에 해당한다. 대략의 위도는 남위 7도 정도가 된다. 몇 시간 정도는 북두칠성이 보인다. 그러나 북극성은 지평선 아래에 있기 때문에 전혀 보이지 않는다.

첫 야영을 했던 원두막 숙영지를 뒤로하고 제2 캠프 자리를 향해 출발했다.

오늘 낮에는 특별히 마주친 동물도 없고 단지 유속이 빠른 계곡 냇물을 몇 개씩 건너면서 오르락내리락을 수도 없이 되풀이하던 중, 어디선가 기계 돌아가는 소리가 윙윙거리고 그와 함께 엔진 소리가 "퐁퐁퐁…" 하며 멀리서 들려왔다. 이 깊은 정글에서 과연 누가 기계 운전을 하고 있단 말인가?

그 소리는 우리가 전진하는 방향에서 들려오고 우리 일행이 행진할수록 가까워졌다. 약 4~5㎞를 걸었을 때 그 기계 소리는 아주 가까이서 들려왔다. 나는 빨리 나의 목적지에 도착하여, 매장 석탄의 상태를 확인하는 등 본래의 임무가 아닐지라도 이 소리의 정체가 궁금했다.

드디어 소리의 진원지 가까이에 왔다. 그리고 찾았다.

빼곡한 숲속에서 몇 사람이 작업하고 있었다. 우리가 다가가자 이 사람들은 약간 긴장하는 눈치로 우리를 바라본다. 일견해 보니 머리가 노란 백인 젊은이가 둘, 검은 피부의 현지인 네 명이 토질 조사를 하기 위한 보링기를 설치하고 깊이별 샘플을 빼내어 '코어 상자'에 차곡차곡 담는 작업을 하고 있는 것이다.

"하이! 헬로!"

다가가면서 먼저 인사말을 했다.

"반가워요. 나는 석탄개발을 하려고 온 사람입니다. 한국인이구요. 이름은 '신'이라고 합니다." 하니 그들도 긴장을 풀며 같이 인사말에 응해준다.

"하이! 나는 네덜란드 사람이구요. 석탄 광맥을 찾는 토질조사 기술자입니다."

그러면서 내게 묻는다.

"반갑습니다. 당신네들이 개발하려는 위치는 어디입니까?"

"나의 광구는 ○○광구입니다. 여기서 약 20km쯤 북쪽 방향의 위치입니다."

"○○광구라면 저도 압니다. 인도네시아 정부에서 이미 광권을 확보하고 어느 민간 기업에 팔았다고 알고 있습니다만…."

"오! 그 위치를 알고 계시군요. 그 민간 기업이 바로 우리 회사입니다."

현장 여건을 조사하려고 그곳으로 가고 있습니다.

그 토질 기술자는 이 근방의 석탄 광맥에 대하여 아는 바가 많은 것 같았다. 자기네는 또 다른 탄좌를 찾아내는 중이라고 했다.

네덜란드 사람들의 토질 조사

서로 무엇을 하는 사람인지도 알았고, 피차 적의가 없는 사이가 확인되었으므로 그들과 그늘에 쪼그리고 앉아서 담배 한 대씩 피웠다.

주변을 살펴보니 몹시 재미있는 것이 눈에 띄었다. 어젯밤 내가 자고 나온 원두막과 똑같이 생긴 원두막이 이곳에도 지어져 있었고, 그 앞엔 이것저것 취사도구와 공구들이 어지러이 널려있는데, 그 옆에는 염소 두 마리와 닭 네 마리가 원두막 기둥에 묶여있는 것이다. 저 동물들은 무엇 때문에 여기에 묶여있는지 물었더니, 자기들은 한 자리에서 시추 보링 작업이 길어지므로 식품이 문제란다. 고기류를 신선하게 보관하려면 산채로 데리고 있어야 한다 했다. 그러니까 잡아먹으려고 묶어놓은 동물들이다. 이해가 되면서도 놀라웠다.

나 자신도 학창 시절, 혹한기 야영 등 산악활동을 해봤고, 군 시절의 생존 훈련들을 겪어보았지만 살아있는 동물을 식재료로 데리고 있는 것은 처음 보았다.

그리고 또 한 가지, 건설 관련 기술자들의 생활 패턴을 보면 도로, 전기, 숙소, 식당도 없는 상태의 현장에 맨 처음 투입되는 엔지니어가 바로 토목기술자들이다. 자연 상태를 그대로 마주치면서 초창기 고생 다 해서 먹고 자고 할 정도가 되면 건축, 전기, 기계 등의 후속 공사 기술자들이 들어오고, 그때쯤 '토목쟁이'들은 그 현장을 떠나서 또 다른 새 현장에 투입되는 것이 줄곧 겪어온 패턴이다. 그러므로 토목기술자가 가장 험한 직종이라 생각했는데, 오늘 만난 토질 조사하는 사람들을 보니, 토목쟁이보다 훨씬 험한 직종이구나 하고 새삼

깨달았다.

이 사람들과 헤어져 약 10km를 더 전진하니 늦은 오후가 되었다.

지난밤 했던 것처럼 짐꾼 아저씨들은 숙달된 솜씨로 원두막 한 채를 뚝딱 지어냈다. 이곳이 나에게는 전진 2캠프가 되는 곳이고, 내일은 우리 일행의 목적지(채탄을 시작할 수 있다는)에 도착할 수 있는 근처 범위까지 들어온 것이라 할 수 있다.

목적지
제3캠프로 가다

/

두 번째 야영은 어젯밤 첫 번째 야영과 비슷한 과정을 겪으면서 물소리, 바람소리, 동물소리, 새소리 등이 그득한 깜깜한 정글의 밤을 지새우고 아침을 맞이했다.

오늘은 드디어 목적지에 도착하는 날이다. 필요한 장비와 도면들을 챙기고 제2캠프에는 식품 일부를 남겨둔 후 또다시 축축하고 컴컴한 정글로 걸어 들어갔다.

아침부터 비가 줄기차게 온다. 몇 시간을 걸어가다가 점심을 먹을 시간이 되었는데, 비가 그칠 줄 모르고 억수로 쏟아진다. 어디라도 비를 피할 수 있으면 좋으련만, 낮 두세 시가 되어도 장대 같은 빗줄기가 쏟아진다. 직원들과 일행을 돌아보니 모두 배고픈 기색이 역력하다. 이대로 점심을 먹으라고 했다. 짐꾼들은 바구니에서 천막지를 꺼내어 둥글게 쪼그리고 앉아 머리에 덮어쓰고 준비해온 밥 덩이를 먹었다.

나도 내가 입고 있는 판초 우의를 머리에 둘러쓰고 주변의 바위에 걸터앉아 이 무서운 빗속에서 밥을 주워 먹었다. 판초 위로 빗소리가 요란하다. 그러나 이 순간에도 내 신발을 타고 거머리가 올라올까 봐 발걸음을 요리조리 옮기면서 바닥을 살펴야 한다. 수통에서 물 한 모금 마시고 식사를 끝냈다.

"자, 여러분 다시 전진합시다." 하고 소리치니 모두 일어서서 저벅저벅 빗속의 정글로 걸어가기 시작했다. 운행계획이 잘 맞아떨어진 덕분에 우리의 목적지에 과히 늦지 않은 오후 시간에 도착할 수 있었다.

이제부터 약 2~3일간은 이곳에 머물면서 현장 조사를 할 것이다.
짐꾼들은 빠른 솜씨로 원두막을 지어냈다. 여기가 제3캠프가 된다.
오늘의 일과는 더 이상 없다. 행군에 지친 일행들에게 휴식 시간을 주자. 우리 직원들은 계곡물에 몸을 씻고, 양말 빨아 널고, 내일부터 사용해야 할 장비에 배터리도 연결하고 시험 작동을 해 본다.
편안한 가운데 무언가 열심히들 움직이고 있다. 원두막이 완성되자 라디오를 틀어 놓아 음악 소리가 들리게 했다. 서양 음악도 있고 현지 음악도 나오지만, 여기서 듣는 한국 뽕짝이 참으로 귀하게 들렸다.
나도 물에 젖은 신발을 벗어 엎어 놓고 나무 사이에 매어 놓은 빨랫줄에 양말 빨아 널은 후 새 셔츠로 갈아입으니 느낌이 아주 상쾌하다.
원두막 바닥에 담요를 깔고 아주 잠시 꿀맛 같은 낮잠도 잤다.

저녁 식사는 라면을 끓여 그 국물에 밥을 말아 먹었는데 그 맛이

실로 기막히게 맛있다. 밤 시간에는 베이컨을 썰어놓고 직원들과 위스키 한 잔씩 했는데 이것 또한 별미였다. 중국계 말레이 국적인 직원들은 내가 중동 시절 겪었던 이야기를 해 주면 엄청 재미있게 들어준다.

한국에서 군 생활도 어땠는지도 궁금해한다. 나에게 "전쟁 해봤냐?"라며 묻기도 하는데 나는 베트남 전쟁에 참전을 한 적이 없다. 그러나 내 친구들 중에는 베트남 전쟁에 다녀온 사람들이 많아서 그들에게 들은 이야기를 해 주면 엄청 흥미로워한다.

이런 이야기보따리를 풀면서 정글의 밤은 깊어만 간다.

짐꾼 아저씨들은 저 아래 땅바닥에서 판초 한 장 깔고서 자기가 메고 온 짐 바구니에 기대어 아무 보호 장치 없이 그냥 잔다.

뱀이라도 오지 않을까? 거머리엔 물리지 않을까?

걱정스럽지만 아침에 보면 아무렇지도 않게 일어나서 다행이다.

인도네시아 석탄

/

　인도네시아 국토에 매립된 석탄의 매장량은 그 양을 측정하기조차 어려울 만큼 많다고 한다. 품질도 최상급이다. 그래서인지, 이 나라의 거의 모든 발전소는 석탄 화력발전소이다.

　LPG나 LNG 등의 가스 생산량도 엄청나다. 우리나라에서 사용되는 도시가스의 대부분은 인도네시아에서 수입되는 것으로 봐야 한다.

　이 나라의 천연가스는 일찌감치 외국(미·독) 기술과 자본이 들어와서 최신 설비와 시설을 갖추어 이미 생산하고 있고, 가스 수송선의 접안시설 등 수송 시스템도 선진 수준을 가지고 있지만, 석탄은 개발되지 않은 채 지하자원 상태로 방치되어 왔다.

　이 틈을 파고들어 온 것이 호주산 석탄이었는데, 1980년대 초반부터 호주 탄광 노동자들의 대규모 노동 파업으로 인하여 호주 광산들이 하나, 둘, 폐업 폐광 사태가 일어났다. 인도네시아 석탄발전소의 소모량은 많은데 호주 수입이 끊김으로써 자국 내 매장된 석탄개발이 갑자기 촉진된 것이다.

　인도네시아 정부의 동력자원부를 주관으로 전 국토의 석탄 매장량 조사가 이루어지고 경제성 있다고 판단되는 탄좌는 국영기업체(석탄 공사)를 앞세워, 참여 의지가 있는 민간 기업체에게 그 개발권을 매도하기 시작하였다. 그리고 그 당시 내가 소속되었던 회사 JSI는 내가 수행했던 칼팀3('Kaltim 3') 공사를 끝으로 더 이상의 건설공사 수주가 어려워졌으므로 석탄 사업으로 관심을 돌리게 되었으며, 지금 내가 그 실상을 조사하러 이 현장까지 들어온 것이다.

나와 함께 이 회사에서 끝까지 남았던 동료 김해근 씨는 이미 몇 달 전 그의 친지, 친구들과 개인적 사업으로 석탄사업에 계획을 세우고, 이를 실현하고자 이 회사를 사직한 후, 수마트라 모 지역에서 이미 채탄작업을 시작한 상태였다. 그리고 그가 개인 사업을 하겠다고 회사를 떠나던 시점엔, 나는 아직도 칼리만탄 3공사 현장 소장으로 재직 중이었다.

그런데 내 현장 생활 중 항상 든든했던 최고 일꾼 현장 반장인 김학하 씨를 자기 사업현장에 꼭 필요하다 하므로, 김 반장을 사직하도록 하고 김해근 씨에게 보내주기도 했다. 그의 사업에 도움이 될 것이라고 생각하면서 말이다.

이곳 석탄의 매장 형태는 한국이나 서독처럼 갱굴을 뚫고 들어갈 필요가 없다. 여기는 땅 밑에 두껍고 넓게 지층을 이루고 있는 상태이기 때문이다. 표면에 덮여 있는 흙(표토)을 약 5~6m만 걷어내면 엄청난 넓이의 석탄 광장이 나타나는 형태이므로 갱굴식 채광 방식이 아닌, 대규모 토목공사의 토공 작업과 흡사하다. 그러므로 토목기술자인 내가 이런 방식의 석탄개발 현장을 운영한다는 것은 크게 이질적이지는 않은 것이다.

이곳에 오기 전 수마트라 최남단(팔렘방) 지역에 있는 인도네시아 최대 석탄 광산을 견학했는데, 그 어마어마한 규모에 크게 놀랐다. 100여 년 전 독일인들이 개발하여 아직도 채탄을 하고 있다 한다. 그 넓은 석탄 광장에서 작업하고 있는 '채탄 장비'가 얼마나 큰지 그 높이가 건물의 6층 높이쯤 되고, 그 장비에 탑승 승무원이 13명이라 한다.

거대한 무한궤도와 회전 삽날이 천천히 굴러가며 석탄이 떠 올려지는 소리가 마치 참숯 깨지는 소리처럼 난다. 회전 삽날을 타고 올라온 덩어리 석탄은 그 장비 안에 장착된 분쇄기로 들어가 가루로 부서진 후 뒤따라오는 덤프트럭에 컨베이어를 타고 적재된다.

대형채탄장비

한 트럭이 가득 차면 뒤따르던 또 다른 덤프트럭에 연속해서 적재된다. 주야를 가리지 않고 이렇게 채탄작업이 이루어지기를 이미 100년, 얼마나 그 매장량이 대단한가? 앞으로도 200년 더 파낼 수 있다고 했다.

이 노천광산의 옆 산에 전망대가 설치되어 있었다. 그곳에서 내려다보니 곧 전에 보았던 그 엄청난 장비가 성냥갑만 하게 보인다. 그 넓이는 나의 목측(目測)으로 볼 때 가로세로가 각 5㎞ 정도는 되어 보이고 저 산굽이를 돌아서 또 다른 채탄장이 몇 개씩 보인다.

이곳에서 생산되는 석탄의 특징은 그 질감이 마치도 참숯 같다는 점이다. 굴삭기로 석탄을 파내면 참숯 깨지는 소리가 "바자작" 하고 난다. 그리고 유분(기름기)이 많아서, 한 줌 손바닥에서 꼭 쥐면 밀가루 반죽처럼 뭉쳐지는데, 손바닥엔 기름기가 묻어난다. 그래서 야적장 위를 걸어가면, 눈 밟는 소리같이 "뽀드득, 뽀드득" 소리가 나고 안전화 바닥은 기름칠한 것처럼 반질반질해진다.

게다가 석탄 가루가 날리지 않아서 흰색 셔츠를 입어도 전혀 검게 묻어나지 않는다. 우리나라 강원도 삼척이나 함태, 영월 석탄에 비하여 일정량을 연소할 때 나타나는 열량이 무려 약 3배 정도가 나온다.

주의할 사항이라면 햇빛에서 쉽게 점화가 되므로 야적장 화재가 자주 발생한다는 점이다. 그럴 때면 소방대가 발화 지점에 호스를 꽂고 소방차가 한 대 분량의 물을 모두 쏟아 부어 진화된듯하다가 소방대가 철수하면 어느새 또 발화되어 여간 애를 먹는 게 아니다. 반면에 그만큼 석탄이 기름지고 품질이 우수하다는 얘기이기도 하다.

한국에 수입되면 강원도 무연탄과 반반 섞어서 구공탄으로 찍어내는데, 표면이 반질반질하게 윤이 나는 고품질의 구공탄이 된다고 한다.

제3캠프에서의
탐사 활동

/

자, 이제 제3캠프에서 아침을 맞이했다.

모두 아침 식사하고 여기까지 힘들게 찾아온 목적인 석탄을 만나러 나선다.

우선 우리를 여기까지 데려온 쿠스마 라야 우타마(PT. Kusma Raya Utama) 직원들은 1차 조사된 평면도와 지질조사 주상도 등을 바닥에 펼쳐놓고 나에게 현장 브리핑을 했다. 꼼꼼히 듣고 질문하고 약 1시간여에 걸쳐서 현장 설명회를 들은 후 탐사 위치를 잡고 장비를 옮겨 가며 지하 탐사를 시작해 나갔다. 결과치는 그때그때 기록하고 이미 작성된 자료와 대비해 나갔다.

우리가 알고 있는 평면상의 광맥 이외에도 그 주변에 상당히 두꺼운 석탄층이 분포되어 있음이 확인된다. 주변 시냇물 바닥이나 폭포 부분은 오랜 시간 흐르는 물에 표토(表土)가 쓸려나가 석탄 표면이 확실하게 노출되어 있기도 했다. 노출된 석탄 지층 높이는 사람 키의 3배가 넘는다. 조사 결과 이 지역에서는 꽤 멀리 떨어진 곳에서도 두께 20m 이상의 석탄층이 분포되어 있음을 알 수 있었다. 어림잡아 계산해 보니 굉장한 토공장비 군단이 들어와서 가히 100여 년을 굴착할 수 있는 양이 계산된다.

이것들을 캐내어 덤프트럭에 싣고 항구까지만 나가면 그야말로 '검은 황금'이 되는 것이다. 인도네시아 정부는 환경 훼손이나 자연 파괴 등은 그때까지만 해도 전혀 문제시하지 않았으며, 이곳 현지 주민들 역시 뭔가가 개발된다는 기대감 때문에 우리를 환영했다. 그러므로 주변 민원이나 그런 건 신경 쓸 일이 없어 보였다.

지상으로 노출된 석탄층

당시 그곳 생산가와 한국 등으로 수출되는 Ton당 단가 등을 비교·

계산해 보면 이 사업은 대단한 대박거리 사업임에 틀림없어 보였다. 건설 사업이 문제가 아니라, 건설과는 비교도 할 수 없이 수지율이 좋은 사업이었다.

머리가 스마트한 T.K사장은 이런 것들을 미리 꿰뚫어 보고 이 사업에 손을 댄 것이며, 미국 건설 장비 제작사인 캐터필러(Caterpillar)에 이미 토공장비 수십대를 발주했고, 나를 이곳에 보내서 이 검은 황금을 캐낼 꿈을 진행하고 있는 것이다.

그런데 이렇듯 사업성이 좋은 일을 앞두고서, 결정적 문제점이 내 눈에 들어왔다. 아무리 석탄 매장량이 많고 품질이 우수하다 하더라도, 캐내어 항구까지 끌고 나와야 돈이 되는 것이다. 바로 운반이 문제였다.

정글 통과 도로 건설은 어려울 것이 없다. 빼곡한 나무들을 베어내고 불도저로 밀고 깎고 쌓은 후 굴삭기로 모양을 만들자면 설계도 필요 없고 노체공사까지는 나에겐 너무 쉬운 일이다. 그다음에는 자갈을 이용한 보조기층을 두툼하게 깔고 다진 후 기층 표층을 적정히 포설하면 멋진 도로가 되는 것이다.

오지 도로 공사는 내가 전문가가 아닌가?

문제는 두 개의 큰 강이었다.

이곳은 수마트라 중남부에 있는 뱅끌루 시티에서 북방으로 약 50㎞ 지점 '끄따운'이란 작은 마을 북쪽 산악지역 정글 복판이다. 서쪽으로는 인도양 바다가 멀리 내려다보이는 위치이다.

인도양은 평소에도 높은 파도가 끊임없이 밀려와서는 수마트라 서 해안을 1년이면 약 2m씩 유실시키는 곳이다. 그 유실되는 토사는 강물이 해안과 만나는 곳에서 엄청난 모래톱(사구)을 쌓아 올려놓는 현상을 보여준다.

현장에서 뱅끌루 항구까지 가자면 한강보다는 다소 적은 규모의 강물이 두 개 흐르는데, 이곳 사람들이 부르기를 '숭아이 우따라(윗강/북강)'라하고 또 하나는 '숭아이 슬라탄(아랫강/남강)'이라고 불렀다. 강물 수심은 깊은 편은 아니고, 강폭은 서울 한강의 2/3 정도는 되어 보인다.

이 강엔 그 당시 아주 오래된 교량이 있었는데, 이 교량은 1940년대 네덜란드 강점 시에 물자를 수탈하기 위하여 거의 가교 수준으로 지어져 있었다. 경차 한 대만 지나가도 위험할 정도로 흔들렸다.

낡은 교량

타버린 벌목 현장

교량 하부로 내려가서 자세히 살펴보니 메인거더가 300×100 I-Beam이고 트러스는 10″-L 앵글로 짜여 있다. 결합재는 D30 리벳인데, 중간중간 리벳은 빠져나갔고 리벳 구멍은 얼마나 헐겁게 벌어졌는지 작은 차량이라도 한 대 지나가면 온 교량의 철재가 "땡그렁 땡그렁" 요란스러운 소리를 냈다.

상판에는 두꺼운 송판을 깔아서 차량 타이어가 빠지지 않게 보강했다지만 중간중간 깨어져 있어서 강바닥이 아찔하게 내려다보였다.

기존 교량 2개소가 모두 이 모양이니 이 교량에 우리 회사 장비(최소 25Ton, 최대 40Ton 덤프트럭)가 언감생심 올라탈 수도 없다. 그렇다면 교량을 새로 건설해야 한다는 결론에 도달하는데, 한강에 성수대

교급 교량을 두 개씩이나 건설한다는 것은 그것 자체가 커다란 공사(Project)가 될 뿐 아니라, 사업 초기에 너무나 큰 자본이 투입되어야 한다는 문제점에 봉착되었다.

이러한 문제점이 발견된 이상 시간을 지체하면 안 된다.

나는 캠프C에 남아서 나머지 현황을 더 조사하는 동시 직원 한 명을 급히 뱅끌루로 내려보내어 내가 작성한 현장 조사 보고서를 급히 본사 T.K 사장님에게 전통문(Telex)으로 보내게 했다.

나의 이 보고서를 받은 T.K 사장님은 엄청나게 실망하고, 한편 '교량을 짓는다면 공사비는 얼마나 들까? 공기는 얼마나 걸릴까?' 걱정을 많이 하고 있을 것이다. 게다가 이미 캐터필러(Caterpillar)에 발주된 장비는 바지(Barge)에 실려 태평양을 건너오고 있는데, 이 잉여 장비는 또 어찌할 것인가 고민에 빠질 것이 분명하였다.

뱅끌루로 심부름 갔던 직원이 다시 캠프C로 돌아왔다.

그가 가지고 온 본사 전통문(Telex)에는 내일 당장 추 박사께서 이곳으로 확인차 내려온다고 쓰여 있었다. 아마도 T.K 사장은 우선 추 박사에게 현장에 내려가서 내가 보낸 보고서의 사실 유무를 확인해 보라고 지시한 것이라고 생각되었다.

직원 두 명과 안내자 한 명을 뱅끌루로 내려보내어 내일 추 박사를 모시고 오라고 지시해 보냈다. 그사이 나는 현장 주변을 더 둘러보기로 했는데, 숲속으로 한나절 더 들어가다 보니 어디선가 "따다닥…, 따다다다…." 하는 소리(내 귀에는 자동소총 연발 사격 소리처럼 들렸다.)가 들렸다.

'어! 이 근처에서 군부대가 훈련을 하는가?' 하고 다소 조심스런 발걸음을 내딛으면서 현지인 안내원에게 물었다.

무슨 소리냐고?

'수아라 자뚜 뽀혼(나무 넘어지는 소리)'이라고 했다. 한 시간여 더 걸어 들어가니 벌목 현장이 나타났다. 날 길이가 상당히 긴(60인치) 엔진 톱으로 거대한 나무의 밑동을 톱질 세 번 만에 쓰러뜨린다. 이 큰 나무가 넘어질 때 다른 나무와 가지를 부딪치면서 쓰러지는데, 두 나무 사이에서 굵은 가지가 부러지는 소리가 그렇게 들렸던 것이다.

벌목하는 범위는 넓은 지역을 가운데 두고 그 가장자리를 이발기로 밀듯이 길게 골목길을 만들어 간다. 산불이 번지지 않도록 나무 사이를 떼어 놓는 그런 작업이다.

벌목공들은 나무가 기울어진 방향을 보고 쓰러뜨릴 위치 쪽을 먼저 V자형으로 톱질해 놓고는 세 번째 톱질을 하니 그 큰 거목이 우지직 소리를 내면서 넘어진다. "우다다닥…"하는 소리도 내면서….

그네들 하는 것을 보니 아주 쉬워 보였다. 나에게 저 엔진 톱을 주면 당장이라도 할 수 있을 것 같지만 그게 아니란다. 저 긴 날 톱을 다루는 벌목공이 인건비가 가장 비싼 기능공이라고 했다.

그날 밤 한밤중에 낮에 보았던 벌목장 한복판, 지금 내가 머무는 캠프C 앞산에서 대형 산불이 났다. 이 깜깜한 정글이 훤해졌다. 시야를 가리는 나무 사이로 시뻘건 불길이 타오르고 있다. 거리가 멀었고 바람도 없었으므로 우리가 있는 쪽으로 불길이 올 것 같지는 않았지만 불안한 마음으로 잠도 못 자고 줄담배를 피워가며 밤새 산불을 지켜보았다.

아침나절에는 불꽃은 횡대를 이루며 멀리 산등성이를 넘어갔다. 이제 불꽃은 보이지 않고 산불이 휩쓸고 지나간 황량한 풍경만 들어왔다. 알고 보니 이것은 산불이 아니고 어제 본 벌목 현장 한복판에 또 다른 석탄 업자들이 일부러 숲을 태운 것이라 했다. 우리나라 같으면 산불 방화범으로 잡혀가겠지만 이곳은 그런 것은 없는가 보다.

태울 자리 외곽 쪽을 약 100m 폭으로 마치 '바리깡'을 이용해 깎듯이 밀어내고 그 안쪽에 지형과 바람을 보고 불을 지른 것이다. 아주 굵은 나무 기둥만 드문드문 남고 잔 나무와 덩굴은 모두 타버렸다. 내가 그곳에 도착하여 돌아보니 마치 괴기 영화에서 볼 수 있는 불지옥 풍경이다. 잔불이 조금씩 남아있고 여기저기 미처 피하지 못한 그을린 산짐승 사체도 보인다. 불이 꺼졌다고 하지만 화끈거리는 공기가 몹시 뜨겁다.

어느 정도 잔불 정리가 된 곳부터 벌목공이 달려들어 큰 나무(밑동이 40인치=1m) 이상 되는 거목은 적당히 토막을 내어 중장비로 끌고 내려간다. 그 이하는 목재로 쳐주지도 않는다. 이것들은 모아서 다시 태워버린다.

긴 엔진 톱 인부들은 통나무 위에 올라타서 이 큰 통나무에 실 하나 직선으로 띄워놓고 송판도 켜 내고 각재도 만들어낸다. 이건 이곳에 들어올 회사의 사무실 숙소 식당을 짓는 자재로 쓰이는데, 이런 건조되지 않은 목재로 집을 지으면 얼마 후 말라비틀어져 여기저기 균열이 터진다. 그러면 그 틈새에 흙이나 종이를 바르고 지내게 된다. 그래도 이 정글 안에서 구할 수 있는 자재는 이것뿐이니까 선택의 여지가 없다.

긴 통나무 몇 개를 얻어서 캠프C 앞 냇물에 걸쳐놓고 그 위에 송판으로 화장실 칸막이를 만들어 놨는데, 우리들 거주환경이 아주 좋아졌다. 통나무 틈새에 쪼그리고 앉아 일을 보면 냇물에 풍덩 떨어지자마자 급류에 쓸려 휙 떠내려가는 게 재미있다. 저 아래 촌장 집에 화장실이 없어서 고생하던 것에 비하면 아주 행복한 일이었다.

Camp3에서의
짧은 캠핑 생활

/

제3 캠프에서 벌써 두 밤을 지냈다. 이젠 여기서 해야 할 탐사와 주변 조사는 거의 끝낸 것 같다. 오늘 추 박사께서 뱅끌루에 도착하여 여기까지 오려면 2박 3일이 걸릴 것이므로 이곳에서 2박을 더하기로 하고 장비와 짐 정리를 시켰다. 그리고 나머지 시간은 멀리 가지 말고 캠프 주변에서 휴식을 하라고 했다. 준비한 식량의 여분이 있었으므로 거의 그 기간에 맞아떨어져서 안심이 됐다.

다소 무료한 듯 한가한 시간을 보내고 있을 즈음, 지금까지 내 주변을 따라오며 나를 경호해 주던 해병 헌병 중사가 나에게 다가와 말을 건다.

"당신네 나라는 모든 남자가 군대에 간다는데 맞습니까?"

"그렇소, 나도 한국 육군 출신이요." 했더니 무척 반가워하면서, "그럼 총 쏠 줄 알겠네요?" 한다. "물론이다."하니까 자기와 사격 시합을 하잔다.

'그것 참, 심심하던 차에 잘됐다.' 싶었다.

어젯밤 빈 병이 되어 버린 위스키병을 10m쯤 앞 흙더미에 올려놓고 각자 45구경 권총을 꺼내 들었다. 일발 장전만 시키고 탄창을 뽑아 탄띠에 꽂았다. 그 중사도 나를 따라 했다.

두 사람이 사선에 섰다.

나는 그에게 "까무뚤루(당신 먼저)"하니까 그가 사격 자세를 취했다. 곧 "땅" 소리가 났다. 이젠 내 순서다. 두 손으로 권총을 받쳐 들고 손가락만 가볍게 걸었다.

'자~! 한국 육군의 자존심이 걸렸다.'

정조준하면서 방아쇠에 걸린 손가락만 치약을 짜듯이 서서히 당겼다. 어느 순간 "땅" 하는 소리와 함께 "쨍그렁!"하며 병이 깨졌다. 주변에서 우리 직원과 짐꾼 아저씨들이 "와~"하면서 박수를 쳤다.

또 한번은 짐꾼 아저씨들이 허리에 차고 있는 정글도가 궁금했다.

"나 좀 만져봅시다." 하니까 선뜻 칼을 풀어내게 건네준다.

받아 들어보니 제법 묵직하다. 손 감각으로는 1.5㎏ 이상 되는 듯하고 날 길이는 약 60㎝ 되고 무게중심은 칼끝에 있다. 이 정글도의 용도는 칼이자, 낫이며, 도끼이다. 그 용도에 맞게 적절히 만들어진 모양을 갖추고 있었다. 옛날 전쟁용 도검은 손잡이 쪽에 무게중심이 있어서 칼끝이 가볍고 날이 얇아야 베어 차기가 용이하지만, 이 정글도와의 차이점은 그랬다.

옆에 서 있는 직경 10㎝ 이상 굵기의 나뭇가지를 향해서 검도선수들의 짚단 베기 자세로 옆으로 1보 횡보를 떼면서 수직으로 내리치니 한칼에 뎅겅 잘려 나갔다.

짐꾼 아저씨들은 여기서도 계곡 폭포 밑에 생긴 용소에 투망질을 해서 투명한 물고기들을 잡아 올렸다. 뾰족한 작살을 들고 자맥질도 해서 좀 더 굵은 물고기들을 찍어 올리기도 한다.

그네들이 착용하고 있는 물안경을 빌려달라 했다. 둥근 나무를 깎아 만든 수제품 물안경인데, 눈에 착 들어맞는 것이 제법 잘도 만들었다.

용소의 깊이는 생각보다 깊고 그늘진 바닥은 어두웠다. 방금까지 투망과 작살에 잡혔던 물고기들은 이방인의 침입에 놀라서 눈 깜짝할 사이에 바위틈으로 몸을 숨긴다.

이렇게 모처럼 여유롭게 캠핑 생활을 즐기면서 2박을 보냈다.

그중 한밤에 소낙비 같은 소음 속에 잠에서 깨었다. 소변이 마렵다. 천막지를 제치고 사다리를 타고 내려가기가 싫기도 하고 무섭기도 했다. 그래서 한 가지 꾀를 부리기로 했다. 가지고 있던 대검으로 바닥에 깔린 천막지를 한 뼘 정도 '북~' 찢었다. 바닥에 깔린 작은 통나무 사이로 컴컴한 땅바닥이 보인다. 누운 채로 슬금슬금 바지를 엉덩이까지 내리고 자세를 뒤집어 엎드리면서 그 어두운 틈새로 나의 소변 꼭지를 내려보냈다.

잠시 후 내 소변이 흙바닥에 주르르 떨어지는 소리가 들리면서 배설의 쾌감이 다가왔지만, 그 순간 갑자기 이 어두움 속에서 무엇인가가 나의 소변 꼭지를 한입에 꽉 물어뜯을지도 모른다는 공포감이 닥쳐왔다. 이 짧은 시간 동안 "빼지도 박지도 못한다."라는 속담을 절감했다. 이런 잔꾀는 참으로 어리석다고 후회하면서, 채 일을 끝내지도 못하고 급히 회수하고는 바지를 올렸다.

또 한 번의 탐사,
현장 조사

/

　3일째 되는 날 예상대로, 추 박사께서는 내가 내려보낸 직원들과 같이 제3캠프에 도착했다.

　나는 내가 조사한 내용을 그에게 차근차근 설명했는데, 그분의 태도는 상당히 흥분된 상태로 보였다. 그는 상황 판단이 될수록 더 흥분이 심해졌다.

　'T.K 사장님께 이 사실을 어떻게 보고를 해야 좋을까?'

　이것이 최고의 걱정거리처럼 보였다.

　이럴 줄 몰랐던 건 아니다. 하긴 T.K 사장이 얼마나 야심차게 준비한 프로젝트인가? 탄좌를 사들인 비용, 인도네시아 정부 관계자들에게 개발권 획득을 위해 쓴 로비자금, 미국 장비회사에 발주한 엄청난 장비 구입비 등 대략적으로 계산해도 이미 선투자된 금액이 매우 큰 사업이다.

　이 현장에 나(Mr. 신)를 투입하기만 하면 탄좌를 파헤치고 항구 야적장으로 석탄이 밀려 나올 것이라고 꿈꾸었던 사업이, 엄청난 교량 공사비를 미처 계산에 넣지 않음으로써 무산되는 기로에 와 있는 것이다.

나는 현장 책임자로 임명받아서 현장 답사를 통하여 이 사업의 불가
능성을 보고 했으니, 나로서의 임무는 끝났다 할 수 있겠지만, 큰 자금
을 투입하기 전 상태에서 '이 프로젝트의 실행 가부를 사전에 조사했더
라면 이런 커다란 시행착오는 없었을 것을…'이라는 아쉬움이 가득했다.

인도양에서 상륙 준비 중인 장비운반선

결정적 문제는 교량이었으므로 강이 있는 위치까지 빨리 가 보자는
추 박사의 성화에 그 밤길을 걸어서 고생스레 캠프2까지 왔다.

추 박사는 가벼운 운동화 차림에 바짓가랑이를 양말 속에 넣고 나
무 지팡이 하나 짚은 채 허둥지둥 걸어 내려가는 뒷모습을 보면서 괜
스레 미운 생각이 들었다. 그는 얼마 못 가서 발바닥을 아파하며, 숨
차고 엄청 힘들어했다.

반면 나는 군화 같은 안전화에 고무줄 각반을 차고 탄띠에 대검과

권총까지 무장한 정글의 무장 공비 같은 모습으로 이곳 정글에 어느 정도 숙달된 발걸음으로 걸으면서 그를 바라보게 된 것이다.

다음날 드디어 교량 위치까지 도착한 추 박사와 나는 또 한 번 교량 하부로 내려가서 지난번 내가 조사했던 내용들이 착오가 있었는지 다시 한번 살펴보았다.

추 박사께서는 구조공학 박사답게 리벳 규격이며 철강 부재의 규격 등을 일일이 자로 재면서 조사하여 기록해 나간다. 그러나 새 교량을 짓는다고 가정할 때는 다 망가진 교량을 이렇게 자세히 측정할 필요는 없다는 것을 내가 몇 번이나 설명했다.

이 낡은 교량은 우리 장비가 지나갈 수 없으니 새로운 교량을 저렴하게 설계하는 것이 더 중요하다고…. 그러나 그는 이 낡은 교량에 우리 회사 중장비가 통과하면 과연 파괴될 것인가를 확인하고 싶은 것이다.

촌장 집에 도착하자마자 그분과 나는 대학 시절 교실에서 공부했던 〈강구조공학〉 분야에서 〈리벳 이음〉의 지압응력, 전단력, 전체 Truss의 Moment, 처짐 등을 서로 알고 있는 지식을 동원하여 그 교량의 안전진단을 해 나갔다.

결과는 조금만 무거운 트럭이 지나가도 붕괴할 수 있다는 결론이 나왔는데, 그래도 그는 그 교량에 우리 트럭 한 대를 통과시켜보자는 주장을 하신다.

나는 반대했다. 그 트럭을 누가 운전할 것이며, 내 생각대로 교량이 무너진다면 그 책임은 어찌할 것이냐고? 석탄 프로젝트는 고사하고 교량 배상 공사부터 하게 된다면 더욱이 어려운 문제가 될 것이라고 끝까지 반대했다.

결국 그도 내 의견에 동의하고 내일 아침 뱅끌루 시내 전화국에 가서 T.K 사장에게 자신의 답사의견을 말씀드리겠다고 결론 내었다.

이튿날 아침 뱅끌루 전화국, 추 박사는 T.K 사장에게 자신의 보고 내용을 엄청 어렵게 더듬거리면서 말한다. (옆에서 듣자니 그렇다.)

T.K 사장의 목소리가 전화기 넘어서 나에게까지 들려온다. 냉정한 성격의 T.K 사장은 잠시 한숨 섞인 침묵으로 일관하더니 "내일 오전 내가 뱅끌루로 가겠다. 그곳 해병 부대에 헬리콥터 지원을 협조받아 놓으라. 그리고 Mr. 신을 헬기에 태워서 나에게 설명하라고 준비시켜라. 내일 답사 후 결론을 내겠다. 이상!" 전화가 끊겼다.

T.K 사장은 역시 매사에 진퇴가 분명하고 정확한 분이다.

윗강(숭아이 우따라)

아랫강(숭아이 슬라탄)

나는 그날 오후에 내가 가지고 온 확대 지도판에 위치를 표시하는 등 새롭게 정리하여 T.K 사장에게 헬기 브리핑자료를 만들어 놓았다.

다음 날 T.K 사장은 조종사 옆자리에 앉고 나는 그의 등 뒤에 서서 끄따운 탄좌 상공으로 날아 들어갔다. 드디어 문제가 되는 아랫강, 윗강이 보인다. 뒤이어 내가 힘들게 걸어 들어갔던 정글의 계곡도 보이고 채탄 예정지의 일부 검게 벗겨진 석탄 탄맥도 보인다. 나는 짧은 지휘봉으로 지도를 짚어가면서 헬기 밖의 위치와 지도를 비교하면서 간단 간단히 설명해 드렸다.

나 이런 거 잘한다. 군 시절에도 윗분들에게 꽤 칭찬을 받은 솜씨다. T.K 사장은 대꾸도 하지 않고 내 설명에 고개만 까닥까닥했다.

헬기는 잠깐 사이에 다시 뱅끌루 공항에 착륙했다.

T.K 사장이 말했다.

"점심 먹으러 가자."

나는 정글에만 처박혀 있었으므로 뱅끌루 시내에 어디쯤 무슨 식당이 있는지 모른다.

T.K 사장은 긴 이야기를 몹시 싫어하는 분이다. 현지인 운전사에게 딱 한 마디 하셨다.

"뱅끌루에서 제일 큰 식당으로 가자."

식당에서 T.K 사장과 추 박사 그리고 나 세 명은 거의 말 한마디 없이 식사를 했다. 식사가 끝나고 자리를 옮겨 커피 한잔하면서 T.K 사장은 냉철하게 지시했다.

"Mr. 신!, 앞으로 3주 이내에 장비 다시 승선시키고 직원들은 본사로 보내라. 그리고 당신은 은행과 주변 정리 끝내고 한 달 내로 본사로 복귀할 것."

그는 바로 JKT행 국내선 비행기를 타고 휑하니 떠나 버렸다. 추 박사와 나는 너무나 허탈한 심정으로 공항 대합실 의자에 한참이나 앉아 있다가, 뱅끌루 사무실로 돌아와 철수 대책을 논의했다. 뱅끌루 북쪽 강둑 옆 공터에 이미 상륙시켜놓은 엄청난 육상 장비를 다시 바지(Barge)에 승선해서 결박하고 강 하류 모래톱을 넘겨 인도양으로 끄집어내는 것 자체가 보통 일이 아닌 것이다. 본사에 있는 선적 담당 직원인 '한다야'와 그 책임자격인 '쨍그리'를 이리로 보내서 이 일을 맡게 하고, 나는 탐사 장비와 그사이 수집해 놓은 탐사자료들을 챙겨 나오기로 했다. 일꾼들 노임도 지불하고 촌장 집 뒷마무리도 할 것이다.

촌장 집 마나님
(이부 깜뿡 끄빨라)

/

정글 안쪽에서부터 우리가 가지고 들어갔던 것 중 챙겨야 할 자료와 기구, 탐사 장비 등을 모두 가지고 나왔다.

"구스마, 라야, 우따마" 직원들하고도 작별하고 헌병 중사와 일병과도 작별했다. 권총과 실탄도 반납했다. 감사했다고 촌지(寸志)를 주려 했는데, 그들은 손사래를 치며 사양했지만 결국 그들의 군복 주머니에 몇 푼씩이나마 넣어 주었다.

마지막으로 촌장님 마나님이다. 현지인 직원에게 이 집에서 자고 먹고 한 것들을 얼마쯤 드리면 될까 상의를 했다. 그 직원이 말하기를 ○○루피아 정도면 될 것이라고 알려준다. 내 생각에는 너무 적은 액수였다. 나는 그의 금액에 세배를 더해서 봉투에 현금을 담았다. 그 직원의 하는 말이 재미있다.

"그 돈 절대로 받지 않을 것입니다. 그러니 저 장롱 서랍에 넣어놓고 말만 하고 가야 한다."라고 했다. 그렇지만 나는 그 부인에게 작별 인사를 하면서 "그간 잘 먹고 잘 자고 갑니다. 안녕히 계세요. 그리고 이것은 감사해서 드리는 것입니다." 하고 봉투를 드리니 역시 손사래를 치면서 "아니요, 이런 거 받으려고 그런 거 아니에요." 하고 완강하게 사양한다. 그래서 나는 마치 급한 볼일이나 있는 것처럼 부지런히 방으로 들어가서 침대 위에 봉투를 내려놓고 나와서, "자. 그럼 나는 갑니다." 하고 "침대 위에 봉투가 있습니다."라고 말하자 그 부인도 그제야 "감사합니다." 하고 우리를 보내준다.

절대 직접 받지 않는 것이 그네들의 미덕이라고 했다. 진짜 사양하는 줄 알면 오산이다. 우리가 있는 동안 그 집 마당에서 놀던 닭이 몇 마리나 없어지고 쌀이 얼마나 소비됐을까? 그들의 빈곤한 살림살이에 내가 놓고 온 돈은 적잖이 보탬이 됐으리라 생각된다.

정글에서의 마지막 고난
(정글 퇴소 신고식)

/

정글에서의 볼일을 모두 마치고 그곳에서 벗어나는 날이다.

내 차량에는, 단출히 세 명이 타고 뱅끌루 시내로 나오고 있었다. 맡은 일을 성취하지도 못하고 허망하게 빠져나오면서 왜 이리 덥고 땀은 흐르는지….

거의 다 정글을 빠져나올 때쯤이다.

작은 시냇물에 타이어가 거의 잠긴 채 성능 좋은 사륜구동 지프차가 냇물을 건너가면서 운전사가 말했다. 차에 흙탕물이 너무 많이 묻었으니 세차를 하고 시내로 들어가고 싶다고 했다. 나도 그게 좋다고 해서 차를 냇물에 세웠다.

운전사는 걸레를 들고 맑은 물에 세차를 하고 있었고 나는 잠깐 상류쪽으로 몇 발짝 옮기면서 웃통을 벗고 상체의 땀 기운을 씻어내고 있었다.

바로 그때였다.

"앗, 따가워!"

손등에 뭐라고 표현할 수 없는 바늘로 찌르는 듯한 통증이 느껴졌다. '뭐지?' 하고 있을 때 그 따가움은 손등을 타고 손목으로 위쪽으로 빠른 속도로 올라오면서 빨간색 발진이 빈틈없이 순간적으로 솟아올랐다. 나는 반사적으로 내 팔을 물에 담그고 씻어내려 했지만, 이 따가움과 발진은 참을 수 없을 만큼 아프고 괴로웠다.

내가 비명을 지르자 운전사가 내게 뛰어와 내 상태를 보더니, "어! 이거 ○○라는 벌레에 쏘였네?"라고 한다. 이 사람은 이 근처가 고향인 현지인이므로 이것이 뭔지 아는 듯했다.

그는 나에게 "빨리 물 밖으로 나와요!"하면서 자신도 황급히 뛰어나간다. 나는 그의 말대로 텀벙텀벙 물 밖으로 급히 걸어 나왔지만 종아리 부분도 역시 따가운 발진으로 이미 가득했다. 밖으로 나와서 신발과 양말을 벗어보니 무릎 아랫부분은 새빨간 발진으로 빈틈없이 덮여 있고 따가움과 가려운 증상으로, 거의 기절할 듯 괴로웠다.

뱅끌루 시내에 가자면 앞으로 30분은 더 가야 한다. 이 고통을 겪으면서 시내까지 왔다. 내 운전사 말이 "이 증상에 꼭 맞는 약이 있는데 약국에서 파는 게 아니라 어떤 할머니 가게에 있다."라는 것이다.

즉시 그 집으로 갔다. 작은 시골집 마당으로 들어서니 주름살이 조글조글한 인도네시아 할머니가 나와서 내 상처를 살핀다. 그리고는 파란 가루약을 종이에 접어서 네 봉지를 준다. 이것을 양동이에 뜨거운 물을 받아 풀어서 팔다리를 담그라고 했다. 숲속 냇물에 손가락만 한 독충들이 있는데, 그것들이 분비한 독이 퍼져서 물에 섞여 떠내려오다가 사람 피부가 닿으면 이 모양이 된다고 했다.

뱅끌루 시내의 어느 작은 호텔에 들어왔다. 양동이를 빌려서 뜨거운 물을 받고 가루약을 풀어서 팔다리를 담갔다.

"으악~~~!"

가렵고 따갑고 이건 정말 미치겠다. 여기서 나는 한 번 더 미련한 처방을 스스로 했다. 소금을 가져오라 해서 이 발진 위에 대고 수건으로 박박 문질러댔다. 처음엔 살갗이 까지면서 잠시 시원해지는 듯하더니 더더욱 괴로워졌다.

다시 파란 약물통에 손발을 담갔다.

'더 미치겠다!'

이 수마트라 남단의 작은 도시 낯선 시골 호텔방에서 두 손 두 다리를 들고 누운 채 덜덜 떨면서 밤새 울부짖었다. 세상에 이런 고통이 또 있을까?

이튿날 아침, 운전사는 정체불명의 연고를 가지고 왔다. 까진 피부에 색소가 들어가 내 손과 발은 문신을 한 듯 도깨비 모양으로 시퍼런 팔다리가 됐다. 이 연고를 바르고 붕대를 감았다. 손에는 면장갑을 끼고, 이 모양으로 JKT행 비행기를 타고 JKT 내 집으로 돌아왔다.

아내는 왜 붕대를 감았냐고 물었지만 대답할 힘도 없었다. JKT에 있는 제법 큰 병원엘 갔더니 뭔지 모를 약을 바르고 광선을 쪼이는 치료를 받았다. 그러니 통증이 조금 해소되었다. 그 덕분에 이틀 만에 잠을 자고 다음날 아침 본사에 출근해서 T.K 사장과 추 박사를 만났다.

그들은 내게 "당신 손이 왜 그러냐?"라고 물었다. 그간의 이야기를 했더니 그들은 그것이 무엇인지 아는 양 "에이그, 집에 가서 쉬고 나으면 사무실에서 다시 보자." 한다.

광선치료를 받은 병원에 몇 번을 더 다니고서야 통증이 완전히 멈췄다. 그러나 소금에 벗겨진 땀구멍마다 박혀있는 푸른 문신은 약 석 달 뒤에야 사라졌다.

정글에 들어설 때 원숭이들에게 신입 신고를 하더니, 빠져나올 때는 지독한 쐐기에게 혹독한 '빳다'를 맞고 나왔다. 이렇듯 극심한 정글 생활이 약 넉 달 만에 끝이 났다.

보경이의 귀환

/

　큰딸 보경이가 초등학교 1학년을 마쳤다.

　칼리만탄에 근무할 때, 입학 시기가 다가왔지만, 그곳에서 보낼 학교란 (PT바닥) 회사에 있는 미국인 학교거나, 아니면 그곳 인도네시아 초등학교뿐이었다.

　미국학교 교장 선생을 찾아가서 입학 허가를 해 달라고 부탁했었는데, 허락해 줄 듯 말 듯 미온적인 태도여서 포기하고, 현재 이곳 공사(칼팀3)도 끝나가므로 아내와 보경이를 먼저 JKT로 보내서 대사관학교에 보낼 생각을 하다가 생각을 바꿔서 한국에 외가로 보내서 출국 전 살았던 강서구의 어느 동네에 있는 ○○초등학교에 입학시켰다.

　외국에 살면서 한국으로 유학을 보낸 셈이다.

　그랬던 보경이가 한국에서 1학년을 마치고 다시 JKT로 오게 됐다. 대사관 학교에 2학년으로 편입시킬 계획이었다.

　보경이는 취학 전 '칠레곤'에 있는, 현지 아이들 유치원에 다닌 적이 있는데, 그때 배운 인도네시아 동요, 무용 등을 지금도 조금씩 기억한다.

학예회 때 가서 보았는데 무대 분장을 하고 현지 아이들과 놀이를 하는 것을 보니 누가 내 딸인지 구분이 안 될 만큼 그네들과 똑같았다. 쉬운 말은 나보다 더 잘한다.

내가 정글에서 독벌레에 쏘이고 울부짖으면서 JKT 집에 오는 날 보경이도 한국에서 도착했다. 마침 아세아 청소년 배구 선수권 대회가 JKT에서 열렸는데, 그 배구팀 감독인 엄세창 씨가 나의 매부 이광조 씨와 절친인 관계로 보경이와 이번 여행을 같이했다. 선수단 챙기기에도 힘들었을 텐데 어린아이까지 부탁한 것이 미안하기도 하고 고맙기도 해서 선수단 전체를 내 집에 초대하여 저녁 식사를 대접했다.

불고기를 큰 통(다라이) 하나 가득 준비했는데, 선수들이 얼마나 좋아하는지…. 엄 감독님은 선수들에게 내일 중요한 경기가 시작되니 너무 많이 먹지 말라고 주의를 주었지만, 그래도 이 건장한 선수들은 엄청나게 먹어 치운다.

일인당 거의 1㎏은 소비한 것 같다.

다음날 중국과의 개막전이 있었는데 체육관에서 열심히 응원을 했건만 지고 말았다. 어제 고기를 너무 많이 먹었나? 슬쩍 죄송스럽다. 보경이는 여행 중에 친해진 선생님들, 그리고 키 크고 잘생긴 선수 오빠들과 잘 지낸다.

그날 저녁 단장님, 감독님, 코치 선생님, 치료사 선생님들을 모시고 JKT에 유명 뱀집으로 모시고 가서 코브라 쓸개와 생피를 섞은 보양주를 대접하고 마른 쓸개 한 봉투씩을 선물했다. 다들 너무 좋아하신다.

보경이가 2학년으로 편입했다. 이 학교는 주 인도네시아 한국 대사관에서 운영하는 공립국민학교다. 문교부에서 파견 나온 선생님은 한 분뿐인데 이 분이 일학년 담임이자 교장 선생님이다.

다른 학년은 이곳 교민 중에, 교사 자격이 되는 엄마들을 선발해서 2학년부터 6학년 담임을 맡긴다. 그 외 영어 선생님. 인도네시아어 선생님도 따로 있고, 음악, 미술, 태권도 등 특별활동 선생님들이 따로따로 있어서 굉장히 양질의 사립학교식 교육이 이루어지는 학교다.

또 한 가지 재미있는 것은 모든 아이들이 등교할 때 자기 집 차에 운전사가 학교까지 등하교를 시켜준다는 점이다. 학교 마당엔 아이들이 타고 온 차량의 주차장이 널찍하고, 운전사들은 자기가 모시고 온 꼬마 주인을 상관 받들 듯 가방 들어주고 교실까지 데려다준다. 하굣길에는 운전사가 교실 문 앞에서 기다리다가 그 집 도련님들과 아가씨들이 나오면 가방을 받아주고, 차에 가서 기다리면 아이들은 자기네들끼리 실컷 놀다가 각자 자기 집 차로 가서 귀갓길에 이르는, 그야말로 귀족 생활을 누린다.

내 눈에는 이것이 마음에 걸렸다. 운전사들은 나이 먹은 직업인이다. 그런데 우리 아이들이 "야! 루카스! 가방~!"하고 휙 던져버린다. 보경이에게 일러줬다. 그렇게 던지지 말고 건네주면서 "'고마워요(트리마카시)'를 꼭 해라."라고 당부했다.

실천에 옮겼는지 확인해 보지는 못했다.

미국 캐터필러 회사
교육 출장

/

정글에서의 피로와 쐐기 상처가 아물어갈 때쯤이다.

어느 날 출근하자마자 추 박사가 사무실 내 방으로 찾아왔다.

"Mr. 신, 나와 미국에 출장 다녀올 일이 생겼어요. 지난번 우리 회사가 미국 캐터필러 회사로부터 엄청난 양의 건설 장비를 사들였던 것 알죠? 그 회사에서 장비를 많이 사준 바이어들을 초대해서 장비 운영 교육을 시킨다는데, T.K 사장께서 나와 당신 둘이 다녀오라 했어요. 그곳에서의 비용은 캐터필러 회사에서 숙식 모두 부담하고, 그 외 비용은 회사법인 비용으로 쓸 테니 당신은 돈 쓸 일이 없어요."

그리고 또 한 가지 제안을 했다.

"칼리만탄 북쪽에 엄청난 탄좌가 있는데 미국의 〈브로운〉 회사가 이미 개발해 놓은 곳이어서 지난번 뱅끌루 현장과 같은 문제 발생은 없는 곳이고요. 앞으로 약 20년 이상 채탄 생산이 가능한 곳이라 해요.

그 회사 본사가 콜로라도 〈덴버〉에 있는데, 거기에 들러서 우리 회사와 합자 사업 협의도 할 예정입니다. 나머지 시간은 나와 자유여행을 하다가 옵시다. 그리고 T.K 사장은, 이 칼리만탄 사업을 나(추 박사)에게 맡긴다고 하더군요."

나는 이 말이 하나도 이상하다고 생각하지 않았다. 몇 년 전 수랄라야 발전소 현장 시절 C 소장이 가고 소장직이 공석일 때 추 박사가 직접 소장직을 수행한 적이 있었지 아니한가.

그래서 나는 뱅끌루에서 내가 겪은 극심한 고생에 대한 위로 차원으로 휴가 겸 여행을 보내주려는 T.K 사장의 배려 정도로 생각하고 가벼운 마음으로 추 박사와 더불어 미국행 여행을 떠나기로 했다.

그런데 미국 출장을 다녀와서 T.K 사장과 아침 커피타임에 우연히 이 미국회사 합작 사업에는 나를 보내려고 준비시킨 것이란 걸 알았다. 하지만 추 박사는 왜 그 말을 나에게 빼놓았을까? 묘한 일이다. 심지어는 거짓말까지 했던 것이 아닌가?

아무튼 해외여행을 해야 하는데 지난 몇 년간 현장에서만 지내던 나는 작업복 이외에 마땅한 옷 한 벌도 없었으므로 일단은 싱가포르로 가서 여행 준비를 시작했다.

싱가포르 중심가인 '오차드 로드'의 여러 백화점을 돌면서 내게 맞는 고급 양복과 발리 구두, 서류가방, 넥타이, 와이셔츠 등 현장 촌놈을 국제신사로 만들기로 작정한 듯 위에서 아래까지 '좌~악' 한 벌 뽑고 이발까지 하고 나니 얼굴이 검게 탄 것 빼고는 아직 괜찮아 보인다. 미국행 비행기도 SQ(싱가포르 항공)의 '1st 클래스'로 하고 한국 영토를 건너뛰어 샌프란시스코로 날아갔다.

일정이 여유만만했으므로 이 도시의 관광부터 시작했다.

　이곳의 가장 명물이고 나 같은 구조물 기술자에게는 꼭 보고 싶은 '금문교(Golden Bridge)' 남단을 가보니, 거기에는 이 교량을 설계하고 시공 지휘를 했다는 분의 동상이 언덕 위에 서 있었다. 손에는 도면철을 들고 금문교를 내려다보고 있었다. 그 옆에는 그분을 기리는 작은 기념관이 있는데 어떤 형태로 이 교량을 지을까 고민하면서 이리저리 스케치한 그림이 여러 종류 진열되어 있고, 이분이 이 교량을 지으면서 겪었던 일들이 사진과 함께 소개된 것을 보고 읽었다.

　이걸 보면서 나는 북받치는 감동과 설움이 몰려왔다.

　'그래 이거다!'

　이렇게 기술자의 노고를 기념관에 새겨두는 기술자 우대의 풍조가 우리에게는 없는 것이다. 이분은 이러한 대형 교량 기술자로서 얼마나 벅찬 영광을 가지고 가셨을까? 정말 부럽다. 나도 부끄럼 없는 공사를 수행하고 싶다. 공사비와 공기에 쪼들리지 않고, 불합리한 감독 관들의 횡포를 겪지 않으면서, 정당한 기술인으로서 내게 주어진 일 들을 해내고 싶다. 당시 우리나라에서는 어림도 없는 꿈이란 걸 잘 안 다. '다음 세대에서는 그런 세상을 만들 수 있겠지.' 하며 희망해 볼 뿐이었다.

말로만 듣던 미국 땅, 추 박사가 말렸지만, 혼자 저녁거리에 나섰다. 아시겠지만 샌프란시스코라는 도시는 오르막 내리막이 많다.

그런데 이미 어두워진 길을 따라 부지런히 걷는데, 두 명의 커다란 흑인 청년들이 내 앞을 막아선다. 굵직하고 거친 목소리로 "Can you speak korean?" 이런 쓸데없는 질문을 한다.

'어? 이건 뭐냐?'

직감적으로 이건 "시비"구나 생각했다. 나는 즉각 옆 자세로 옮겨서 면서 목청 높게 대답했다.

"Of corse, I can speak korean. because, I'm Korean. —why?"

이 친구들이 더 당황스러워한다. 그들은 내가 금방이라도 발차기를 날릴듯한 자세를 보더니 "Hey man, Sorry" 하면서 길을 비켜섰다.

나는 그들 옆으로 씩씩하게 지나쳐갔다.

다음날은 샌프란시스코의 명소인 꽃동네, 꽃시계탑도 돌아보고, 아 직도 운행되는 시가지 궤도 전차도 타 보았다. 차이나타운 재래시장 에 들렀을 때는 여기가 미국인가 중국인가 구별이 되지 않을 정도였 다. 백인이 지나가면 이상할 정도였으니까….

로키산맥에서 캐어 왔다는 산삼이 시장 멍석에 수북이 쌓여 있다.

모양새가 도라지보다도 초라해서 한 개를 씹어보니 삼(蔘)인 것은 맞다. 그 집 가게 안쪽에 코리안 '진생(인삼)'이 붉은색 카펫에 아주 멋지게 진열되어 있고 그 옆에 개성 인삼도 나와 있다.

그 다음날은 캐터필러 회사가 있는 미 동북쪽 일리노이주로 가면서 Ford차 본거지인 디트로이트에서 1박하고 거기서 캐터필러사(社)에서 보내준 버스편으로 '캐터' 회사로 들어갔다.

캐터사 본관 앞에서 하차를 했는데, 이 회사 장비가 길 양옆으로 '죽~~' 진열되어 있었다. 그런데 살펴보니 엄청난 부상을 입고 파손된 장비들만 진열되었다. 설명판을 읽어보니 "이 장비는 어느 해에 우리 공장 몇 번째 라인에서 생산되어 아프리카 어느 현장에 투입된 후 무슨 작업을 하다가 어떤 장애를 당하여 이렇게 파괴되었다. 그때 '오퍼레이터'는 누구였고 현장 책임자는 누구였다."라는 내용이었다.

이렇듯 자랑보다는 망가진 장비에 대한 반성문을 기록해놓은 것이었다. 이래서 이 회사 장비가 세계적 브랜드가 되었구나 싶었다.

우리 같은 최고의 바이어를 맞이한 이 회사에서는 도착하자마자 자기 회사의 게스트하우스에 1인 1실 호텔급 방으로 안내하고, 구내시설(식당, 헬스장, 수영장, 영화관, 도서관)을 이용할 수 있는 목걸이 신분증에 이름을 박아서 제공해 주었다. 교육 기간 중 착용할 교복 겸, 보온용 후드티와 모자, 가방, 필기구 등 세심한 준비물도 받았다.

우리처럼 초대되어 전 세계에서 모여드는 바이어들이 속속 도착하는데, 전원 70~100명이 될 것이라고 했다. 개강은 이틀 뒤라고 했다. 우리가 공부할 강의실은 계단식 시청각실로서 개인마다 대형 테이블

캐터필러 야외교육장

에 마이크, 헤드폰, 그리고 교재와 공책, 필기구까지 완벽하게 갖추어져 있다.

개강을 했는데 강의내용이 별것은 아니었다. 시간당 작업량, 주행속도, 사이클 타임, 덤프의 적재 용량, 이런 것들이 대부분인데 수강생들의 수준도 별로라고 느껴졌다.

호주 영국 동남아 등지에서도 석탄 채광 기술자들이 대부분인데 말투도 상스럽고 교수에게 질문이랍시고 하는 수준들이 너무 낮았다. 이런 내용들은 동아건설 견적부 시절에 너무나도 능숙하게 처리했던 내용들이다. 우리나라 건설계의 자랑이자 필요악인 〈품셈〉의 '장비'편에서 나오는 'Q값, K값, E값, Cm 등이다. 강의 도중 중간중간 쪽지시험이 있었는데, 그때마다 어렵지 않게 답안을 제출했다고 기억한다.

이 교육이 끝날 때 그룹별로 치러지는 종합테스트가 있었는데, 태국에서 온 어느 건설회사 회장님과 그 직원들 팀이 1등을 하고 나와 추 박사팀이 2등을 했다.

테스트 내용은 이랬다. 넓은 벌판 한복판에 세워진 관제탑에서 자기가 운용할 장비를 호출해서 서쪽 토취장에서 동쪽 성토장까지 약 2km를 덤프를 운행시켜서 계획된 시간 내에 계획된 토량을 맞추어 내야 하는 실전 게임이었는데 재미있었다.

관제탑에서 헤드폰 끼고 마이크 잡고 부른다.

휠로더 1호, 2호, 3호. 토취장에서 대기할 것.

덤프 1호~5호, 토취장으로 가서 상차를 시작할 것.

상차 개시!(교관은 시간을 재고 계근대에서 무게를 기록한다.)

성토장 불도저 1호, 2호. 정지작업 개시!

덤프트럭 유도할 때 안전 유의 할 것! 이상!

모든 장비가 내 지휘하에 착착 움직인다. 야! 이거 엄청 재미있다.

'Cater'사의 배려는 최선을 다하는 것 같았다. 먹거리도 최고로 제공하고 졸업 기념으로는 멋진 유람선에 우리 교육생과 젊고 예쁜 여승무원 수십 명만 태운 채 베풀어진 미시시피강 선상 파티는 너무 좋았다.

미시시피강 선상파티

추 박사와 자유여행
/그리고 사직

/

이렇게 2주간의 교육 기간이 끝났다.

추 박사는 미국에 와있는 자기 형제들을 만나고 싶으니 동행하자고 했다. 그러자 했고 두 군데를 들렀는데, 그중 하나는 테네시주 톨레도 대학에 유학 중인 막냇동생이었다. 그는 우리와 같은 토목공학(Civil Engineering)을 공부한다 했다. 학교까지 들어가서 만나보았는데 그 친구들이 멀리서 토목공학 선배님들이 오셨다고 좋아하면서 우리를 학생 식당으로 초대했다. 선배로서 자기들에게 한 말씀 해달라고 하기에 내가 한마디 일갈을 했다.

"너희들 선택 잘못했다."

그들이 들고 있는 책 중에서 내가 대학 시절 교재로 공부했던 러시아의 《티모센코 재료역학》 책이 눈에 띄었다. '아! 미국 대학생들도 저런 책으로 공부하고 있구나.'하고 생각되었다.

추 박사는 여행 전 어디를 갈 것인가 이미 상세한 조사를 해 놓은 듯 여러 가지 볼만한 장소를 나를 이끌고 잘도 다녔다.

톨레도를 떠나서 시카고로 왔다. 여기에서는 추 박사의 여동생 집에서 머물면서 그녀가 안내하는 대로 시카고 자연박물관 등 여러 곳을 둘러보았다. 그녀가 운전하는 차를 타고 가던 중, 그녀가 잠깐의 운전 실수를 했는데, 옆으로 차 하나가 급히 따라붙으면서 소리쳤다 "헤이! 차이니즈, 너희 나라에 가서 그렇게 운전해라!" 하고는 휑 지나간다.

아주 새까만 피부의 젊은 여성이었다.

그 여동생은 나보기가 창피했는지 "허허, 저 블랙 레이디가 뭘 잘못 먹었나 봐?" 하면서 나를 흘깃 쳐다본다. 나는 못 들은 척 못 본 척했다.

한편 추 박사와 긴 여행을 같이하면서 평소 느끼지 못한 개인적 취향 등 이런저런 의견 충돌이 생겨났다.

예를 들면, 그는 먹는 문제에 중점을 두는 편이다.

번번이 중국식 정찬을 먹자고 했다. 내가 중국 음식을 싫어하는 것은 아니지만 매번 그렇게 성대히 먹을 필요는 없었다. 반대로 잠자리는 배낭여행자들이 머무르는 수준으로 일관했다. 그런데 나의 취향은 그 반대였다. 그는 술을 입에도 대지 않는다. 나 혼자 고작 맥주 한 캔 시켜서 혼자 마셨다. 여행 파트너로서는 영 젬병이라 하겠다. 교육 기간 동안은 전혀 못 느끼다가 자유여행을 하면서 이 문제가 아주 심각하게 신경 쓰였다. 회사법인 카드를 그가 쥐고 사용하는 일종의 갑질 같은 불쾌감도 들었다.

JKT를 떠날 때부터 그의 태도는 예전과 달리 뭔가 이상하게 자기 위주로 일관했다. 그가 그전에 하지 않았던 언행에서 약간의 거리감과 경계심(?) 같은 것이 느껴졌다.

나는 스스로 미련한 듯 사는 편이지만, 나름대로 민감한 면도 있는 사람이다. 추 박사 이 양반이 내게 이렇지 않았는데 '참 이상한 일이다.'라고 생각하면서, LA를 거쳐 한국에 잠시 들렀다가 JKT로 귀환했다.

그때쯤 나에게는 한 가지 생각이 떠올라서 머릿속을 꽉 채우고 있었다. 그것이 무엇이냐면, 추 박사와의 충돌을 피하고 오래전부터 내가 생각해 오던 나의 계획을 실천하기 위해서는 JSI를 사직하고 한국으로 가야겠다는 생각인데, 반쯤만 생각한 상태로 JKT 회사로 돌아왔다.

사무실로 복귀한 날 아침, T.K 사장님께 "덕분에 잘 보고 잘 배우고 왔습니다" 하고 귀사 신고를 하니까 사장님 말씀이 "이번 칼리만탄 프로젝트에 책임자로 가면 배운 것 잘 활용해라."라고 하는 것이 아닌가?

이 말을 듣는 순간 모든 것이 확연하게 정리가 되는 듯했다. 미국 브로운 회사와 공동 추진 사업엔 추 박사 본인이 가고 싶었던 거다. 그런데 T.K 사장은 나를 데리고 미국 가서 석탄개발을 배우고 오라 하니 나에게 그 말은 하지 않고, 약 한 달 반 정도의 여행 기간 중 나에게는 어영부영한 태도를 취했던 것이라고 판단되었다.

그때부터 나의 머릿속에서 반쯤 생각하던 구상이 갑자기 구체화되었다. 하룻밤을 숙고 끝에 생각을 굳혔다. 사직하고 한국으로 가자! 이미 내 나이도 40을 막 넘고 있었다. 아내와 상의했다. "이제 아이들도 커가고 여기서 내가 할 일이 더 이상은 보이지 않는다."라고 말하니 아내는 반대는 하지 않았지만 걱정을 꺼내 놓는다.

"한국 가봐야 집도 없고, 이제 나이가 40을 넘겼는데 새 직장 어딜 가겠느냐? 회사에서 가라고 말하지 않으면 그냥 버티고 있자."

내가 생각해도 틀린 말이 아니다. 그러나 할 일도 없이 공짜 월급만 받고 이렇게 큰 집에서 큰 차 타고 다니면서 어영부영 눈치 보는 것, 이건 내겐 딱 싫은 상황이다. 물론 나에게 회사에서 "당신 가라."하지는 않겠지만 추 박사와는 틀림없이 멋쩍은 충돌을 하고야 말 것이다.

나의 강력한 제안에 아내도 마지못해 동의해 주었다.

다음날 아침, 출근하자마자 추 박사 방으로 가서 "사직하겠다."라고 말했다. 그의 표정이 아주 묘했다. 반기는 듯 놀라는 듯….

일단은 만류했다. 좀 더 기다려 보면 건설 프로젝트도 있지 않겠느냐? 사실 내 심정은 건설 프로젝트가 아닌 석탄 프로젝트라서 그것이 마음에 들지 않으니까 가겠다는 것은 아니다.

이번에 내가 사표를 내면 내 직장생활의 두 번째 이직이 된다.

자주 직장을 바꾸면 버릇이 된다고, 스스로 '신중해라' 하고 다짐을 해 보지만, 한번 마음먹은 것을 만류한다고 번복하기는 싫었다.

실제로 나는 직장 초년기부터 생각해 둔 계획이 있었는데, 딱 40살까지 직장생활하고 그 후는 내 사업을 하고 싶었다. 무슨 사업을 할 것인지도 생각해 두었다. '주문 주택 사업'이었다. 토목기술자인 내가 건축업을 하고 싶었던 것이다. 이것은 나의 취향과도 어느 정도 맞아떨어진다. 당시 국내에는 골목골목마다 소규모 주택건설이 한창 붐을 이룰 때였다.

추 박사에게 "나의 생각은 이미 결정된 것이니 내가 갈 수 있도록 해 달라."라고 이야기하고 사직서를 타이핑한 후 서명해서 정식으로 제출했다.

T.K 사장께 추 박사와 함께 들어가서 사직서를 내놓으니 사장님께서는 정말 놀라운 표정으로 "Mr. 신, 왜 이래? 내가 당신께 무리한 요구들만 했었나? 미안해요. 조금 진정하고 기다려 봐요. 좀 더 당신에게 알맞은 일이 생길 수도 있어요. 제발 다시 생각해요." 하면서 사직서를 굳이 돌려준다. 세월이 지나고서야 인지한 것인데….

그때 그분 말을 듣고 주저앉았거나, 추 박사에게 시치미를 뚝 떼고 칼리만탄 석탄 프로젝트로 내가 갔었어야 했다. 솔직히 후회된다.

윗사람이 사직을 만류할 때, 다른 조건을 내세워 사직의 뜻을 바꾸는 것이 마치 나 자신을 기만하는듯하다는 젊은 시절의 오기로 결국 그 다음날도 사직의 뜻을 굽히지 않자 T.K 사장이 묻는다.

"한국 가서 무엇을 할 생각인가?"

내가 대답했다.

"내 사업을 하려고 합니다."

그가 말하길, "그래 자기 사업 좋지! 그러나 Mr. 신 같은 엔지니어에게 사업이란 절대로 쉬운 게 아니야. 나는 당신의 사업이 성공하길 바라지만, 만약에 어려움이 생기면 언제라도 내게 와요. 여기 당신 의자는 항상 내 옆에 놔둘 테니까!"

실제로 옆에 빈 의자를 당겨 놓으며 진실로 말해주셨다.

추 박사와 셋이 앉은 자리에서 나에게 또 물었다.

"Mr. 신을 보내려 했던 칼리만탄 탄좌 책임자를 누굴 보내야 하나. 당신이 한번 추천을 해봐요."

이 자리에서 추 박사는 자기의 거짓말이 결국 내 앞에서 탄로 난 꼴이 되고 말았다.

내 생각엔 이런 현장은 꼭 고급 엔지니어를 보내야 할 필요는 없다고 판단되었다. 성실하고 근무태도가 말끔한 직원이 누굴까 생각하다가 즉시 내 머리에 떠오르는 젊은 직원이 있었다. 발전소 현장부터 같이 있었고 본땅 현장 소장 재직 시 내 현장에서 측량사로 일했던 말레이 국적의 중국계 직원 '림재복'이었다.

T.K 사장은 '그 친구로 그 프로젝트 감당이 될까?' 하고 걱정했지만, '내가 보는 견지에서는 그는 정직하고 건강하고 오너 측과의 대인관계 등에서 무난하며 편안한 사람'이라고 확실히 추천해 드렸다. 세월이 지난 후 그 친구는 지금 그 회사의 제2인자 위치까지 되어 있다.

나는 T.K 사장이 마지막 해준 말씀이 너무 감격스러웠다.

"항상 내 옆에 당신 의자를 준비해 주겠다."라니, 정말 감사했다.

예의를 갖추어 정중히 인사했다.

"감사했습니다. 7년여 잘 있다가 귀국합니다. 건강하십시오."

그는 자기 책상 서랍을 열더니 수표책을 꺼내어 굵은 펜으로 US $100,000를 쓰고 서명을 하더니 내 손에 쥐여준다. 송별금이라 하면서….

이 회사에 7년 전 한국인 약 40여 명이 와서 그중 내가 최후로 남은 한국인이었고, 게다가 이런 송별금까지 받다니….

'여기서 내가 내 할 일은 그래도 해냈구나.'하고 생각했다.

세월이 엄청 지난 지금에 생각해도 그때 그 사장님이 나에게 걸었던 기대를 저버리고 왔다는 것에 죄송하고도 후회스럽다.

7년 만의 귀국

/

　지금도 그런 제도가 있는지 모르겠는데, 당시는 가족과 함께 2년 이상 정당한 사유로 해외 근무한 사람이 귀국할 때는 총포, 마약류를 제외한 이삿짐을 20ft(6m) 컨테이너 1개 분량은 무관세로 통과시켜주는 제도가 있었다.

　인도네시아에 있는 교민들은 귀국할 때 대부분 인도네시아 가구를 사 온다. 그곳은 양질의 목재가 많고 목각 작품 수준의 좋은 가구가 많으므로 컨테이너 하나에 가득 실으면 꽤 많은 가구들을 가져올 수가 있었다.

　방이동 선수촌 아파트에 전세를 준비하고 가져온 가구들을 펼쳐놓으니 가구전시장 모양이 되었다. 내 집에서 꼭 써야 할 몇 점을 남기고 친지들에게 실비로 팔아서 이사 비용에 충당했다.

　보경이는 오륜 초등학교에 3학년으로 전학시키고 오랜만에 한국 생활이 시작되었다. 아이들을 데리고 국내외로 이리저리 이사를 했더니 아이들에게 혼동이 생겼다. 작은딸 보람이는 만으로 세 살이 넘었는데 말을 못 했다. '언어장애인가?' 했는데 그건 아니었다. 우리말도 알아듣고 영어도 알아듣고 인도네시아어도 알아듣는데, 막상 우리말을 하자면 마구 섞어서 한다든가 그나마 입을 다물고 만다.

큰딸 보경이는 그나마 어렴풋이 '여기는 우리나라 저기는 남의 나라'라는 개념이 조금은 있었지만, 작은애는 전혀 구별을 못 하고 있다. 외국에서 자란 아이들이 이러한 현상이 있다고 들었지만, 내 집 아이가 이렇게 혼란을 느끼는 것을 보니 내 마음이 편치는 않았다. 큰딸애도 하는 말이 "아빠, 동네 가게 아저씨가 한국 사람이에요."라든가, 제주도에 가서 하는 말이 "우리는 한국에서 왔어요."라고 해서 웃었다. 이뿐만 아니라 "우리 집 운전사 아저씨는 어디 갔어? 왜 아빠가 직접 운전해?"라는 등 상황정리가 잘 안되는 모양이다.

제2장

/

골목 건축공사
소규모 건축업

건축업자로서의 변신

/

　귀국 이사를 하고 가족들과 어느 정도 자리가 잡히면서 한국회사에 취업하려고 여기저기 취업 활동을 해 보았지만 여러 가지 조건 등으로 인하여 취업의 의지가 줄어들고 말았다.

　첫째, 급여 차이가 너무 많았고, 둘째, 나와 동기뻘 되는 사람들은 이미 한국 업체에서 차·부장급까지 진급되어 있을 뿐 아니라 이미 사내에서 그들의 존재감이 확실한 반면, 나의 경우 지난 경력을 어찌 인정받을지도 문제지만 내가 갑자기 부장급으로 낯선 회사에 들어간들 전혀 융화될 것 같지도 않았다.

　생각이 이쯤까지 되자 오래전부터 마음먹고 있었던 소규모 건축사업을 해 보기로 마음을 굳혔다. 주택 사업이라고 해 봤자 당시 우리 사회의 한편에서 유행한 '집장사'라고 해야 한다. 어쩌다가 자기 집 한 채쯤 지어본 동네 아줌마들도 겁도 없이 집장사에 도전하여 나름대로 수익을 올리고 하던 시절이었다.

　할 일 없는 동네 노인네들도 이 사업을 하기도 했다. 정통 건축 일을 해온 분들에게는 비난의 대상이 되기도 했지만, 당시 건축 법규상 또는 사회 통례상 아무 제약도 받지 않는, 나름대로는 '블루오션 사업'

이었다. 나도 마찬가지다. 건축일이라고 경험도 없고 무식한(건축직 사람들은 토목직을 무식하다고 표현한다.) 토목쟁이 출신이고 한국의 실정이라고는 하나도 모르는 맹탕이었다.

그래서 건축에 관해서 나름대로 공부를 하기로 했다.

첫째, 건축법 공부를 해서 주택의 설계기준을 익혔다. 빈터를 보면 이곳에는 어느 목적의 건물을 어느 크기, 어느 높이로 지어야 할까 하는 안목을 갖추는 것이다.

둘째, 건축자재 공부다. 토목은 건설재료가 아주 간단명료하다. (흙, 돌, 쇠, 철) 그러나 건축 재료는 지붕, 벽체, 구조, 창호, 상하수도, 전기, 주방, 내부까지 엄청 다양하다고 판단하여, 카메라와 수첩을 들고 논현동에 있는 건축 자재 백화점에 학교 가듯 출근해서 선전 팸플릿을 모으고, 사진 찍어 분류 정리했다.

또한 모 신문사에서 주최하는 '건축 하우징 페어'를 찾아 전국을 돌며 심도 있게 둘러보고 자료수집, 가격조사, 기업체, 시공의 장단점 등을 정리 분석했다. 그러다 보니 내 집 내 책상에는 어느덧 상당한 자료가 질서 정연하게 분리되어 언제라도 찾아볼 수 있게 되었다.

셋째, 실전 경험이다. 그 시점에 나의 누님댁에서 큼직한 단독주택을 짓기 시작했는데, 그 현장에 매일 나가서 매형이 인부들을 어떻게 투입하고 진행해 나가는지 그 과정을 지켜볼 기회가 생긴 것이다. 이런 작은 현장에서 일꾼들이 사용하는 용어도 익히며 무엇을 제공하고 무엇을 받아내야 하는지를 확실히 감지할 수 있게 되었다. 그러는 동안에 대형 토목 현장만 운영해 왔던 나는 동네 수준의 건축사업에 관하여 확실히 실력을 쌓았다고 생각한다.

앞에 열거한 법규와 설계, 다양한 자재의 동원, 그 자재의 구성, 이런 것들이 이제쯤 한 개의 밑바닥으로 완성되어 갔다. 동시에 누님댁에서 몇 달간 같이 지냈던 동네 공사 전문 업자들을 내가 흡수함으로써 실천에 옮길 때가 되어갔다.

자~, 집을 지으려면 땅(대지)이 있어야 한다. 하지만 대지를 구매하는 것이 얼마나 중요한 작업인지, 즉 대지를 일견해 봤을 때 방향, 크기, 도로와의 접근성, 일조권, 건폐율, 옆에 있는 기존 건축물과의 관계 등을 판단하여 완성된 건축물의 모양새를 머릿속으로 그려 보는 건축법적 시각에서 한눈에 가설계가 완성되어야 그 대지의 가치를 알아볼 수 있게 된다.

부동산을 통해서 소개받은 헌 집이 남아있는 대지는 집 건물은 볼 것도 없다. 곧 헐어버릴 것이므로, 단지 지금 몇 가구가 어떤 형태로 살고 있나, 대지에는 담보 설정이나 압류 등은 없는가, 이런 것만 보고 계약 과정에서 정리하면 되는 것이다. 현재 살고 있는 사람도 만나보아야 철거 전 이주가 용이하다. 세입자만 있는 경우 뜻밖의 저항에 부딪힐 수도 있기 때문이다.

이상의 것들이 모두 만족된 집터를 찾았다. 아주 오래된 벽돌집이다. 땅은 장방형으로 생겼고, 가로×세로 해서 계산하니 정확히 50평짜리 대지였다. 방향은 남향이고 측방향으로 6m 도로에 접해져 있다. 이 규모의 대지라면 건폐율 50%의 경우 25평까지 건물을 지을 수 있고, 용적율을 합치면 3층까지 12.5평 가구를 각층 2세대씩 지을 때 6세대가 되고, 반지하 2세대를 합치면 8세대를 신축해서 분양할 수 있는 규모이다.

'한 세대가 12.5평이면 너무 작은 것 아니야?'

이렇게 생각할 수 있겠지만, 이 넓이는 그야말로 서류상 넓이이고, 이것에 서비스 면적이라고 이름 붙인 다소 건축법을 위배해서 넓혀지는 것까지 합치면 방 2개, 방 겸 거실 1개, 주방, 욕실, 베란다 작은 것까지 포함해 제법 다부지고 실속 있는 서민주택이 될 수 있는 것이다. 한 지붕 세 가족으로 살던 세입자가, 작지만 내 이름으로 등기된 내 집을 갖게 되는 그런 구조이다.

당시는 이런 소형 다세대 주택이 서민 동네에서 대유행이 되던 시절이다. 이 모든 것을 수익 분석까지 마친 이후에야 드디어 계약서 도장을 찍고 잠시 부동산 사무실에서 준 커피 한 잔 마실 때이다. 사무실 문이 열리면서 낯익은 한 사람이 들어온다.

"어!! 이게 누구야!!"

기적 같은 귀인을 만나는 순간이었다. 이 사람은 인도네시아 발전소 현장에서 창고장 직책으로 근무했던 강광식 씨였다.

그이가 다가와 반갑게 소리친다.

"신 소장님, 여기 웬일이십니까?"

"어~, 강 형! 반갑구려."

손을 맞잡았다. 그는 나보다 3~4세 연상이지만, 전 직장의 직책이 있었으므로 나에게 깍듯이 소장 대접을 했다.

그는 내가 방금 도장 찍어 놓은 계약서를 보면서 묻는다.

"이 헌 집 사서 뭐 하시렵니까?"

"이제 천천히 생각해 보려구요." 하니까, "가까우면 같이 보러 가시죠."라고 한다.

얼마 멀지 않은 곳이라서 나는 강광식 씨에게 그 헌 집을 보여주었다.

그는 골목 안쪽을 이리저리 보측으로 확인하더니 즉각 나온 대답이, "다세대를 지으세요."라고 한다. 그리고는 자기가 지금 집을 짓고 있는 현장이 가깝다면서 같이 가보자고 권한다.

그는 이미 헌 집터를 사서 소형주택을 지어 분양하는 사업을 몇 년째 해온 베테랑이었다. 그의 현장 사무실에는 규모는 작지만 책상, 소파 등이 잘 갖추어져 있었고, 그의 책상 위에는 '사장 강광식'이란 명패가 올려져 있었다. 지금 이곳도 무려 52세대를 짓고 있다고 했다.

그리고는 계속해서,

"요즘 이런 형태의 소 주택이 큰 인기를 얻고 분양되고 있습니다. 공사 시작 전까지 이곳에 오셔서 진행 절차와 은행 문제나 세무 관련 등 제사업을 지켜보면서 이런 사업을 연구해 보십시오."했다.

나로서는 너무 잘 됐다. 큰 선생님을 만난 것이다.

그다음 날부터 강 사장이 시행하는 52세대 현장 사무실에서 아직 잘 모르는 분야에 대해서 완전 무장이 될 기회가 생겼다. 당시 건축법규와 시행령에 따르면 건평 150평 이하 건물은 전문건설업체가 아니어도 '직영제'라는 방식으로 건축주가 직접 지을 수 있는 길이 있었다.

실제로 150평 주택이란 최고급 주택 동네에서나 볼 수 있는 대형 저택들이므로 보통사람들이 사는 동네의 단독주택이란 연건평 150평 이하가 대부분이다. 그러므로 우리가 흔히 거주하는 주택들은 건축에 아무 지식이 없는 사람도 자기 집 짓기를 할 수 있다는 것인데, 이것을 이용한 마구잡이 집장사들이 난립하기 때문에 불량주택이 양산될 수밖에 없는 풍조가 굳혀져 있었다.

건축 및
분양업자 개시

/

150평 이하의 건물은 무자격자도 지을 수 있다는 제도는 실제로 엄청 모순이 많다. 그야말로 아무나 하겠다고 덤비니까…. 그렇다고 이정도 건물을 자격을 갖춘 건설업자에게만 시공 자격을 준다면 그것도 문제가 한둘이 아니다.

지금까지 무자격 공사를 해오던 엉터리 업자라 할지라도, 150평 이상의 공사를 하려면 건축면허 업체의 이름을 이용하면 된다. 일정 금액을 회사에 주고 그 회사 임직원처럼 꾸미면 되는데, 건설 면허만 전문적으로 빌려주는 회사도 많았다. 이들은 어떤 책임도 의무도 없다.

내가 만약 정책 입안자라면 이런 규모의 건축에 알맞은 자격자 제도를 만들어낼 자신이 있다. 이른바 '직영제'는 불량건축물을 양산해내는 독소조항이 너무나 많기 때문에 반드시 시정되어야 한다고 생각된다. 그럼에도 불구하고 나 자신도 이러한 제도적 틈새를 이용하여 무자격 건축업자로 활동할 수 있었다.

내가 강 사장네 현장으로 출근한 지 약 2개월 후쯤, 다세대 주택사업에 대하여 타인에게 강의를 할 수 있을 만큼 내 머릿속이 정리되었다.

대지는 이미 구입되어 있다. 강서구청 앞 모 설계사무실을 소개받아 사업을 진행했다.

1. 첫 번째는 '설계와 건축허가'이다.

설계실의 실장이란 분이 이것저것 친절하게 설명해 주었다. 나는 내가 이미 작정한 가설계를 내놓고 "법규에 크게 저촉되지 않는 한 이대로 해주면 좋겠다."하니까 ○○실장은 스케일을 이리저리 재어보고 "한 점도 법규에 위배됨이 없다." 하면서 직원들에게 드로잉만 시키면 완벽하다고 했다. 며칠 뒤 설계도면이 그럴듯하게 그려지고 건축사의 도장이 찍힌 채 구청 건축허가가 떨어졌다.

2. 두 번째 작업은 '사업자 등록'이다.

강서세무서에서 부동산 개발 분양업 사업자등록증을 받았다. 이 등록증은 분양이 끝나고 세금 내면 자동 소멸되는 '1회용 사업자'이다.

3. 세 번째는 '은행대출'이다.

당시 주택은행에서는 전 국민 내 집 마련 자금이라는 대출을 우리 같은 주택사업자에게 세대당 오백만 원씩 20년 상환 장기저리로 대출해 주는 제도가 있었는데, 여덟 세대이니까 사천만 원을 어렵지 않게 대출받았다. 이 돈은 이 주택이 분양된 후 입주자가 확정되면 입주자 명의로 8개의 통장으로 나뉘어 향후 20년간 입주자로 하여금 상환토록 하는 제도였다.

주택업자로서는 토지구입금과 인허가 설계 시 약간의 비용이 투입되었을 뿐 이 대출금으로 공사가 거의 끝날 때까지 공사비로 요긴하게 쓸 수 있었다. 그러므로 주택대출자금은 공급업자나 입주자 모두에게 내 집 마련을 권장하는 대출제도라고 보면 맞는 것이다.

4. 네 번째 드디어 '공사'를 시작한다.

누님댁 공사 때 사귀어 두었던 소규모 단종 업자들을 동원했다. 건축공사 하나를 해 내려면 작업조(=구미)가 약 20개 조가 계약되어야 하는데 그 예는 이렇다.

1.철거조	2.목공조	3.철,콘조	4.조적조
5.미장조	6.전기조	7.설비조	

이상 7개 조가 가장 중요하고 그 외의 작업조로서는,

8.기와조	9.방수조	10.타일조	11.줄눈조
12.도장조	13.도배·장판	14.샷시조	

등을 들 수 있다.

각 구미(조)별로 별도 계약이 이루어진다. 문서계약은 없고 당시 시중에서 통용되는 평당 단가로 약정만 하면 되었다.

또한 작업조는 아니지만, 인부들 밥 먹일 수 있는 식당(함바집)과 철물점, 패널 가게(그 당시는 합판거푸집(반네루) 빌려주는 집)를 확정시켜 놓아야 하고, 마지막 하나, 현장 직영 인부 겸 야간 경비원(=야방이라고 불린다)도 있어야 한다.

이렇게 동원된 인력들은 누님댁 현장에서 얼굴을 익혔던 사람들이어서 자연스럽게 내 사람처럼 친숙해졌다. 아침에 나오면 작업복 갈아

입고 연장 챙겨서 일 시작하면 함바집에서 밥이 온다.

아침밥이라고 봐야 하지만 이분들 용어는 '참'이라고 했다. '참'이라면 논밭에서 농부들이 먹는 새참을 말하는 게 아닌가? 생각해 봤다. 나도 이분들과 흙바닥에 앉아서 같이 먹는다. 아주 맛있다. 돼지고기 넣은 시큼한 김치찌개도 좋고 우거지 된장국도 좋았다. 일 끝나면 마당에서 삼겹살에 소주 한잔 마시게 하고 퇴근시킨다.

철물재료가 없다면 잽싸게 뛰어가서 필요한 철물을 사 들고 뛰어와 목수 조장에게 준다. 낮 시간에는 눈치껏 음료수와 빵, 생수 등을 가져다주기도 하고 일하면서 불편하지 않도록 최대의 지원을 아끼지 않는다. 그러면서 이분들과도 점점 친구처럼 되어갔고 이분들 또한 내가 작업내용을 부탁하면 거부감 없이 잘 받아들여 주었다.

현장 담장 바로 옆 공터에 목재 패널로 현장 창고와 그 위에 2층으로 2평짜리 사무실을 지었다. 아래층에는 연장과 도구를 넣고 옷 갈아입는 장소로도 사용하고, 위층에는 단순한 테이블에 접이의자 네 개를 놓고 내가 현장 사무실로 썼다.

전화도 한 대 놓고 밖에 현수막도 걸었다. 상호를 〈조형건업(造形建業)〉이라 하고 명함도 새겼다.

주변 기존 주택가에서 이런저런 민원 문제가 생겼지만 나름대로 성의 있게 대처하면서 공사는 순탄하게 진행되어갔다.

큰 규모의 토목공사를 주로 했던 나에게 있어서 이러한 작은 규모의 건축공사 조건과 환경 등은 낯설고, 다소 얕잡아 보이는 면도 있었다. 하지만 나름대로 나를 낮추고 일해주시는 분들과 격의 없는 사이가 되어가면서 나로서도 새로운 것을 많이 배우고 익히는 과정이 되면서 골목집 '집장사 건축쟁이'로 다시 태어났다고 할 수 있다.

조형빌라 1차

   아무것도 모르는 건축주가 직접 직영공사를 한다면 어느 날 어느 구미(조)가 들어와서 무슨 공사를 해야 할지라든가 적어도 이런 정도의 순서는 알아야 현장 운영이 된다.

   그러나 대부분의 건축주는 이 정도의 상식도 없는 경우가 태반이다 보니 일하는 분들과 사사건건 부딪치기가 일쑤이고, 마음고생·몸고생 다 해가며 공사를 끝내면서 하시는 말씀이, "내 평생에(노가다) 놈들하고는 상종을 않겠다."라든가, "집 하나 짓고 10년 감수했다."라는 푸념을 내뱉는다.

   집 한 채를 지으면서 어느 부분이 중요한가? 골조 공사, 벽돌쌓기 및 단열 공사, 난방 배관 공사, 미장 공사, 창호틀 넣기, 목공 내장 공사, 지붕 공사, 방수 공사, 상하수도, 정화조, 물탱크 공사, 전기배선, 통신선 공사, 타일 공사, 위생기 설치, 보일러 공사, 욕조 및 수도꼭지, 부엌 싱크대 공사, 페인트 공사, 도배 및 장판 공사, 조명등 설치 공사, 입주 청소 등 이상 20여 단계가 넘는 공사를 치러 나가면서 그 각각의 과정이 모두 중요하다. 그러나 공사비에 결정적 영향을 주는 공정은 '1.싱크대, 2.조명등, 3.바닥재' 정도라 봐야 한다. 이것들은 선택폭이 커서 저가와 고가가 모두 존재하기 때문이다.

천신만고 끝에 도장과 도배까지 끝내고 준공필증을 받았다. 공사가 모두 끝난 것이다.

이제부터는 분양으로 넘어간다.

5. 주택 분양

당시 내가 지어 분양하는 현장엔 아주 영리하고 잘생긴 직원이 한 명 있었는데, 서울의 어느 명문 공고 취업 소개 선생님에게 부탁하여 건축과 출신 중 군필자 한 명을 추천받아 조형건업 건축직 과장이라고 직함을 주었다. 이 직원은 실제로 망치를 들고 하는 일부터, 인부 관리, 자재관리까지 못 하는 게 없다.

"내일부터는 양복 차림으로 출근해라. 이젠 나와 자네는 영업직이 됐다."

이 머리 좋은 친구는 금세 알아듣고 분양 광고, 현수막, 전단지 등을 척척 고안해서 만들어 동네 어귀마다 현수막을 걸었다. 이런 좁은 지역에서의 분양 광고로는 대형신문 광고 같은 것은 효과가 없다. 동네길 어귀마다 내건 현수막이 최고로 홍보 효과가 좋았다. 광고 전단지를 재래시장 등에 배포하는 것도 좋은 선전 방법이었다. 집을 사겠다고 방문한 분들에게 "무얼 보고 여기까지 오셨는가"를 물어본 결과가 그랬다.

분양 전 대출을 한 가지 더 받았다. 주택은행에서 주는 대출금은 정책적으로 주게 되어 있으므로 자격 요건만 맞으면 쉽게 대출을 해주었지만 제2의 대출은 일반 시중은행에서 가구당 3백만 원씩 준다. 하지만 국내 사정에 어두운 나로서는 어디 가서 말 붙여 보기도 쉽지 않았다.

용기를 내어 동네에 있는 제일은행 대부과를 찾아가니 얌전히 생긴 우 과장이란 분이 계셨다. 이만저만 해서 제2대출을 받고자 한다고 말했더니 너무나 뜻밖에 쾌히 승낙하면서, "오늘 중 결재받아 내일 중으로 지급하겠다." 한다. 이것까지 받으면 입주자는 주택은행 대출금 5백만 원을 더해 도합 8백만 원을 받게 되니 분양대금 지불이 한결 쉬워지는 것이다. 우 과장님께 정말 고맙다고 인사드렸다. 진심으로 감사했다. 직원들 모두 나오시라 해서 점심 식사도 한번 대접도 했다.

이런 과정을 겪으면서 분양사무실(1층에 한 집을 모델하우스 겸, 사무실로 활용했다.)에다 화분도 몇 개 들여놓고 접대용 커피와 음료수도 준비한 다음 양복 차림으로 대기했다.

신기하게도 집 사겠다는 사람들이 몰려왔다. 그 직원은 적당히 편안한 표정과 말투로 이 집에 관해서 자신 있게 설명도 하고 해서 8세대 중 반지하 2세대를 남긴 채 지상 6세대는 1주일 만에 계약이 됐다. 이 친구가 고객에게 강조하기를 "우리 사장님은 동네에서 흔히 보는 집장사가 아닙니다. 건설 전문 기술자이고 이 집은 원칙대로 공사했습니다. 집은 작지만 사시는 데 불편 없이 꼼꼼하게 잘 지어진 집입니다. 자신 있습니다."라며 홍보했다.

방문하는 고객마다 이렇게 선전을 하더니, 어느덧 이 지역에서는 '조형건업'이 지은 '조형빌라'는 아주 단단하게 지어졌다고 소문이 '좌~악' 난 덕분에 분양계획이 성공적으로 진행됐던 것이다. 그리고 나머지 반지하 2세대까지 그해 겨울을 넘기고 다음해 봄에 팔려나갔다.

이거 하나 지어서 얼마나 벌었을까?

처음 시작할 때 헌 집터를 80,000,000원에 샀다.

설계에 건축허가 및 수수료 기타 잡비 10,000,000원이 소요되고 건축비는 내 자본 10,000,000원과 은행융자 64,000,000원으로 공사를 80% 진행했고, 인건비 미지급금이 30,000,000원 정도인데, 분양계약금, 중도금 등을 받아서 해결하고 사업 이익금에 대한 세금 15,000,000원을 내고 보니, 크게 보아서 1억 원 가지고 시작해서 분양을 끝내고 정산을 해본 결과 내 손에 2억 원이 들어와 있었다. 결론적으로 1억 원으로 시작해서 8개월 만에 1억 원 수익을 올린 것이 결과이다. 소규모이고 위험부담도 크게 없으며 내 지식도 어느 정도 써먹을 수 있는, 나에게 딱 맞는 맞춤 사업이라 할 수 있었다.

'1년에 1건씩만 하자.'라고 마음먹었다.

겨울에 땅 사놓고, 설계하고, 허가 내어놓고, 봄철에 공사 시작하면 늦은 여름쯤 공사 끝내고, 가을에 분양하면 1년에 1건이 꼭 맞는 일정이다. 이 정도면 회사 들어가서 월급쟁이 할 필요 없다고 판단되었다.

주문주택 업자로 전환
(우 과장 댁 도급공사)

/

직장생활을 정리하고 첫 번째로 시작한 다세대 주택 사업이 그 규모는 작았지만 성공적으로 완료되었다. 자금이 모두 회수되고 분양 절차가 모두 끝나고 나니 안도의 심정과 한편 나름대로의 자신감도 생겨났다.

날씨가 쌀쌀해지자 내년 사업을 위해 땅을 보러 다니기 시작했다. 첫 번째 분양사업이었던 '조형빌라'의 자리는 아무것도 모른 채 산 땅이었는데도 이런 다세대 주택 사업에 아주 적당한 조건을 모두 갖춘 땅이었고, 나에게는 아주 운 좋게 얻어 걸린 케이스였다. 이제 새로운 대지를 찾아보려고 여기저기 다녀보니 그렇다는 것을 알게 되었다.

이런 다세대 주택은 강남의 고급 동네보다는 다소 변두리 동네가 훨씬 분양성이 좋을 것이라 판단하고 강북의 북쪽 동네와 강동의 동쪽, 강서의 서쪽 끝, 그리고 은평의 옛 동네를 샅샅이 돌아다니면서 부동산 사무실을 뒤져 나갔다. 그런데 이런 일이 만만치 않았다.

예를 들자면, 적당히 눈에 띄는 부동산 사무실을 들어간다. 아저씨들 몇 명이 화투 놀이에 열중이다. 한 귀퉁이 의자에서 그들이 화투

게임 끝나기를 뻘쭘하게 기다린다. 얼마나 시간이 지났을까? 아무도 내게 주의를 기울여주지 않는다. 한참 후 그들이 와글와글 떠들면서 자리에서 일어난다.

어느덧 오후 시간이다. 그중 한 사람이 겨우 반응한다.

"어~! 무슨 일로 오셨나요?"

"아~, 예. 오래된 헌 집터 50~100평 정도 매물 있나요?"

기다린 시간에 비하여 아주 간단한 대답이 나온다.

"없어요!"

그가 덧붙이는 한마디,

"그런 거 있으면 내가 사겠수다."

이런 상황이 여기뿐이 아니고 거의 가는 곳마다 그랬다. 그래도 인내를 가지고 여기저기 일삼아 다녀봤지만 거의가 이러했다. 이건 뭘 의미하느냐 하면, 그 당시에 그런 땅을 사서 다세대 주택이나 연립주택을 지어 팔면 분양이 잘 되었다는 얘기이다.

아파트를 지을 땅은 이미 다 소진되었고 이젠 그 틈새에 남아있는 소형대지에 지어진 헌 집을 사서 그걸 헐고 새집을 지어 팔겠다는 나 같은 업자가 온통 팽배했던 것이다. 이런 것까지 세상 물정을 몸으로 터득하기엔 몇 달이 걸렸다.

이때쯤 나는 내 사무실이 있어야겠다고 생각했다.

직장에 있을 때는 큰 건물에 널찍한 나의 책상이 주어지는 것이 당연하다고 생각했지만, 이제는 불과 몇 평짜리 사무실에 회의 탁자라도 있었으면 좋겠다 싶었다.

사업을 시작하는 주변 사람들을 보면, 좋은 건물에 널찍한 사무실을 차려놓고 사장실 꾸미고 여직원 고용하고 시작하던데, 나는 그런 것이 필요한 것이 아니라 그저 실속이 있는 작은 공간이 중요하다고 생각했다. 그렇게 사무실을 물색하던 중 등촌동 재래시장 길에 건물을 가지고 있는 친지 한 분이 옥상에 블록을 쌓아서 만든 허름한 공간을 싼값에 임대해 주었다. 나에게는 아주 좋은 곳이었다.

책상 2개, 소파 세트 1개, 회의 탁자 1개와 의자 몇 개가 전부이고, 캐비닛에는 지난 세월 수집해 놓은 건축자재 카탈로그와 샘플들, 그리고 나와 일했던 업자들의 주소록과 거래기록들 및 내가 가지고 있는 자료들을 정리해 놓았다.

전화기에는 자동 응답기를 달아서 내가 사무실을 비우고 일 보러 나갔을 때는 내게 걸려 오는 전화를 대신 받게 했다. 출입문 밖에는 '조형건업(造形建業)'이라는 작은 명패도 달아놓았다. 이 사무실을 만들어 놓고 나는 얼마나 뿌듯했는지 모른다.

그 겨울이 다 지나가고 신발 두 켤레가 다 떨어질 때까지도 마땅한 땅을 찾지 못하여 약간의 절망을 느끼기 시작할 무렵, 어느 날 외근에서 돌아온 나에게 자동응답 녹음 하나가 기다리고 있었다.

제2대출을 해준 제일은행 우 과장이 한번 만나자 했다. 다음날 아침 우 과장을 찾아갔더니 그분 하는 말씀이 "신 사장님이 지은 조형빌라가 이 지역에서 집 잘 지었다고 소문이 자자하더라고요." 하면서, 이어서 하는 말이,

"그 솜씨로 내 집 좀 지어줄래요?" 한다.

이건 주택 분양사업과 성격이 다른 일이다. 즉 집 지어주기, 일명 '도급공사'인 것이다. 그의 집은 마포구 망원동에 아주 오래된 벽돌조 단독주택이었는데, 그 집을 헐고 다시 짓고 싶다고 했다. 망원동이면 지금 내가 부릴 수 있는 인력과 관련 거래처를 그대로 끌고 갈 수 있

는 가까운 거리였다.

그날 우 과장과 나는 동네 대폿집에서 공사비를 어찌 정할까를 상의했는데, 대형회사 견적 시스템에 버릇이 들어있는 나는 이런 골목 공사에 대하여 별로 아는 바가 없었으므로 주변 건축업자들이 흔히 사용하는 방식으로 하기로 합의를 했다. 그 당시 이런 규모의 건축업자끼리 통하는 '평당 공사비'를 적용하기로 했다.

평당 공사비란 건축자재의 등급이나 설계의 등급 등을 무시하고 모든 건축 서비스를 총괄하여 '건축허가 평수×평당 시중 단가 = 총공사비' 이렇게 정해놓고 공사비 지불 방식은 착공 시 20%, 지하층 골조 완료 시 30%, 지상층 골조 완료 시 30%를 지불, 준공 및 입주 시 20%를 지급하는 것으로 확정하고 공사를 시작했다.

이러한 '평당 공사비 계산법'은 엄청난 모순을 지니지만 보통 수준의 건축주들에게는 수많은 건축자재를 설명하여 공정별로 시방을 제시해 봤자 이해도 안 될 뿐이어서 모순인 줄 알면서 그렇게 동의하고 말았다.

이런 식으로 도급공사를 시행하면 건축주와 업자 사이에는 틀림없이 분쟁이 일어날 수밖에 없었는데, 업자는 가급적 값싼 자재와 인건비 절약을 위하여 싼 인력과 불량공사를 하려 하고, 건축주는 비싼 자재를 요구하고 마음에 들지 않는 부분에 대하여 끊임없이 지적하며 재시공을 해 달라는 다툼이 시작된다.

나는 정통 건설기술자로서 레미콘이나 철근 등 규격에 맞는 재료를 사용했고 벽돌, 기와 등도 KS규격에 맞는 재료를 구매하여 공사를 해 나갔다. 그러다 보니 골목 공사에서 저급 공사만 해 오던 엉터리 업자들은 오히려 내가 하는 짓이 우습다는 태도를 보였다. 그들은 (모

두 다 그러지는 않았겠지만) 구조용 레미콘을 '버림용 콘크리트'로 타설하
거나, 철근 간격도 듬성듬성 넣고 아무렇지도 않은 듯 공사를 끝내는
것을 보면서 나는 가슴이 철렁해진다. 한마디로 나는 공사비를 줄이
고자 값싼 '규격 외의 자재'를 쓰는 짓은 하지 않았다. 당연히 엉터리
업자들 보다는 공사비가 더 들어갔다.

망원동 우 과장댁

  지상층 골조가 끝나고 30%의 기성금을 받을 때쯤 내가 지금 적자
운영을 하고 있다고 판단되었지만, 나머지 20% 잔금이 남았으므로
내장 공사를 진행했다. 하지만 여기서부터 우 과장이란 분과 잡음이
생기기 시작했다. 주택 공사에 있어서 공사비에 영향을 크게 줄 만한
공정이 거의 내장 공사에 몰려있기 때문이다. 예컨대 주방기구(싱크
대), 조명등, 실내 바닥재, 창호공사 등인데, 이 공정은 고급과 저급자
재 가격 차가 워낙 커서 공사비에 큰 영향을 주게 된다.

건축주인 우 과장은 나와 좋은 인연을 갖은 분으로서, 나로서는 성심을 다해서 공사를 완성했다. 준공필증을 받아내고 그 집 가족을 입주시켰다. 그런데 이 과정에서 나는 인생살이에 있어서 또 하나의 실수를 하고 말았다. 당초 약속된 공사비의 입주 전 잔금 20%를 모두 받고 입주를 시켰어야 했던 것이다. 계약 금액의 20%면 대략 이천만 원이었는데, 당시 가치로서는 결코 적은 금액이 아니었다. 우 과장은 막상 새집에 입주하고 보니 잔금 지불이 슬슬 게을러진다. 아마 공돈 주는 것 같은 생각이 들었는가 보다.

"과장님 잔공사비 주셔야죠~?" 하면 "아~, 예, 드려야지요." 하면서 차일피일 미루어 간다. 처음 얼마간은 그럴 수도 있겠다고 생각했다. 또한 그동안 그와의 관계를 생각할 때 잔금을 달라고 무리하게 독촉하기도 마음이 내키지 않아서 자주 말을 꺼내지 않고 있었다. 그런데 그러는 동안 시간은 흘러 3~4개월이 지나가고 그분 가족들은 새집에서 아무 일 없다는 듯 살아가고 있었다. 이래선 안 되겠다 생각이 든 것은 그때쯤이다.

그는 내게 뜻밖의 말을 했다.

"당신 처음 사업 시작했을 때 일면식도 없던 당신에게 대출을 해 준 나에게 이 정도는 넘어가야 되는 것 아닌가?"라고 그의 본심을 드러낸 순간이었다.

나에게 그는 감사한 존재이긴 했지만, 신축공사를 해 놓고 상호 간 맺은 계약에 의한 공사비 지불을 이행하지 않겠다는 것은 나로선 용납할 수 없었다. 며칠 뒤 동네 모처에서 다시 얘기를 꺼냈다. 그런데 그는 작심한 듯 얼굴을 붉히면서 술 취한 듯 정신병자인 듯 연기를 펼치면서 하는 말이, "얌마~! 너, 그럴 수 있어?"라며 막말까지 해댄다.

나도 대차게 밀어붙였다.

"뭐! 얌마? 그래, 고맙기는 했지만, 이것하고 혼돈하지 마. 나는 받아야겠어."

나와 극심하게 다투고 있는데, 어느새 그 부인이 끼어들었다.

"신 사장님, 미안해요. 잔금 드릴게요. 며칠 안으로요."

결국 그 약속이 힘들게 이행됐다. 어쨌든 나의 첫 주문주택 사업이 이렇듯 어렵게 종료됐다.

경험자들의 말에 의하면 민간공사는 공사비 수금이 가장 어려운 문제라고 한다. 나도 이 문제를 힘들게 경험한 것이다.

본격적인
주문주택 업자로 들어서다
(청파동 남씨네)

/

    망원동 우 과장네 집을 짓는 동안 또 다른 주택 공사 의뢰자가 생기고, 그 후 계속 꼬리를 물고 일거리가 생겨났다. 나는 가방에 작은 스케치북 한 권과 미술 연필 한 자루, 지우개, 스케일 자, 나침판 등을 넣고 새로운 건축주를 만나러 간다.

    내게는 명함이 2종류가 있다. 하나는 조형건업 사장 명함이고, 또 하나는 조형건업 현장 소장 명함이다. 새 건축주를 만날 때는 사장 명함을 내놓고 신축 상담을 시작한다.

    신축 현장은 안 가 봐도 파악이 가능하다. 만나기 전 현장 지번만 알면 구청에서 발행하는 '도시개발 확인원'을 뗀 후 미리 약간의 예습만 한다. 그러면 그것만으로도 도시개발 계획이 가능한 지역인지 도로 사정은 어떠한지 한눈에 알 수 있기 때문이다.

    우 과장댁 공사를 끝내고 사무실로 돌아와서 공사금액 정산 작업을 했다. 이 공사에 투입된 인건비, 자재비, 장비임대료, 전기사용료, 식대, 접대비, 일꾼들 특별지급금, 설계비, 감리비, 인허가비용 등 모든 투입 원가를 합산해 보니 다행히도 도급 금액의 91% 정도였다. 다시 말하면 9%의 이익금이 생겼다는 얘기다. 손해는 안 보았지만 타업자들은 20%의 이익을 낸다는데 나는 그들의 절반도 안 된다. 이것은 무엇을 의미하느냐 하면 내가 경영관리를 잘못한다는 뜻도 되고 공사 집행을 평균 이상의 고급재료를 썼다는 얘기도 된다. 그런 것도 몰라주고 우 과장은 나에게 그런 심술을 부렸으니 나로선 속이 많이 상했지만, 이걸로 되었다고 생각했다. 첫 도급사업도 이만하면 성공이다. 불필요한 지출은 없었는지 나의 장부에 대해 스스로 감사 작업을 하고 이 건(件)을 마감했다.

이제 나름대로 이 사업이 재미가 났다. 내 자금으로 시작해서 기성금 받아가며 좋아하는 일 하고, 준공하여 입주시키고, 수익 정산하고, 이 정도면 회사 들어가서 눈치 보고 월급 받기보다는 훨씬 낫다고 생각했다.

이때쯤 나에게는 어디서 어떻게 알았는지 신기하게도 나를 보자는 일들이 생겨났다. 집 지어달라고 주문을 하는 것이다. 이럴 때는 나는 사장 명함을 가지고 건축주를 만나러 간다. 미리 예습한 내용으로 즉석에서 가설계를 그려서 보이며 설명해 주면 건축주는 나를 신뢰하는 마음이 생기는가 보다. 거의 즉석에서 계약이 이루어지곤 했다.

이런 과정을 거치면서 두 번째 도급공사는 용산구 청파동에 있는 남중국 씨(연세가 많은 어르신)의 오래된 목조주택인 '적산가옥'을 철거하고 양옥으로 개축하는 공사였다.

어르신에게는 대략 30대 중반쯤 되어 보이는 똘망똘망하게 생긴 아드님이 한 분 있었는데, 이 아들을 결혼시켜 위층을 신혼 방으로 하고 어르신은 아래층에 살겠다고 설계주문을 했다. 이 공사를 시행하면서 겪은 특이 사항을 소개하면 이랬다.

1. 설계조건 맞추기

기존 적산가옥이 자리 잡은 이 집의 건축 연면적 넓이는 약 40평 정도로, 작은 집이 아니었다. 어르신 주문대로 새로이 설계하자면, 적어도 연건평 60평을 지어야 하는데, 당시 설계조건에는 진입도로 폭이 모자라면 45평밖에 허가가 나올 수 없단다. 실제로 진입 도로 폭을 재어보면 딱 5㎝가 모자란다. 구옥(舊屋)이 밀집된 이런 동네는 인접 도로 폭이 1㎝만 모자라도 초과하는 면적허가를 절대로 허가 내주지 않는다. 그런데 도로를 자세히 살펴보니 한쪽으로 인도가 좁은 형태로 있었는데, 이것을 이용하여 특단의 조치를 취했다.

어느 날 저녁, 그 아드님과 둘이서 보차도 경계석을 약 10m 들어내고 안쪽으로 10㎝ 정도를 들여놓아 도로 폭을 규정 넓이로 만들어 놓았다. 그리고 며칠 뒤 구청 건축과의 검측에 통과되었다.

이 정도는 사우디 큰 공사에서 측량 눈금 속이기에 비하면 아무것도 아니었다.

2. 철거 부산물

일제시대에 지어진 목조 적산가옥 철거는 목재를 살펴봐야 한다. 일본에서 자라는 낙엽송 같은 목재를 일명 '스기목(木)'이라 한다. 이 집 주인은 이 목재의 가치를 잘 모른다. 폐목재라 할지라도 상당히 고급 목재인데, 인사동 고가구 하시는 분에게 곱게 철거하여 비싼 가격으로 팔았다. 이 목재는 오래된 고가구를 수리하거나 엔틱한 실내장식에 아주 귀하게 쓰일 것이다. 판매 대금은 주인이 모두 가져갔다.

또 한 가지는 동판(구리판)이다.

지상 철거가 끝나고 바닥 고르기를 할 때 시커멓게 변색 된 구리판이 줄줄이 걸려 나온다. 거친 사포로 닦아보니 선명한 구리색이 나타났다. 오래된 집에서 이따금 발견된다는데, 지하수맥의 음기를 차단하기 위한 것이라 한다. 이것도 모두 걷어내 보니 제법 양이 많이 나왔다. 용산 구청 뒷골목 고물상 아저씨가 구리 고철값을 치르고 가져갔다. 나는 이런 걸 알려 줬을 뿐, 동판 값도 집주인 몫이 됐다.

남 씨네 집

3. 김형균 씨 집 재축공사

이 댁 공사는 남중국 씨네 공사 부지의 북쪽으로 인접한 좁은 대지의 주택인데, 이 집주인은 자기 집 앞쪽 도로로서는 공사 차량 진입이 안 되므로 남 씨네 공사 시기에 자기 집 공사를 하지 않으면 안 된다고 판단하여 남 씨네와 동시 공사를 해 주십사 요청한 것이다. 내가 보기에도 김 씨의 판단이 맞는다.

남 씨네는 그다지 반가워하지 않았다. 아마도 나(건축업자)의 에너지가 분산되면 자기네 공사에 장애가 생기지 않을까 염려하는 눈치였다. 그러나 두 집 간의 의견이 통합되고 나는 김 씨의 작은 대지에 최대의 용적률로 설계하여 재축허가를 받아내어 두 집을 동시에 시공하게 됐다.

김 씨는 두고두고 고맙다고 했다.

4. 내 집 짓기

인도네시아에서 귀국한 후 방이동에 있는 88올림픽 아파트에서 전세로 살고 있었다. 앞으로의 안정된 생활을 위해서 내 집을 짓겠다고 마음먹었다. 당시 나의 연고가 있던 강서구 등촌동에 헌 집이 있는 대지 하나를 소개받았다. 모양은 반듯하지만 작은 땅(42평)이었다.

용산 서계동 김형균 씨 댁

북쪽으로 도로가 있고 헌 집에는 두 가구가 살고 있었는데 모두 세입자다. 안채에 사는 사람은 6학년과 2학년 두 딸을 데리고 사는 홀아비인데, 들여다보니 살림살이가 말씀이 아니다. 문간채에 사는 식구는 호남 말씨를 쓰는 나이가 든 중년 부부인데, 길 쪽 벽을 터서 과일가게를 하면서 근근이 살아가고 있었다. 이 집 원주인은 돌아가시고 4남매가 상속받아 공동소유로 되어 있어서 계약 흥정이 어려웠다.

이 집을 사기 전 서울 전역을 다니면서 헌집 사기에 열중하던 시절

이 있었는데, 그때 이 집이 매물로 나온 적이 있었다. 당시 집주인들이 합의가 안 되어서 매물을 거두어들이는 바람에 매입을 포기한 적이 있던 집이다. 그런데 1년여가 지나서 보니 이 집이 다시 매물로 나와 있는 것이다. 그새 팔려서 주인은 바뀌어 있었다. 그 동네 쌀가게 아줌마가 새 주인이다.

이 새 주인은 상속 자녀들에게 모두 계약 동의를 받아내어 소유자는 오직 쌀가게 아주머니 한 분으로 되어 있어서 법적으로는 단순해진 장점이 있지만, 1년 전 금액에서 자그마치 삼천만 원을 더 받겠다고 한다. 억울한 생각이 들어서 며칠을 생각했지만, 그 조건으로 사기로 결심했다.

사무실에 앉아서 이 헌 집을 허물고 어떤 집을 지을 것인지 궁리를 해 봤다. 몇 시간 만에 초안이 나온 것을 큰 백지에 연필로 대충 그려서 벽에 걸어 놓았는데, 5층짜리 콘크리트 라멘 구조의 자그마한 빌딩 모양이 가능한 자리다. 4·5층에 내가 살고 지층과 1·2·3층은 임대를 주면 임대료가 고액 월급자 정도는 될 것이다.

벽에 걸린 조감도를 흐뭇한 감정으로 바라보고 있을 때였다. 누군가가 사무실을 노크한다. 열어보니 키가 커다란 내 또래의 남자가 긴 가죽 코트를 입고 인사를 건넨다. 들어오시라 하고 명함을 받으니 강서경찰서 정보과 형사주임이다.

"아니! 정보 형사님이 여긴 웬일이십니까?"

"예, 저는 정보 형사입니다. 이 동네 뉘 집에 숟가락이 몇 개인지 다 알지요. 그런데 여기 신 사장님에 대해서는 제가 아는 바가 없습니다.

단순히 알고자 하는 것이니 간단하게 자기소개를 해 주시지 않겠습니까?"

나는 이런 상황에 너무 약하다. 바보같이 나의 신변이야기를 짧은 시간이지만 질서 있게 설명해 주었다. 이렇게까지 하지 않아도 되는 것인데 말이다. 아직 내가 한국 생활에 익숙하지 못했다. 심지어 지금도 그렇다. 이 친구는 수첩에다 내 이야기를 열심히 받아 적는다. 그리고는 "저기 벽에 있는 건물 그림은 무엇입니까?"하고 질문을 한다.

나는 그 질문에 또 바보같이 "아~, 저건 말이죠. ○○에 있는 집을 재건축할 겁니다." 그랬는데, 이 친구는 그 이야기를 큰 정보인 양 듣고 나가서 동네 부동산에 소문을 냈다. 그 결과는 다음 날 나타났다.

내가 사고자 한 그 집 현재 주인(쌀집 아줌마)에게서 전화가 왔다. 가격을 일천만 원 더 달라는 것이다.

"아니 어찌 하루 사이에 약속을 바꾸십니까?" 하니 "신 사장님, 그 집 헐고 새로 빌딩 지으려고 설계까지 해 놓으셨다면서요? 나 안 팔 수도 있어요, 내가 거기다 5층짜리 빌딩 지을까 합니다."라고 한다. 이래서 또 한 번 힘들게 흥정하고 매달리고 해서 결국 그 집을 사고야 말았다.

안채 세입자는 전세 보증금 이외에 충분한 이사비용을 드리고 해결했지만, 바깥쪽 중년 부부는 대책이 없단다. 그나마 과일가게로 연명하며 살고 있는데, 제발 계속 살 수 있게 해달라고 애원한다. 나 이런 거 약하다. 나도 그렇게 해 주고 싶다.

내가 대책을 내어 제안했다. 새집 공사 기간만 나가 계시면 지하실에 방을 두 칸 만들어서 먼저 보증금으로 들어오게 하고, 마당 주차장 한쪽에 알루미늄 섀시로 가건물 형태의 가게를 만들어 주겠다고 했다. 이분도 이 조건에 동의가 되어 이 집을 헐고 내 집을 새로 지을 계획을 본격적으로 세웠다. 그동안 열심히 공부한 건축법규와 설계지식을 총동원하여 직접 내 마음에 맞는 내 집 설계를 했다. 주차장은 도로 선에서 뒤로 후퇴하여 내 땅 대지 위에 완전하게 자리 잡고, 계단을 입구부에서 뒤로 밀어 넣음으로써 건물 전면을 넓게 만드는 효과를 내었다.

서쪽에 인접한 건물과의 사이가 너무 좁은 문제가 있었는데 진북 방향으로부터 지적도를 살짝 비틀어 방향을 바꾸는 잔재주를 피워서 일조 사선 간격을 조금 벌릴 수 있었다. 이렇게 작성된 설계도면 초안을 강서구청 앞 김기완 건축사에 맡겨서 건축허가를 받아내 공사에 착수했다.

5. 구옥 철거 및 터파기

새로 지을 내 집을 정면에서 바라보면 우측은 새로 지은 콘크리트-라멘조 건물이고 지하실도 견고하여 문제가 없건만, 왼쪽은 오래된 벽돌조 3층인데, 주인 아저씨 왈, '증축에 증축을 거듭한 벽돌 한 겹짜리 앙상한 누더기 건물'이라 했다. 철거하는 동안 작은 충격만 받아도 완파가 될 정도라고도 했다.

그 집 아저씨는 그 건물 안에서 문구점을 경영하고 있었는데 나에게 대놓고 하는 말씀, "잘 됐다! 그렇지 않아도 새로 지으려 했는데, 아마 당신이 변상공사를 해야 할 것이다. 내 집에 손톱만큼이라도 생채기를 내면 내가 너를 가만두지 않겠다."라고 한다.

일단 조심스레 철거해놓고 바닥을 보니 그 집과의 간격이 불과 1m

도 되지 않는다. 무방비 상태로 터파기를 했다가는 틀림없이 붕괴사고가 날 것 같았다. 그 집 외벽에는 이미 수없는 크랙이 생겨 있었다.

나는 토류벽 전문 업자를 불러 터파기 준비공으로 CIP 직경 400을 빵 둘러 박으면 비용이 얼마인지 견적을 받으니 대략 일천만 원 정도였다. 오우거로 조심스레 구멍을 뚫고, 철근망 넣고, 트레미를 박아 넣고, 콘크리트 타설하고, 캡핑 구조 돌리고, 복판에 H−Beam 스트러트를 걸고 조심조심 터파기를 진행했다.

문구점 아저씨는 매일 현장에 나와서 거의 하루 종일 내가 일하는 것만 쳐다본다. 그 집 벽에 이미 쪼개진 크랙에는 번호를 붙이고 모두 사진 찍어 일일이 도장을 찍어서 앨범 두 권을 만들어서 그 아저씨 한 권 주고 나도 한 권 보관했다.

크랙에는 성냥개비를 줄줄이 꼽아놓고 "이 성냥개비가 떨어진다면 크랙이 커진다는 증거이니 잘 살펴보세요." 하니까 이분은 매일 아침부터 나와서 성냥개비가 떨어졌나 감시하는 것이 하루 일과의 시작이 되었다. 공사가 끝날 때까지 그 성냥개비는 단 한 개도 떨어지지 않았다.

이리하여 내 집 짓기 공사가 순조롭게 진행되어 갔다. 골조 공사를 5층까지 올리고, 이어서 내장 공사로 들어간다. 이 집짓기는 내 집짓기이므로 건축주의

등촌동 내 집 근린상가주택

갑질도 없고 공사비 받아내기 걱정도 없다. 건축 재료도 내가 결정하면 끝이다.

거의 보편적인 자재를 사용해서 평범하고 저렴하게 지었다.

단 대지가 좁은 관계로 내부 공간 배치가 쉽지 않았는데, 그래도 몇 날 며칠을 연구하여 상당히 쓸만한 구조를 만들어내었다. 두 딸 방도 예쁘게 만들어 주고, 안방에는 드레스룸을 '워크인'으로 만들었으며, 옥상에는 내 공부방도 만들었다.

4층에는 거실과 홈바식 주방으로 꾸몄고 인도네시아에서 가져온 원목 가구를 배치해 놓으니 손님들이 오면 상당히 이국적 실내 분위기를 만들었다고 칭찬해 주었다. 이때쯤 나는 토목기술자라기보다는

주부생활지에 소개된 내집거실내부

아주 섬세한 건축 장인이 되었다 할 수 있다.

이 집이 완성된 늦가을 어느 날 입주했다. 아이들이 집이 예쁘다고 너무 좋아한다. 나도 기뻤다. 내 나이 32세에 내 집을 경매로 잃어버리고 긴 외국 생활 이후 10여 년 만에 내 집을 갖게 되니 감개무량했다.

1층은 새마을 금고, 2층은 식당, 3층은 사무실이 입주하고, 주차마당에는 처음부터 있던 과일가게가 다시 들어왔다. 내 집 입주 기념으로 이 집 공사에 동원된 구미(작업조) 전원, 오야지(팀장)과 일꾼들 모두를 초청해서 집 앞에 있는 고깃집에서 감사파티를 했다.

나에게 와서 일한 일꾼들은 공사비 걱정을 안 한다. 내가 그들에게는 일이 끝나기 무섭게 주기도 했으려니와, 공사비를 주는 나의 철학이 있다.

이슬람 코란에 있는 말인데 이렇다.

"일꾼들에게 주는 노임은, 노동자의 이마에서 땀이 마르기 전에 주어야 한다."이다.

또한 이 집은 나에게 주택을 주문하는 새로운 건축주에게 보여주는 Show Room이 되기도 했고, 당시 인기 여성지 《주부생활》에 소개되기도 하는 등 광고 효과로도 활용됐다.

방배동 강 회장댁
재축공사

/

공사 하나가 마감될 때쯤 되면 신기하게도 다음 공사가 연결되었다. 이번에는 ○○철강회사 강 회장이란 분이 만나자고 연락이 왔다. 만나는 장소는 시청 앞 프라자 호텔 커피숍으로 오란다.

나는 평소처럼 건축주와 상담할 준비(스케치북과 연필) 등을 챙겨서 나갔더니 거의 반백의 노인이 나를 기다리고 있었다. 조형건업 사장 명함을 드리면서 반듯하게 인사하고 서 있으니 앉으라고 한다. 이분은 큰 기업을 운영하시는 분으로서 일의 순서도 세련되었다.

첫째 질문이 이랬다.

"내가 방배동에 대지 200평에 건평 100짜리 오래된 집이 있는데 개축하려 한다. 공사해 줄 의향이 있는가?"

대지 200평에 건평 100평이면 보통 주택은 아니다. 건물 여기저기에 특별목적공간이 있어야 하는 고급저택이라고 봐야 한다.

"예! 공사하겠습니다. 평소 생각하시는 주택의 모양과 기능이 있으시면 말씀해 주십시오. 설계에 반영하겠습니다." 하니까, 강 회장 말씀,

"그런 구체적인 이야기는 나중에 하기로 하고, 일단 현장을 가보고 철거작업이나, 신축 시공상에 어떤 문제가 있는지 확인하고 다시 만납시다." 하면서 주소와 위치 약도를 메모해 주신다.

이쯤 되는 분이라면 만난 첫 자리에서 뭔가를 끌어내긴 어려운 상대이다.

첫 만남은 이 정도로 끝났다. 나는 즉시 서초구청에서 '도시계획 확인원'을 떼어서 사무실로 왔다. 설계 작업이 시작되었다. 확인원에 나오는 지적도를 1:50으로 확대해 놓고 가설계에 돌입했다.

나는 이런 작업이 얼마나 재미있는지 모른다. 아시다시피 나는 토목기술자다. 전문적으로 건축설계를 배운 적이 없다. 그러나 이 일을 하면서 나 혼자 터득한 것들이 있다. 예를 들면 현관은 남쪽이나 북쪽으로 하면 안 되며, 거실은 남쪽으로, 주방은 북쪽으로 등의 원칙이다.

다음날 현재 강 회장님이 사는 집을 방문했다. 모 H 대학 건축 교수가 설계한 집이라고 자랑을 하더니만, 내가 보기엔 틀렸다. 채광과 환기가 안 되어서, 덩치만 큰집이 어둡고 습했다. 현관을 남쪽 복판에 넣어서 남쪽 좋은 공간을 너무 많이 차지했다.

또 마루 목재는 빈약한 데 비해서 계단은 굉장히 무거운 괴목으로 엄청 두껍기까지 했다. 조명등 위치가 거의 모든 실내공간의 한복판이란 점과 모두 직접 조명이란 점도 눈에 거슬렸다.

"흥! 건축과 교수 솜씨가 이 모양이냐?"

그 집 사모님이 계시기에 새집에는 어떤 공간이 필요한가를 물었다.

"주방과 다용도실이 편리했으면 좋겠다." 하신다.

화장실이 자주 막혀서 불편하다고도 했다. 모두 메모해서 가져왔다.

새 건축물을 만나면 우선 대지 선에 맞추어 건물이 들어설 수 있는 건축 한계선을 설정한 후 현관 입구와 2층으로의 계단 위치를 잡을 때까지가 중요한 건축설계의 요점이다.

창문의 크기와 방향은 실내에서도 적정해야 하고 실외에서 보는 외관에도 문제가 없어야 한다. 지붕은 모자이고 창문은 눈이다.

그리고 중요 배관라인을 따라 주방 하수와 화장실 하수를 원활히 배치해야 한다. 주부의 가사(家事) 동선을 고려해야 한다. 가족 구성의 특징을 염두에 두고 침실을 배치한다.

문짝이 여닫는 방향이 무리하지 않게(부딪히지 않게) 배치한다. 고정 가구(냉장고, 장롱, 싱크대, 소파, TV 위치)를 먼저 배치해 보고 전기 배선(콘센트) 등을 설치해야 한다.

욕실 바닥 높이는 방이나 거실 바닥 높이보다 적어도 10㎝를 낮춘다.

조명등은 기능에 맞게 배치하고, 층별로 별도 전기회로를 배선한다.(그 외 등등)

이상의 것들을 모두 고려해서 평면도, 배선도, 외곽조감도 정면, 측면도를 일차적으로 작성해 놓고 상상의 눈으로 일으켜 세운 입체 속으로 (요즘은 '캐드 기법'이 쓰이지만) 들어가 봐야 한다.

각 방마다 돌아다니며 동선도 확인하고 가구가 배치되었을 때 창문이나 출입문이 방해가 되지 않는지도 돌아보아야 한다.

색상과 채광, 조명도 의도한 대로 되었는지 확인한다. 기존 정원도 재구성해본다. 현재 수목을 어디로 옮겨야 마당의 일조량도 높이고 적정한 그늘이 생기는지도 살펴야 한다. 건축주에게는 대문의 크기와

차고의 형태, 주차장의 캐노피, 정원 조형물 같은 주인 취향을 물어봐야 한다. 이 정도의 기본안을 검토하여 일차적으로 설계도를 며칠 간 작성해서 강 회장님을 만나 뵈러 갔다.

두 번째로 강 회장님을 만났다.

이분은 아주 상세하게 내가 그린 평면도를 요리조리 뜯어보면서 나와 하나둘 의견을 맞추어 나간다. 건축에 관해서 상당한 식견이 있는 분이라고 생각되었다.

실내마다 마감 재료와 색상을 표시해달라고 하기도 하고 마감 재료의 '제조사'도 표시해달라 했다. 즉 마감재에 관한 시방을 제시하라는 얘기다.

평면 배치에 대하여 "대부분 마음에 드는데 이 부분은 요렇게"하면서 손수 연필을 들어 수정까지 해 준다. 이분이 원하는 것, 말하는 것 모두 메모하여 확인하고 수정을 요구한 도면 초안을 들고 돌아와 다시금 완벽에 가까운 도면을 만들었다.

사무실 제도대에 앉아서 밤 시간이 늦은 것도 잊고 작업에 열중했다. 며칠 후 수정된 도면과 마감표 등을 모두 만들어 다시 그분을 만났다.

모두가 마음에 들었는지 본인의 만년필을 꺼내어 내 도면 위에 "OK"라고 쓰고 서명 날인까지 해 준다.

"이대로 건축허가 받아내시오."라고 한다.

건축 진행방식에 무지한 사람들만 보다가 강 회장님같이 건축을 이해하는 건축주와 상의하니 나로서는 너무 편하고 좋았다.

다음 문제는 건축공사비(도급비) 책정이다. 이분은 정확한 내역서를 달라고 했다. 이런 건 나로서는 더욱 신나는 일이다. 대형건설공사 견적 팀원으로 일했던 실력을 발휘해서 공정별로 나열하고 단위 수량과 단가를 곱하여 공사비를 책정하며, 거기에 '공과 잡비'를 더하면 총공사비가 되는 것이다. 이 금액을 설계 면적으로 나누어보니 평당 4,500,000원꼴이 되었다. 당시 변두리 골목 공사는 이런 절차 없이 평당 2백만 원이 채 되지 않던 시절이었다.

공사금액이 표시된 내역서를 마치 입찰서류처럼 꾸며서 내어 드리니 강 회장님은 슬쩍 들여다보면서 "10%만 깎자." 하신다. 이분이 하시는 것을 보면 공사발주에 있어서 상당히 경험이 많은 고수임이 틀림없다. 실제로 그분은 자기 회사 공장과 사옥 공사를 직접 발주하고 준공까지 끌고 간 경험이 있다고 말한 적이 있다.

"저 같은 영세업자에겐 10% 다운이란…, 저 하나 인건비도 안 나옵니다. 엄청 타이트한 견적서입니다."하니까, "그럼 5%라도 깎자." 하신다. 이런 분은 어떤 금액을 제시해도 얼마만큼은 깎아야 하는 원칙이 있는 분이다. 나도 이 정도에서 계약서를 작성했다. 약 4억 원이 넘는 계약이 된 것이다.

이 집터 동네는 번듯번듯한 성채 같은 집이 줄줄이 있는 고급 주택가이다. 어느 집을 보아도 2등 가라면 서러울 듯한 엄청난 위용과 몸체를 자랑한다. 나중에 안 것이지만, 앞집은 법원집이고 뒷집은 모그룹 사장댁이고 옆집은 당시 대통령 부인의 언니네 집이고 모두 그랬다.

이런 동네는 시시한 민원 제기를 해서 나를 괴롭히지는 않겠지 했는데, 그게 아니다. 변두리 동네인 경우는 나이 든 아주머니가 직접 와서 "우리 집 수험생 있는데 시끄럽다. 망치 소리 내지 말아라." 하고 소리소리 악다구니하는 게 보통인데, 여기는 아무 소리 하지 않다가 그 대신 경찰백차가 바로 온다. 경찰관이 살벌하게 들이닥치면서 "여기 책임자 나와라." 이런 식이다.

공사 착수할 때 건축물 안전 펜스 벽을 둘러 세웠는데, 그 펜스에 칠해진 페인트 색이 마음에 안 든다는 민원도 들어왔다.

"이건 가(假)시설물입니다. 공사 끝날 때까지만 좀 봐주십시오."

여기 분들은 내 설명에 이해는 하고 있으면서도, 자기가 한 말에 대해서 너는 지켜야 한다는 그런 말투다. 뭔가를 설명하려면 엄청 비웃듯 하대하는 모습이 보인다.

"네깟 놈이 뭐냐? 하라면 할 것이지."

이런 자세다. 하긴 조용하게 사는 동네에 들어와 장비 소리 윙윙거리고, 우당탕 소리 내고, 먼지 풍기고, 큰 트럭이 들락거리는 작업을 하다 보니 그분들도 짜증이 날 것이다.

나는 엄청 인내하면서, "소음, 먼지 나는 것 죄송합니다. 혹 귀댁도 새로 지을 계획이 있으시면 건축 상담해 드리겠습니다."라고 만나는 사람마다 성의껏 대답해 드리고 하다 보니 그분들도 '어~? 이 녀석은 흔히 보던 상스러운 노동자가 아닌가 봐?'라는 생각이 들었는지 극심한 들볶임은 서서히 줄어들었다.

그러던 중 골목 건너편 집 아저씨가 슬리퍼 차림으로 슬슬 다가와서 "여기 공사 얼마에 하느냐? 우리 집은 어떻게 보이느냐?" 하는 식으로 말을 걸어 왔다.

점잖은 분이니 나도 공손하게 대답했다.

한참 후 자기 집에 들어가 집구경을 하라고 불러들인다. 테니스를 칠만한 넓은 마당과 정원, 성곽으로 들어가는 듯한 현관, 널찍한 거실 등 평범하지 않은 골격의 저택이다. 지하실에는 홈바와 엄청난 음향기기, 당구대, 영화감상 시스템과 창문 밖 Dry Area에는 인공폭포가 콸콸 흘러 떨어진다.

나에게 한껏 자랑하신다.

"이 정도 신축하려면 평당 얼마나 들겠느냐?" 하길래 마음껏 비싸게 불러드렸다. 알고 보니 이 집이 당시 영부인의 언니네 집이란다. 그러면 이 분은 대통령의 동서가 되는 분이다. 비싸게 불러드려야 흡족한 대답이 될 것이고 또한 만약 이 집을 개축해 달라고 하면 그게 내 공사비가 될 것 아닌가? 이젠 요런 머리도 굴리고 사는 것도 터득했다는 말씀이다.

한편 이 집(강 회장) 식구들은 멀지 않은 곳에 작은집을 임차해서 공사 기간 중 거처로 삼았다.

1. 공사 전 이 집 사모님과 있었던 일

마당 장독대에는 어른이 들어가도 될 만큼 커다란 장독 하나가 있었는데 이것을 임시거처로 옮기겠다며 그 안에 가득한 간장을 작은 통에 퍼 담아 옮기길래, "이 장독은 여기다 두고 가시지요. 여기다 임시 창고를 지어서 돌이 튀거나 깨지지 않도록 단단히 보호할 테니 걱정마세요." 하니까, "아니요, 꼭 가지고 가야겠다."라고 한다. 이유는 "누군가 독약을 풀어 넣을까 봐."라고 했다.

'독약?'

그 누가 남의 집 간장에 독약을 타겠는가?

어이가 없어서 더 이상 아무 소리 하지 않았다.

2. 기존 주택을 철거하고 바닥을 보니

이 집 짓기 전에 지어졌던 주택의 기초 부분이 아직도 남아있었다. 새로 나온 설계대로 '야리가다(규준틀)'를 놓아보니 신기하게도 기초규격이 비슷하게 맞아준다. 이 기초를 활용하기로 했다.

3. 강 회장의 아들

강승구 씨(당시 44세 무직)가 이 신축공사에서 나와 카운터 파트너가 되었다. 이분은 당시 나보다 2살이 위였고 노총각이다.

부유하거나 강인한 부친을 둔 아들들이 가지고 있는 보편적 특징을 모두 지니고 있었다. 무직, 노총각에다 어눌한 말투, 전혀 일반적이지 않은 사고방식, 그러나 스스로는 유능하다고 생각하는 버릇, 어느 사회에도 접목되지 못할 처신. 그러면서 슬쩍 깡패인 듯한 옷차림과 말투, 돈 한 푼에 벌벌 떨고 큰 손실은 모르고 넘어가는 어리석은 사람.

하여튼 나로서는 최악의 파트너였다.

가끔씩 강 회장님이 집 짓는 현장에 들르면 이 아드님은 그동안의 진행 사항을 적절히 설명하지 못하고 절절매기만 한다. 아버지인 강 회장은 내 앞에서 자기 아들을 엄청 큰소리로 나무라곤 했다. 옆에서 보기가 민망하여 자리를 비키려 하면 "신 사장~! 어디가? 당신이 설명해!"라고 할 때가 있다. 내가 설명하는 사이에 이 아드님은 어쩔 줄 모르고 옆에 서 있는 모양새다.

4. 강 회장님은…

당신의 아들이, 거의 동갑내기인 건축업자에게 장악될 수 있다고 판단했는지 고향 친구이자 모 대학 건축과를 나온 어떤 영감님에게 이른바 '감리'를 하라고 현장에 상주시켰다.

나로서는 상전이 하나 더 생긴 꼴이 되었다. 나는 이분이 있거나 없거나 나의 일을 틀림없이 할 사람이므로, 감리가 나의 일에 참견할 일이 없다. 하지만 나는 그 당시 다른 현장도 동시에 공사 진행을 하는 것이 있었는데, 점심 식사 때가 되면 일부러라도 방배동 현장으로 와서 그 영감님에게 "식사하러 가시지요." 하고 모시고 나간다거나 하느라 나로선 괜한 짐이 생긴 셈이 되었다.

두 달인가 있다가 이분도 강 회장에게 "당신은 여기서 하는 일이 뭐요?"라고 하면서 된통 당한 후 잘렸다. 그러나 강 회장 아드님은 끝까지 내 옆에 있으면서 자기도 뭔가를 해야 한다는 모습으로 괜스레 왔다 갔다 하고 있었다. 그러거나 말거나 나는 나의 할 일을 해내고 있었다.

골조가 끝나고 내벽을 쌓은 후 창틀을 세우고 보온재를 끼워 넣을 때 아들 강 씨를 써먹는다. 꼼꼼히 잘 넣는가 확인 좀 하라고 하면, 이 사람, 일꾼들에게 엄청 '오버액션'하면서 내가 확인하라는 짓을 무지 열심히 감독한다.

심부름도 잘한다. 방배 시장 안에 내가 정해놓은 철물점 주인이 바빠서 배달이 안 되면 아들 강 씨를 보내서 못 6인치 5근, 4인치 10근을 가져오라 하면, 비싼 외제 차를 몰고 가서 금방 가져온다. 일 끝날 시간에 보면 현장에서 험한 일은 모두 자기가 한 모습이다. 톱

밥 먼지가 콧구멍과 머리칼에 뽀얗게 내려있다. 나로서는 무임금 직영 인부가 생긴 꼴이다.

5. 새 직원이 생겼다

앞으로 내 사업이 더 커지려면 현장 하나쯤은 믿고 맡길 사람이 필요하다고 생각할 즈음이었다.

앞서 하던 현장부터 나에게 주방가구를 납품하던 한샘 ○○대리점 외근 사원이 있었는데, 행동거지가 바른 청년이었다. 나와 약속한 날짜에 어김없이 납품해 내던 착실한 사람이었다. 하루는 심각하게 나에게 할 말이 있다고 했다. 들어보니 주방가구나 조립해 주러 다니는 이런 일은 아무리 해보았자 장래에 뚜렷한 희망이 안 보인다고 하면서,

"신 사장님 건축일 하시는 것 보면서 저도 이런 일을 배우고 싶습니다. 저를 제자로 받아주시면 성심껏 일 배우겠습니다."라고 한다.

평소 쓸만한 청년이라고 생각했었고 나로서도 사람이 필요했던 차이므로 내 조수로 쓰기로 했다. 그런데 처음 한두 달은 열심히 해 보려는 노력이 보였지만 서서히 꾀를 부리고 피곤해하는 기색이 보이기 시작했다.

첫째로 출근 시간을 지키지 못했다. 집이 김포 지나 강화 쪽에 있어서 출근길이 마땅치 않다고 하면서 자주 늦어졌다. 건축일은 아침 시간이 늦으면 작업 개시가 안 된다. 이 정도도 못하면 낙제점이다.

나는 그에게 사회 초년부터 내가 가지고 있던 직업에 관한 좌우명을 가르쳤다. 일을 잘하고 못하는 것은 둘째이고, 첫째는 근태(근무태도)이다.

"아침 출근을 정시에 못 하면 그 외는 아무것도 할 수 없는 것이다"
라고….

이때쯤 내 승용차 외에 현장용 1톤 트럭을 새로 사서, 그에게 현장
겸용 출퇴근에 사용하라고 이 차를 지급했더니 며칠간은 출근 시간
을 지키는듯하다가 급기야는 차량과 함께 잠수까지 했다. 그때는 핸
드폰도 없던 시절이고 찾아갈 길도 몰라서 답답하던 차에 3일 만에
엉망이 된 차를 끌고 나타나서 "아버지 산소를 다시 만들면서 돌덩이
를 운반하다가 차가 이렇게 되었다."라고 하면서 빈다.

분통이 터졌다. 일손을 덜어 보려다 큰 혹을 붙인 꼴이다. 안 되겠
다 싶어 차 키를 받아놓고 단칼에 해고했다.

이 차를 타고 볼일을 보러 다니다 보면 재미있는 일이 생긴다.

은행이나 관공서에 가면 일단 차별대우를 받는다. 1톤 트럭 운전
자가 무슨 일로 왔느냐는 식이다. 심지어는 내 집, 내 주차장에 차를
세우려다가 이곳으로 들어오려던 고급 승용차 운전자와도 시비가 생
겼다.

"여긴 내 집 주차장"이라고 말해도 잘 믿어주질 않는다.

그래도 작은딸 보람이는 이 트럭을 제일 좋아한다. 적재함에 올라
타 동네를 한 바퀴 돌자고 하고는 뒤에서 무얼 하나 봤더니 길옆에 행
인을 향해서 손을 흔들며 카퍼레이드를 하면서 재미있어 했다.

6. 이때쯤부터 강 회장의 엄청난 갑질이 시작

계약 시 시방에 특별히 명시되지 않았거나 애매한 부분을 여지없이
파고들어 나를 괴롭히기 시작했다. 예를 들면 "난방시스템은 도시가
스 보일러 ○○용량을 설치한다."라고 계약서에 되어 있는데, 기름보일

러를 난방용으로 겸해서 놓으라 했다.

기름 탱크는 1,000L 용량을 지하에 매설하라고 했다. 덧붙여서 1·2층 거실과 지하 방에 벽난로도 설치하라고 한다.

"그런 내용은 계약에 없는 것입니다."하면,

"계약에 없을 뿐 하지 않겠다는 내용은 없지 않느냐?" 한다.

이런 식이다.

무지막지한 억지를 부리며 나를 압박한다. 지하실 방은 콘크리트조로 하고 출입문은 철제로 두 겹 설치, Dry Area 부분은 콘크리트 옹벽으로 보호하란다. 왜 그래야 하느냐 하면, 전시 사변이 생길 경우 방공호로 써야 하고, 그럴 경우 도시가스가 끊기면 기름보일러를 돌리며, 그나마 소진되면 벽난로에 나무라도 때서 난방을 하겠다는 것이다.

그것뿐이 아니다. 거실 앞 큰 유리창과 모든 창문엔 방범 창살 이외에 철제 전동 셔터를 달아 달라고 하고 모든 방 출입문은 도끼로 빠개도 시간이 지체될 수 있는 튼튼한 원목 문짝을 달 것이며, 안쪽으로는 철 대문에 사용하는 굵은 빗장을 설치하라 했다.

담장 위쪽과 마당에는 외부 침입자를 감지하는 광선 센서를 거미줄처럼 쳐 놓으라 하고, 이것이 감지되면 가까운 경찰서로 자동 연결되는 시스템을 설치하라는 주문인데, 이것만은 별도 공사비를 주겠다 한다.

*이 집 식구들 왜 이럴까?

원한이 깊은 사람들이 주변에 많은가 보다. 욕실 타일도 문제가 됐다. 색상을 적절히 맞추기 위해 일부는 외국산을 쓸 수도 있다고 해

둔 것이 말썽이 되었다. 내 생각에 외국산이라 함은 국산에서 볼 수 없는 색상을 가진 말레이산이나 인도네시아산을 염두에 둔 것인데, 강 회장은 이태리산을 쓰라고 강압했다. 논현동 건축자재 백화점까지 나를 데리고 가서 직접 타일을 골랐다. 노인네와 싸움하기도 지쳤다. 이태리산이 이렇게 비싼 줄 몰랐다.

모양을 내는 수준으로 몇 장씩만 쓰기로 합의됐지만, 강 회장의 갑질은 정말 너무했고 나를 화나게 만들었다. 이제 생각하니 이런 사회에 초년생이라 할 수 있는 내가 강 회장 같은 분한테 마음껏 농락당한 것이라고 봐야 한다.

그래도 여기까진 참아내고, 해달라는 대로 시행했다.

이젠 공사가 거의 끝나간다. 이제 남은 공정은 지붕 기와 잇기 뿐이었다. 기와에 관하여 계약서 시방에는 "국산 최고 메이커로서 KS 제품을 쓴다."라고 되어 있다. 이 정도라면 당연히 '이화' 제품으로서 적갈색 '오지기와'라면 이 조건에 딱 맞는다. 그 이상의 제품은 국내에 없다.

샘플로 몇 장을 가져다가 강 회장님께 보여줬더니 다짜고짜 한 장을 집어 들어 콘크리트 바닥에 집어 던진다. 당연히 "쨍그렁" 깨졌다.

"이런 걸 기와라고 가져왔어? 당장 바꾸시오." 했다.

우리나라 건축 시방에 기와에 관한 부분은 이렇다.

'흙바닥에 놓고 성인 남자 두 명이 (손을 마주 잡고) 올라설 때, 깨지지 않으면 합격'이다. 우리가 흔히 보는 시멘트기와도 이 정도 약식 품질 실험은 통과되고도 남는다. 하물며 KS를 획득한 이화 제품 중 유약을 발라서 가마에서 구운 반질반질한 '오지기와'는 이 정도를 훨씬 능가하는 고급재료이다.

그런데 강 회장에게는 이런 설명이 통하지 않는다. 그는 듣지도 않고 큰 코를 벌렁거리며 끊임없이 역정만 낸다.

"바꿔라."

이때 나도 결심했다.

"좋다, 한번 해 보자."

그 집 공사비의 80%는 이미 수령한 상태이고 계약서에는 "잔금을 다 지불하기 전 입주 할 수 없다."라고 명시되어있다.

"회장님, 저는 더 이상 이 공사 못 하겠습니다. 다른 업자 데려다가 잔 공사하시거나 이 상태로 입주하시면 계약서를 근거로 법정 대응하겠습니다. 기와건만 따로 말하자면, 국산 중에 이 샘플 이상의 고급 기와를 가져오신다면 이 집 공사비 전액 돌려드리겠습니다. 각서 쓸까요?" 하니까 이 노장 선수 강 회장도 움찔한다.

실제로 그날 오후 나는 현장을 폐쇄했다.

긴 막대로 현장 입구에 X자 모양으로 못질하고 판자에 알림판을 써 걸었다.

> *알림: 이 건물은 건축주와 부당한 분쟁으로 공사 중지합니다. 계약 불이행 소송에 연루되지 않으려면(건축주 포함) 이곳 출입을 삼가십시오.
>
> 건축업자 조형건업 신현호(연락처 ###-###-####)

이 상태로 이 공사를 내 던지면 20%의 공사 잔금을 못 받게 될 것이다. 그러나 저 사람들 그렇게는 못한다. 나는 '배짱'이다. 라고 생각했고. 약 1주일간 마음 편히 먹고 놀았다.

그때쯤 강 회장 아드님이 나를 집으로 찾아왔다.

"신 사장님 노여움을 푸시고 나머지 공사 해 주십시오."

내 집 앞에 있는 대폿집에서 나와 마주하고 앉은 아들에게 지난 시간에 하지 못하고 참았던 속내를 마음껏 쏟아내면서 분풀이를 했다. 이런 공사판에 일하는 업자끼리는 서로 지키는 하나의 불문율이 있다. 타 업자가 시행하다가 타절한 공사는 절대 손대지 않는다는 것이다.

그네들이 항복하고 온 김에 나도 갑질을 해봤다.

"나머지 잔 공사 대금 다 내십시오. 그럼 공사를 하겠수다."

이 순진한 아드님은 자기가 가지고 있는 비상금이라면서 아버지에겐 비밀로 하자면서 잔금을 주었다.

"내가 돈 미리 받았다고 일을 하지 않거나 약속 어기지 않을 테니 걱정 마세요."

물론 나는 다시 일꾼들을 데리고 그 공사를 끝을 내었는데, 그래도 마지막 소규모 전투가 있었다. 외부인 '침투 감지센서'를 설치한 후 성능시험을 할 때였다.

그 아드님이 불쑥 심각하게 하는 말이,

"내가 대문에서 현관까지 센서 광선을 피해서 낮은 포복으로 접근할 때 경고음이 울리지 않는다면 이 감지 시스템 공사비는 드릴 수 없어요."

가죽점퍼 차림으로 청바지 주머니에 두 손을 꽂은 채 다소 불량한 포즈로 말한다. 내가 공사를 중지시켰던 것에 대한 복수 행위였다.

벼락같은 목소리로 즉각 응수했다.

"이거 뭐 하자는 말이요? 지나가는 사람을 시켜봅시다. 당신은 감지 광선이 어디로 지나가는지 잘 알고 있잖아? 이거 공사 끝내기 싫구먼! 왜 이래요, 이 집 식구들 말이야! 나한테 감사하단 말 한마디 못 해주고 말이야!!"

상당히 날을 세워 소리를 지르니 이 친구 잠잠해진다. 아버지에게 욕깨나 먹었겠지, 돈부터 지불했다고…. 그리고 지금 이것도 아버지가 시켰겠지. 너의 머리에서 나온 말이 아니다.

준공 검사가 끝난 후 나 자신이 다시 완공 검사를 했다.

주인댁에 넘겨주기 전 자체검사인데, 내 친구 송병우가 검사관이다.

한 손에 작은 수첩을 들고 지적사항을 적어 나간다. 화장실 변기에 앉아도 보고 물 내림도 해 보고, 심지어 신문지 깔고 누워서 위도 쳐다보고는 서서 보는 것과 누워서 보는 것이 다르다고 했다.

친구의 지적사항이 소소한 것까지 20개가 넘었다. 그런 것들을 신속히 수정하고 보완이 된 후에야 건축주 강 씨네 가족이 입주하도록 준비가 완전히 끝났다. 공사 잔금은 미리 수령하였으니 편안한 마음으로 집 열쇠 꾸러미를 인계했다.

그분들이 이사 들어오는 날에 맞추어 나의 선물을 준비했다.

1. 입주 축하 화분
2. 이 집 〈유지관리사용〉 설명서
3. 이 공사에 동원된 소업자들의 실명과 전화번호, 나의 기술자 자격 증 사본
4. 공구 BOX와 가전 상비 공구 세트

이것들을 들고 들어와 강 회장님께 드렸더니 다소 감동하는 얼굴빛에서 그나마 이 공사를 끝마친 보람을 느꼈다.

방배동 강 회장 댁

처갓집 재축 공사

나의 장인은 6·25 참전 공병장교 출신이다. 전공은 전기공학이고 나보다 30년 연상인 안동 김씨다. 한전 퇴직 후에 지금 내가 하는 것처럼 동네 집짓기 일을 몇 년 하셨다는데, 그때 당신이 손수 지은 집에서 내 아내와 처제, 처남을 길러내시고 꽤 오랫동안 살고 있는 낡은 집이 있었다. 그런데 큰사위인 내가 동네에서 집을 짓겠다고 동분서주하는 것을 보시고 "내 집 한번 지어봐라." 하시는 바람에 딴 공사 미루어 놓고 처갓집 재건축 공사에 착수했다.

이 집짓기 공사는 내 집 짓는 것과 마찬가지로 건축주 갑질이 없었으므로 편안하게 진행되었다. 이 집의 특징이 있다면 이렇다.

전형적인 다가구주택으로 설계했다. 1층은 2가구는 임대용으로 하고 2층은 주인이 사는 공간, 3층은 당시 신혼이었던 막내처남의 신혼 방으로 꾸몄다. 옥상에는 테라스 지붕을 시공해 바비큐장을 만들어서 완공 후에는 장인, 장모님과 나의 가족, 처남네 가족, 처제네 가족까지 대식구들이 모여서 마치 야외 파티하듯 가족 모임에 맞춤 공간으로 활용했다.

이제 나도 사위와 손자가 생기고 그때를 되돌아보니, 그때 나의 장인어른은 참으로 행복했을 거라는 생각이 든다.

처갓집 공사 기간 중 처갓집 살림살이는 내 집 지하실에 넓은 공간을 창고 삼아 넣어두고 장인, 장모는 우리 집에 거주하셨으니 잠시나마 한집에 거주하는 시기도 있었다.

등촌동 처갓댁

서초동 상가건물

/

 한꺼번에 세 개의 현장을 혼자 치러내었다. (내 집. 처갓집. 강 회장댁)
거의 비슷한 시기에 끝이 났다. 시절은 늦가을이다.

 어느 날 사무실 자동 녹음기에 나를 보자는 음성기록이 남겨져 있
었다. 나이가 드신 남자 어르신 목소리다. 지정 장소로 찾아갔는데,
사당동 어느 골목에 있는 4층짜리 상가건물 위층에 있는 그 건물 관
리사무실이었다.

 이분은 이 건물 주인이다. 임대를 준 점포와 사무실이 각층당 20개
이상(전층 약 100개 점포)은 되어 보인다. 건물관리 실무는 실무자 한
분을 고용하여 안정된 임대수익이 보장된 여유로운 노년을 보내시는
분이다.

 찾아간 시간이 대략 오전 11시경이라고 기억되는데, 점심을 같이
하자며 가까운 일식집에서 식사하면서 천천히 설명해 주셨다. 서초
동 일대에 공(空)대지가 있는데, 공한지세를 내지 않아도 될 최소한
의 건물을 지어야겠다는 것이 요지다. 알려주는 번지수를 찾아가 보
니 상가들이 빙 둘러서 있는 넓은 공간이고 주유소가 있다가 철거된
자리였다. 이 주유소 자리와 주변의 넓은 마당이 이태구 씨 소유 대

지였다.

주유소가 있던 자리에 걸맞은 건물을 주문하셨다.

대략적 가설계를 만들어 이틀 후 다시 이 사장님을 찾아뵈었다.

나의 계획안을 보여드리며 설명했다. 주변 공간이 크므로 그 복판 자리는 편의점을 유치할 것을 염두에 두고 설계했다고 하면서 기역자로 형성된 계획을 설명하니 그 자리에서 OK가 떨어졌다.

당신이 미리 생각해 둔 것과 내 생각이 일치했다고 만족해하셨다. 일부만 지하실을 만들고 칸막이 없이 지상 1층 상가건물이라 공사하기엔 너무 편한 것이다. 주변에 근접된 건물도 없다. 그 넓은 땅에 현존하는 영업 점포들은 대부분 이태구 사장님 소유 건물에 입주한 상인들이므로 주변 민원의 소지가 전혀 없다. 일반적 주택건축비보다 다소 낮은 단가로 계약이 됐다.

건축허가도 어려움 없이 나왔다. 즉시 공사를 시작했는데, 주유소 건물 기초 부분이 아직도 지하에 매몰되어 있기 때문에 이것부터 걷어내기 작업을 시작하다 보니 문제가 생겼다. 깨끗한 원래의 바닥 흙이 나올 것을 기대했는데 주유소 기름 탱크가 새어 나왔었는지 흙을 걷어낼수록 시커먼 색의 폐유에 절어있는 사질토가 계속 나온다.

나는 나의 판단대로 이 오염된 흙을 모조리 파내고 깨끗한 마사토 질로 '되메움 다짐'을 했다. 예상외로 제법 큰 액수의 공사비가 추가된 것이다. 작업 일수도 약 4~5일이 지체되었다. 이런 오염 토양을 제거하고 신축하는 것은 나의 상식으로는 당연하다고 생각하여 한 일이었다. 그런데 이태구 사장님은 한 번도 현장을 둘러보지도 않고 오고 가며 내가 하는 일을 멀찌감치서 지켜보면서 그분 내심으로 '이 친구

(나)는 참으로 원칙적으로 일을 하는 사람이구나.'라고 감탄했다고 그 측근을 통해서 전해 들었다.

새 흙을 받는 김에 원바닥 높이보다 살짝 높여서 성토하여 상가건물을 세웠더니 주변 환경에 비하여 다소 높은 위치에 자리한 편의점 건물이 아주 보기 좋게 모양이 갖추어졌다.

공사가 완공되기도 전부터 부동산 사무실에서는 입주 희망자를 데리고 오기 시작했는데, 내가 건축주를 대신하여 입주 희망자를 면접하고 편의점 개업 희망자를 찾아내어 이 사장님에게 소개하니 매우 기뻐하면서 계약이 되었다.

공사 중에 입주자가 결정되니까 그때부터는 임차인이 건축주가 된 것처럼 건물 내장 공사에 참견을 한다. 큰 문제가 없는 한 임차인의 의견도 받아주고 하면서 공사를 끝냈다. 페인트 공사를 끝으로 일을 끝내면서 바로 간판 달고 개업을 하니 옛날 남부 터미널 주변 공터가 훤하니 밝아졌다.

이 사장님은 어느 다른 건축주처럼 갑질도 안 하고 힘들지 않게 공사비를 지불해 주면서 "신 사장! 하는 김에 나의 일 하나 더 해 주시오." 했다.

서초동 상가

사당동 산 위의
상가

/

하나 더 해보라는 건물 위치는 동작동 국립묘지 남쪽 산 넘어 사당동 북쪽 산에 오래된 주택들이 밀집되어 있는 동네인데, 국립묘지 남쪽 담장이 쳐져 있어서 더 이상은 갈 길이 없는 막힌 길 끝이고 그 지역에서는 제일 높은 곳에 위치한 공터였다. 여기도 '공한지세'를 내지 않을 정도의 최소의 건물을 상가 형태로 짓고자 한다고 했다. 바로 현장으로 가서 살펴보니 상가로서는 임대가 나갈 것 같지 않아서, 상가 겸 공장으로 쓸 수 있는 구조로 즉시 임시 설계를 했다.

이곳도 대지가 넓고 울타리도 없으니 공사하기 아주 편한 곳이다. 건자재 쌓아 놓을 자리도 좋고 건설 장비나 트럭이 드나들기 쉬운 장소다. 그런데 신축장소 바로 옆에는 고색이 그득한 커다란 한옥 한 채가 두툼한 돌담 넘어 높은 대문과 함께 위용을 뽐내며 서 있었다.

이 집은 뭔가? 궁금하여 살펴보니 대문 위에 '남묘(南廟)'라는 현판이 붙어있다.

남묘? 이게 왜 여기 있지? 궁금했다.

내가 알기로 남묘(南廟)는 《삼국지》의 관운장의 혼백을 모신 사당으로 어렸을 적 남대문 근처 어딘가 있었던 것으로 기억되는데, 어째서 이 동작구 사당동 산 위에 와 있을까?

그때였다. 남묘 대문이 열리면서 키가 커다란 노인 한 분이 나섰다. "뉘신데 여기를 들여다보시는가? 궁금하면 들어와 보게." 하신다.

이분은 남묘를 지키고 있는 '사당 지킴이'였다. 이야기를 들어보니 6·25 이후 소실된 남묘를 이곳으로 옮겨서 재축했다 한다. 본채에는 관운장 영정이 근엄하게 모셔져 있고 마당에는 각종 병장기(兵仗器)가 줄줄이 세워져 있었다. 서양인 젊은이가 지도를 들고 여기까지 찾아왔다. 사당 지킴이 노인은, 능숙하지는 않았지만 알아들을 만큼의 영어로 '남묘'를 소개해 주었다.

아무튼 나는 남묘 담장 바로 옆에서 상가 건축 일을 시작했다. 현장 바로 앞집에 젊은 아주머니에게 일꾼들 밥해주기를 부탁했다. 남편은 지하철 기관사라 했다. 일이 일사천리로 진행되어 갈 때 한 번의 난감한 사고가 생겼다.

지하실 터파기를 하는 중에 직경 300㎜ 콘크리트 흉관 한 줄이 '우드득' 잘렸다. 잘린 부분에서는 아무것도 흘러나오지 않는다. 아래쪽으로 내려가 손전등으로 깨어진 안쪽을 살펴보았는데, 관 내부에는 마른 흙먼지만 가득하고 심지어 거미줄까지 빈틈없이 쳐진 모양이었고 물이 흐른 흔적은 없다. 이것을 '폐하수관'이라고 판단해 버린 것이 실수였다. 이 관로를 끊어진 채로 무시하고 터파기 공사를 계속했다.

그러던 어느 비 오는 날, 앞집 마루에 앉아 일꾼들과 점심을 먹고 있을 때였다. 어디선가 폭포 쏟아지는 소리가 난다.

"이게 무슨 소리지?" 하면서 무심하게 앉아있었는데, 이 소리는 점점 크게 들려왔다.

"앗! 이상하다."

밖으로 나와 보니 이 끊어진 하수관에서 엄청난 물이 쏟아져 나오면서 터파기 해 놓은 구덩이에 물이 철렁철렁 고여 있는 것이 아닌가? 구덩이 옆쪽 흙벽은 물에 젖어서 무더기 무더기로 무너지고 있었다. '남묘' 돌담 바로 밑까지 무너져간다. 보통 비상사태가 아닌 것이다.

마침 현장에 들어와 있는 굴삭기 한 대에게 나를 따라오라고 하고 현장 옆길로 산 정상 쪽으로 끌고 갔다.

내 짐작이 맞았다. 거기에는 고지대 주택에 수돗물을 보내주는 '저류조'가 있었고, 이 저류조가 월류(越流)되는 것이라고 판단되었다. 즉시 저류조의 위치와 내 현장을 잇는 선(하수관이 묻혀 있다고)으로 판단되는 위치를 눈짐작으로 잡고 "여기를 파라."라고 지시했다.

굴삭기가 약 5분 굴착을 하니 "드드득" 거리는 소리가 났다.

"됐다! 더 파라."

굴착기 버킷에 하수관이 깨지면서 물이 솟아오른다. 하수관이 완전히 모습을 드러날 때까지 흙을 파냈다.

"옳지! 끊어라!"

흐르는 하수관 상류를 끊고 아래쪽으로 내려가는 하수관을 흙 가마니로 막았다. 내 현장으로 쏟아지는 물이 뚝 그쳤다. 비를 홀딱 맞으면서 장비 작업을 지휘했다.

"옆으로 물고랑을 파라."

물고랑을 따라서 물이 사정없이 흘러간다. 산길 옆으로 나 있는 배수로까지 고랑을 파놓으니 물줄기는 고랑을 통해서 한참을 흘러 내려가다 기존의 작은 하천으로 합쳐져서 빠져나간다.

아! 이래서 긴급사태는 해결이 되었다.

오후 작업을 시켜놓고 즉시 동작 구청 상수도 부서로 달려가서 이 사고를 알리고 어떻게 복구할 것인지를 상의했다.

굉장한 사건인 양 떠들던 구청 사람들을 안정시키고 내가 복구대책을 말했다. 내가 토목기술자인 것을 밝히자 내 주장하는 대로 구청 직원이 동의했다. 복구비 납부 없이 내가 직접 복구공사를 하고 공무원 감독하에 종료되는 것으로 합의했다. 이 저류조의 월류는 몇 년에

사당동

한 번 있을까 말까 하는 일이라고 했다. 그 드문 케이스에 나만 혼쭐이 난 것이다.

건축주 이 사장님은 하수관 복구 비용을 주시겠다고 했지만 사양했다. 내가 더 자세히 살펴야 할 것을 못 한 것이니까.

이런 과정을 겪으면서 공사가 끝났다. 이때도 부동산 사무실에 임대 의뢰를 했는데, 입주 희망자가 없다. 워낙 장소도 외진 곳이니 그

럴 만도 하다. 준공까지 마쳤는데 빈집만 덜렁 있다.

이 사장님은 또 나를 불러 안양 모처에 있는 공지에도 이런 상가 건물을 지어 달라고 하셨다. 나는 잠시 망설였다. 망설인 이유는 이렇다. 그 당시 정부에서 발표된 '금융실명제'는 민간 경제에 적지 않은 영향을 끼쳤다. 심지어 골목 안에서 작은 규모의 공사를 하는 나 같은 영세업자에게도 직격탄의 영향이 있었다. 일거리가 갑자기 사라졌다.

이 사장님같이 전적으로 나를 신뢰해 주는 이런 건축주를 만나서 건물을 두 개까지 연거푸 의뢰해 준 데 대하여 감사하는 마음으로 공사를 받았지만, 이제 이 현장을 떠나면 언제 새 공사를 만날 수 있을지 전망이 보이지 않을 때였다. 그리하여 이제는 건축사업을 접어야 할 때라고 나 홀로 결론을 내리고 있었다. 사회가 이렇게 냉각이 될 때는 하던 일을 멈추고 좀 더 안정적인 일을 찾아야겠다는 생각이 나를 지배했다. 옛적 사업을 하던 내 형님도 그랬다. 그렇게 무리한 사업을 이끌고 가다가 주변 사람들에게 엄청난 피해를 준 사례를 보았던 나이기에 더욱 그랬다.

그렇다면 무엇을 할 것인가?

그래, 그렇다. 나는 토목기술자이다. 그러니 그 길로 가면 될 것 아닌가? 그런데 토목은 혼자 하는 사업에 적절치 않다. 일거리 자체가 사회 '공적자산'에 관한 공사이기 때문에 큰일을 하자면 회사에 소속되어야 할 수 있는 것이다. 그렇다면 다시금 건설회사에 취업해야 한다. 아주 젊은 시절 한국을 떠나서 한창 일을 해야 할 시절을 외국회사에서 지낸 나로서는 한국 건설회사에서 그 경력을 어떻게 인정받을 것인가? 귀국 후에도 건설회사와는 거리가 먼, 동네 건축공사를 했던 내가 아닌가? 다시 건설회사로 가자면 현재 내가 가지고 있는 '토목기사 1급' 자격보다는 더 윗급의 번듯한 '기술사' 자격을 취득해야 그나마 나의 빈 공백을 채울 수 있을 것이라 판단했다.

그 자격시험을 합격한 후 취업해야겠다고 마음먹었는데, 또 안양 공사를 하라 하니 정말 감사하지만 이제 막 큰마음 먹고 수험생이 되려하는 순간이었다.

그러나 이 사장님 같은 분이 해달라는 공사를 마다할 순 없다. 하도급을 주기로 했다. 나는 건축주 자격으로 감독만 하겠다는 조건이다. 안양에서 몇 명의 업자를 소개받고 그네들이 하는 현장을 돌아보면서 가장 우수한 업자를 선택했다.

공사비는 이전에 받았던 액수로 견적을 드렸다. 이 사장님은 "안양공사를 하도급 주면, 신 사장은 몇 푼이나 남길 수 있는가?"라고 물었다. "안양 업자에게 이 금액 그대로 주려 합니다."라고 하니까 내 몫은 따로 15%를 주시겠다고 한다. 이렇게 조건 없이 신뢰해 주시니 몸둘 바를 모르겠다. 이 사장님께, 사당동 상가에 임차인이 들어올 때까지 공부방으로 쓰겠다고 하니 쾌히 승낙해 주셨다. "빈집 봐주니 나로서도 좋다." 하시면서 "공부 열심히 해서 꼭 합격해라."라고 격려도 해 주신다.

새로 지어진 상가건물 한쪽에 내 자리를 잡았다. 집에서 공부하기보다는 아침저녁 출퇴근하듯 다니고, 경우에 따라 잠도 자고 하니 조용하기도 하고, 공부방으로는 아주 좋았다.

빈 상가에서 혼자 공부할 때다.

나의 고교 동문 중에 '건축기술사'를 준비하는 동기 1명, 선배 1명을 우연히 만났는데, 공부할 장소가 마땅치 않다는 것이다. 나는 그들에게 "이곳으로 와서 같이 공부합시다."라고 제안했고, 그들이 들어와 합세가 됐다.

선배는 옥탑방에 자리를 잡고, 내 동기는 1층 넓은 홀에서 이쪽 코너는 내가 차지하고 저쪽 코너는 그 친구가 차지했다. 식사는 공사할 때 밥해주던 그 집에서 해결했으니 나이 먹은 수험생들에게는 공부방으로 더할 나위 없이 좋았다. 주차도 편하고 샤워도 마음껏 하고 담배도 편히 피울 수 있고 독서실 같은 제약이 없었으니까.

그 후 우리 세 사람은 세상과 담을 쌓고 공부에 열중했다. 이 절간 같은 고립상태에서 젊은 남자 세 명은 아침에 일어나서 공부, 밥 먹고 와서 공부, 자기 전까지 공부, 어쩌다 무척이나 답답한 날은 총신대학 앞 동네까지 슬슬 걸어 내려가서 삼겹살에 소주 한 잔씩 걸치고 올라왔다.

그러다가 가을쯤 건물 입주 희망자가 생겼다. 건어물을 큰 차에 싣고 와서 작은 포장으로 옮겨 담아 시중에 유통하는 영세업자인데 옮겨 담는 작업을 하기엔 매우 적절한 장소가 되었다. 몇 명의 동네 아주머니를 고용해서 작업하는데, 지금도 식품 마트에 가면 그 집 상표가 진열되어 있다.

그네들이 작업하는 곳에서 우리는 더 이상 견디지 못하고 각자 집으로 독서실로 헤어졌다. 이들 세 명은 그 후 모두 합격하여 기술사로서 열심히 활동하고 있다.

나는 등촌동 내 집 5층 옥상에 만들어진 옥탑방, 즉 내 공부방으로 들어와서 또 계속 시험 준비를 했다. 지난 2년째 낙방하고 보니 낙심 천만이다. 나름대로 자신이 있었는데 뜻대로 안 된다.

하긴 두 번 낙방은 아무것도 아니다. 공대생에겐 사법고시 합격과 흡사한 시험이다. 포기를 할까 하다가 다시 결심했다. 지금까지 준비한 것도 억울한 생각이 들었다. 아무래도 이 나이에(당시 45세) 다시 직장을 들어가자면 번듯한 자격 면허는 있어야 되겠다는 생각이 들었기 때문이다.

내년 봄 시험 일정이 발표됐다. 세 번째 응시를 결심하면서 이번에는 방법을 바꾸어 준비하기로 했다.

첫째 : 녹음 방법이다.

지금까지 준비된 기출문제의 모범답안을 내 목소리로 소리소리 내어 녹음했다. 모두 1시간짜리 테이프 11개가 됐다. 이것을 아침부터 저녁까지 모두 듣는다. 듣다 보면 졸음이 온다. 옥상에서 역기와 아령을 들고 도수체조도 하면서 1달간 테이프를 청취했다. 이젠 다음에 무슨 말이 나오는 것까지 몽땅 외웠다.

둘째 : 녹음테이프 줄이기

테이프를 매일 11시간씩 한 달을 듣다 보니 너무 쉬운 것과 아직은 보충할 문제가 나뉜다. 필요한 것만 골라 다시 녹음해 보니 8개로 줄었다.

셋째 : 마인드맵 작성

문제별로 외워진 내용들을 내가 경험한 현장의 모습을 상상하면서 스케치북에 그림을 그리고 설명을 붙였다. 그리고 컬러 펜으로 강약을 주어 한눈에 알아볼 수 있게 그림을 완성한다. 완성된 그림을 내 공부방 사방의 벽과 천정에 빈틈없이 도배했다. 그리고 방 한복판에 회전의자를 놓고 앉아서 온종일 뱅글뱅글 돌면서 녹음을 듣고 그림 쳐다보며 지휘봉으로 허공을 짚어나간다. 미친놈같이 소리도 지르면서…, 이거야말로 시청각을 총동원하는 훈련이다.

넷째 : 답안지 작성 연습

1. 자와 연필을 준비하여 답안 작성 전 왼쪽에 세로줄을 쳐서 답안을 일렬로 맞추고 번호시스템을 맞추어 쓰는 연습을 한다.
2. 가급적 그림 설명을 주로하고 연필로 대충 그려놓은 후 그 위에 볼펜으로 정확히 그린 후 연필 자국은 지운다.
3. 필기구 선택 : 국산 볼펜은 너무 가늘다. 그림은 가느다란 선이 좋으나 글씨는 수입제 굵은 볼펜으로 작성하는 연습
4. 답안 작성 전 답안지 빈칸에 내가 써야 할 내용을 연필로 제목만 우선적으로 적어 놓아 전체적으로 순서가 바뀌지 않게 기술한다. 제출 전 연필 자국은 모두 지워야 한다.

시험: 기술사 시험은 참으로 잔인한 시험이다. 옆줄 쳐진 용지 12장씩 주고 100분간 쓰란다. 문제는 4문항 주고 "2개를 골라 쓰시오." 라는 방식의 논술식 시험이다.

4교시를 마치면 400분이다. 시험장을 나설 때 온몸의 긴장감이 무너지면서 복도에 털썩 주저앉아서 호흡을 가다듬고 간신히 귀가했다.

1. 한 달 뒤인가 발표 날이다. 하루 전 ARS로 합격자 통보를 해 주었는데, 확인해 보니 '합격'이란다. 갑자기 눈물이 났다. (93년 39회 기술사) 별로 학문에 재능이 없던 내가 합격을 한 것이다. 책 쓰는 사람들이 주로 하는 말이 있다. 천학비재(淺學菲才). 내가 그런 사람 아니던가?

이틀 후 건설부에서 전화가 왔다. 이유는 내가 기술사 모든 분야에서 최고점을 받았기 때문이란다. 장관실에서 별도로 합격증을 받는 영광을 누렸다.

이 와중에 안양 공사도 문제없이 끝나고 나도 세 번 만에 기술사 합격을 한 것이다. 혹시 나의 이 글을 읽고 기술사 시험에 참고하실 분이 있으시다면 내 방법 써먹어 보시길 바란다. (특허료 없음!)

한 가지 첨언 할 것이 있다면 교과서에 나오는 내용이나, 선배들이 작성해 놓은 모범답안을 아무리 똑같이 써 봐도 낙방이다. 왜냐하면 기술사는 기술자를 가르치는 입장이므로 자기 의견(경험)을 꼭 써야 합격점수가 나오기 때문이다.

사당동 이사장님은 마치 당신 아드님이 합격한 것처럼 기뻐하면서 기념품으로 명인 도장집에서 만든 고급 옥도장을 선물로 주셨다. 지금까지도 잘 사용하고 있다.

사당동 빈 건물에서 공부할 때 이야깃거리가 하나 더 있다.

어느 날 밤이다. 두 사람은 집에 가고 나 혼자 어두운 큰 홀에서 야전 침대에 누워있는 적적한 밤이었다.

"부르릉~ 끽"

차 한 대가 주차장으로 들어왔다. '누구일까?' 하고 창가에 가서 밖을 내다봤는데 남자 두 명과 여자 한 명이 차에서 내리더니 두런두런 떠들면서 건물 뒤로 돌아간다. 국립묘지 담장과 마주하고 있고 밤에는 등도 없이 깜깜한 숲이어서 꽤나 으스스한 곳이다. 나는 궁금하기도 하여 건물 뒤쪽 창으로 가서 그들이 뭐 하러 그곳으로 갈까 하여 내다보았다. 그들 행동이 수상쩍다. 삽을 들고 온 것이다. 산 밑에 구덩이를 파는 모습이 산 아랫동네 불빛으로 아주 간신히 보였다.

'뭐야? 범죄자들 아닌가?'

그 구덩이에 뭔가를 넣고 흙을 덮었다.

"사그락 사그락…."

그리고는 휙 돌아서서 차를 타고 내려가 버렸다. 문을 열고 나가서 "당신들 뭐 하는 사람이요?"라고 묻고 싶었지만, 솔직히 두려웠다. 그냥 숨죽이고 지켜보기만 했다. 타고 온 차 번호를 보려 했는데 어두워서 볼 수가 없었다. 그들은 떠나고 또다시 어둠에 찬 넓은 실내에 나 혼자다. 슬며시 공포감에 오싹했다. '저게 뭘까? 토막시체라도 유기한 것일까?' 등등 흉흉한 상상을 하면서 아침을 맞이했다.

누구에게라도 알려야겠다 싶어 밥 먹는 집으로 갔더니 남편이 출근 전이다. 잘됐다. 어젯밤 이야기를 하고 확인해 보자 하니 그분이 동행해 주었다. 집 뒤로 가보니 새로 덮은 흙 자국이 선명하다. 삽으로 조심스레 흙을 거두어 갔다. 낡은 스웨터로 뭔가를 꽁꽁 싸 놓았다. 삽으로 꾹꾹 눌러보니 물컹물컹 기분 나쁜 촉감이다.

혹시 엽기적인 범죄의 유기물이 아닐까 하는 공포감이 엄습했지만,

'자! 이것이 무엇인지 확인해 보자.' 하고 스웨터 뭉치를 꺼내어 한쪽 끝을 잡아당겼다. 그랬더니 스웨터가 스르륵 풀려나면서 그 속에서 나타난 것은…, 피투성이…, 강아지였다.

제3장

/

다시 직장인으로

- 감리단장(동부엔지니어링)
- 공영토건㈜
- 경일 기술 공사㈜

다시 직장인으로
(동부 엔지니어링 감리단장)

/

　내 집 지하실에는 지난 4~5년간 집짓기에 사용하던 각종 공사 도구와 공구들, 그리고, 이 현장 저 현장에서 쓰다 남은 건축자재들이 상당량 쌓여 있었다. 현장 간 잉여 자재와 인력을 수송하던 1톤짜리 트럭은 매각처분했다. 그 외 측량기, 콘크리트 타설용 바이브레이터, 줄자, 설계테이블 등은 적은 금액이라도 매각했고 사무실 비품, 소파세트, 전화기 등은 트럭을 사 간 사람에게 거저 실어 주고 하여 집짓기 하던 흔적을 말끔히 치웠다. 직장인이 되기로 마음먹은 이상 모두 정리하는 것이 좋다고 생각했다. 일부 아까운 생각이 드는 물건도 있었지만 미련 없이 버렸다.

　일간지 신문을 살펴보니 토목 시공 기술사를 찾는 구인 광고를 봤다. 동부그룹에서 감리단장을 구한다고 했다. 감리 대상 공사는 강서구 염창동에 새로 들어오는 '열병합 발전소' 현장인데, 국내 모 대형 건설사와 스웨덴인가 열병합 발전에 실적이 있는 회사의 컨소시엄으로 시공사가 정해진 프로젝트였다.
　'잘됐다.'

외국인 시공 기술자들과 공사 진행하는 건 내겐 그리 낯설지 않은 일이었다. 입사서류를 제출하고 이틀 뒤부터인가 현장으로 출근 통보를 받고 보니 출근지가 바뀌었다. 여주 I/C~신륵사 간 국도 현장으로 가란다. 무슨 일인가 물었더니 인사부 관계자가 연신 미안하다고 하면서 이 회사에 오래 있던 단장님이 염창동에 강력히 지원하는 통에 사장님이 그렇게 결정했다 한다. 나는 이제 새로 들어오는 신참이니 별수 없었지만, 입사하면서부터 기분이 상했다.

기분은 상했지만 여주 현장으로 부임을 했다. 시공사는 대우그룹의 삼호건설이었고 새로 지은 사무실에 새 직원들을 만나니 새로운 투지가 생겼다. 나의 건설기술자 경력 중 감리직을 수행하는 것은 처음이다. 지난 몇 년 건축일을 한답시고 잠시 다른 데에 관심을 두다 보니 내 전문 분야가 왠지 낯설게도 느껴졌다.

시공사 소장은 나보다 3~4세 적은 전형적인 한국 건설회사 국내 소장이다. 그 김 소장에게 감리단장으로서 당부를 했다.
나도 얼마 전까지 당신과 같은 현장 소장을 해왔기 때문에 김 소장의 애로사항을 잘 안다. 일하다 보면 어려움도 있을 것이고 다소 건너뛰고 싶을 때가 생길 텐데, 그때 내 눈을 피할 생각 말고 나와 상의하면서 일을 해결합시다."
그는 그러겠다고 대답했다.
건설부 서울청에서 나온 주사급 감독관도 있었다. 사람은 유순하고 큰 문제는 없을 것 같지만 공무원 감독 경력이 오랜 사람들의 일해가는 형태를 나는 잘 안다. 그러나 그 당시 "부실 공사 추방, 척결의 원

년(1994)"이라는 슬로건 하에 민간 '책임 감리단 제도'를 도입한 첫 케이스이지만 기존 건설부 감독관의 '상왕(上王)' 역할에 이도 저도 못하는 입장이 바로 책임 감리원이다. 거의 사사건건 부딪쳤다. 목적은 같은데도 그렇다.

시공사 소장 입장도 어려운 건 마찬가지다. 어떤 때는 단장은 허락해도 감독이 안 된다 하고, 어떤 때는 감독은 넘어가자 해도 단장은 이것만은 안 된다 하니 시공자도 힘들어한다.

나의 입장은 책임 감리 단장이다. 최소한의 원칙은 지키고 싶었다. 더구나 그분들이 나를 볼 때는 융통성 없는 '해외파'였다. 한 번은 '어스앵커'가 무슨 이유에선지 비싼 일본산 재료로 설계되어 있어서 재료 구득이 늦어지는 것을 가격이 상당히 저렴한 국산 재료로 감액 설계변경을 승인해 주었다가 문책받았다. 게다가 저녁때마다 화투판에 끌어들였다. 나는 화투를 못한다. 그런데도 억지로 데려다 앉으라 했다.

'아~! 여기도 내가 있을 데가 아니구나. 기술인이 기술인답게 일해야 하는데 이게 뭐람?'

짧은 감리단장 시절을 겪으면서 정말 이래서는 안 되겠다 하는 생각이 나를 강하게 일깨워졌다. 평소 이런저런 문제를 겪어내면서, 부실공사를 할 수밖에 없는 국내의 제도적 문제와, 그런 문제에 접근하는 방법의 안이함, 실질적 '방법론'이 부재한 상태에 대해 일선 감리단장의 의견으로서 그 해소 방안을 적은 글을 《월간조선》에 투고했다.

이 글은 95년 4월호 《월간조선》에 게재됐고 그 후 96년 한국 기술인 협회에서 발간하는 《건설기술인》에 다시 전문이 게재된 바 있다. 부실공사에 대한 대책은 "이것이 문제이다."라고 문책성 논의만 거듭한다고 해결되는 것이 아니라 "이렇게 해야 한다."라고 주장한 글이다.

이런 극심한 회의를 느끼면서 얼마간 시간이 흘렀을 때, 동아에 근무하던 시절 상무님이었고 그 당시 공영토건 회장으로 계셨던 박○○ 회장님으로부터 불시에 전화를 받았다.

"네, 동부 신 단장입니다."

"어~, 자네 거기서 뭐하노? 한번 보자, 점심 한번 같이 하제이."

엉겁결에 "예" 했고, 며칠 후 박 회장님을 찾아뵈었다.

공영토건㈜ 시절

/

　며칠 후 공영토건 박 회장님을 찾아뵈었다.

　아주 오래전 내가 동아에 신입사원으로 입사하여 토목부에 발령받아 경남 창원 일대에서의 산업기지 공무 담당 PE로 일하던 시절 P 회장님은 마산 창원지역 본부장으로 재임하셨기 때문에 본사에 오시면 의례 토목부에 들러서 "신 기사, 수고 많지?"하고 인사말도 해주시고 했던 당시 상무님이다. 오랜만에 뵈었는데 아직 정정하시고 목소리도 옛날과 다름이 없었다.

　공영토건이란 회사는 오래된 역사와 실적을 가지고 있는 1군 대형 건설회사인데, 당시 '장영자'란 여인의 어음 사기 사건에 연루되어 몰락 위기를 맞이하다가 동아건설 그룹에서 인수하여 다시금 회생한 회사이다. 그리고 현재는 사장단과 중요 보직 임원들은 동아에서 자리를 옮겨간 몇 명의 임원분들이 공영을 장악(?)하고 있는 실정이었다.

　아마도 박 회장님은 자기의 어떤 목적을 위해서, 나 정도 급이 되는 실무자가 필요했던 것 같다. 그때는 이런저런 사정을 모른 채 그저 옛날 친정뻘 되는 동아그룹에서 나를 불러주었다는 기쁨뿐이었다.

박 회장님은 내가 도착하자 최 사장님을 오라 했다. 최 사장님도 내가 동아 재직 시 기획실을 담당했던 당시 이사님이고 나와도 안면이 두터운 사이다. 점심 식사에는 인사부 한 부장도 동석했다. 식사 도중에는 별말씀 없다가 식사 후, "신 단장은 한 부장하고 인사부로 가서 좀 더 얘기하라."라고 했다.

"공영에는 고참 부장이 많으니까 일단 부장으로 입사해서 내년에 이사 진급시켜 줄게."

이렇게 나의 의견을 들어 보지도 않고 모든 것이 결정되어 버렸다.

어쨌든 나는 기뻤다. 내내 하던 일이 시공이었고, 지금 잠시 몸 담고 있는 어설픈 감리보다는 훨씬 내 적성에 맞을 것으로 생각했다. 또 1군 회사의 부장급으로 입사되는 데다가 하물며 이사 진급까지 약속받았다.

이만하면 됐다.

동아에서 옮겨온 임원 중에는 토목 담당 임 전무님, 토목부와 토목 견적부를 담당하는 신 이사님이 있었는데, 모두 동아 시절 가까운 분들이었다.

며칠 뒤 출근일이 되어 나가 보니 '토목 설계 견적부' 부장으로 발령이 나와 있다. 설계 견적부는 동아 시절 약 5년이나 일했던 분야이다. 이젠 그 부서에 부장으로 일해야 한다. 나름 자신 있는 일거리다. 단, 이제부터는 업무 영업부와 유기적 협조로서 경쟁력 있는 공사비와 입찰 준비에 속도감 있게 대처해야 한다는 것 정도는 잘 알고 있는 터이다.

이리하여 '공영토건'에서의 생활이 시작되었다. 그 후 이 회사의 근속기간은 약 6년 정도 되었는데, 지금 생각해도 이 회사 생활은 나에게 있어서 또 하나의 중요한 한 마당이 되었다고 생각된다. 부서 직원들도 참신했고 내가 하고자 하는 대로 열심히 따라와 주었다. 업무 영업부 김 부장과도 친구처럼 잘 지냈으니 실무협의도 척척 진행되었다. 토목 본부장격인 임 전무님도 토목 담당 신 이사님도 모두 내 편이었다.

1군 회사 정도의 대형 건설회사들은 신규공사가 공고되면 현장 설명회에 참석하고 참가 희망자 회사 명단을 입수하여 어느 회사가 이번 공사에 연고가 있는지를 따져보게 되는데, 이 과정을 통해서 이번 공사의 '수주 예정사'를 자체적으로 정하는 것이 보통이다. 소위 "신랑을 정한다."라는 은어를 쓴다. 이때 신랑 회사는 정부 예정가격을 기준으로 최대한 예정가에 가까운 높은 투찰을 준비하고 나머지 응찰사들은 입찰서류 자체를 신랑 회사에게 맡기기도 한다. '신랑사'는 나머지 입찰서류를 조금씩, 조금씩 높은 가격으로 만들어서 입찰 일자에 제출하면 당연히 최저가를 응찰한 신랑사가 입찰에 성공하고 그 공사를 수주하게 되는 것이다.

이런 것이, 소위 말하는 '담합'인데 사회적으로는 이런 행위가 대단한 비리를 저지르는 듯이 건설회사들을 엄청 비난한다. 그 비난의 수준이 마치도 '큰 범죄자 집단' 취급에 가까울 정도이다. 이 지면을 기회 삼아 이런 형태를 다소나마 변호하면 이렇다.

첫째로 정부 예정가가 너무 낮게 책정되기 때문에 낙찰률을 99%에 수주한다 해도 공사 종료 후 정산해 보면, 실공사비가 도급 대비 120%를 넘기는 경우가 허다하다. 어쩌다 한 번이 아니고 이런 공사를 연거푸 몇 개만 한다면 살아남을 건설회사는 없다. 그러니 살아남기 위한 '고육책(苦肉策)'인 것을 알아야 한다.

기업은 이윤 창출이 없다면 존재할 이유가 없는 것 아닌가?

그러면 왜 정부 예정가는 낮을 수밖에 없는가? 이 문제는 건설 견적을 오래 해 본 분들에게는 한마디로 설명이 되는 부분이다.

이른바 '품셈'이다.

우리는 '견적'이라 해서 기초단가부터 쌓아 올리는 식의 금액산출법이고, 해외공사는 'Break Down'이라 해서 큰 조합의 공법을 놓고 생산성으로 나누는 방식이다. 그리고 우리 견적 방식을 '품(品)=(생산성 계산 방식이 너무 경직되어 있다.)'이라 지칭한다.

요즘은 어떻게 입찰가를 정하는가 알아봤더니 실제 시행된 실적가격을 적용한다고 하는데, 여기에서 실적가격이란 것이 얼마나 맞는 금액인지 의문이 간다. '예정가'는 입찰 진행관(공무원)이 절대 대외비로 공개하지 말아야 하는데도, 옛적이나 지금이나 여전히 밖에 나와 돌아다니는 걸 보면 아직도 그 밥에 그 나물이다.

아무튼 공영토건에 근무하던 시절은 별다른 문제 없이 잘 지낸 세월이었다. 나름대로 평가하고 싶은 것이 있다면, 요즘 회자하던 한마디를 인용해 대신해본다.

"나는 국민에게 충성하고 어느 개인에게 충성하지 않는다."

내가 기업에 몸담고 일하면서 '사익 증대'만이 내가 해야 할 일이라고 생각했는데, 여기선 어느 '특정 개인'을 위해서 일해야 존재할 수 있다는 것을 느꼈다. 회사의 주인은 너무 멀리 존재했다. 눈가림과 상식 밖의 '선상 파티'가 열린다. 배 바닥은 누수가 되는데, 아무도 아는 척을 안 한다.

또 한 가지는 이 회사는 역사가 긴 만큼 과장, 차장, 부장급에 오래된 고참 직원들이 많았다. 이분들은 회사의 몰락을 같이 겪어낸 전우 같은 우정이 강했다. 그러나 그 시절 건설회사 직원들은, 이직도 많고 경력사원 입사도 많았던 시절인데도, 외부에서 경력을 가지고 들어온 사람들에게 발붙일 자리를 잘 내주지 않는다. 더구나 동아에서 왔다고 알려진 나의 경우는 조금 그 강도가 심했다고 나는 느꼈다.

결국 어렵게 수주에 성공한 '건천~포항' 간 고속화 산업도로 현장소장으로 부임했다가 또 한 번의 회사 몰락(IMF)으로 제2 공동 도급사(벽산)에게 현장을 내어주고 내 의지와 관계없이 회사 문을 나서게 되었다. 그래도 공영토건에서는 6년이란 세월을 정붙이고 지냈는데, 엄청 서운했다. 지금도 공영시절의 동료, 후배들과 OB모임도 가지며 아직도 그 추억을 되새기고 있다.

경일 기술 공사㈜ 시절

/

　직장을 학교에 비교한다면 동아건설은 나에게 모교 같은 곳이다.

　뿌리 있는 직장을 한번 떠난 후엔 맥없이 이리저리 전직이 이루어진
다. 공영토건에서도 일심전력을 다했지만 의지와 관계없이 회사 문을
나서게 되었다.

　그 당시 공영은 출근하기도 송구스러울 정도로 어수선하고, 하루에
도 몇십 명씩 회사를 떠나가는 상황, 공중 해체되는 중이었다. 그 시
점에 어느 3군 건설회사 사장님이 회사까지 찾아와서 같이 성장해 보
자고 간절히 나를 설득했는데, 그렇지 않아도 어딘가를 가야 할 처지
인 나로서는 감사히 생각하고 그 회사에 발을 들이게 되었다.

　경기도 업체이고 농업 토목 설계를 주로 하면서 설계 사업부, 감리 사
업부를 운영해 오다가 건설 사업부를 새로 개설한 지 얼마 안 된 회사였
다. 들어오는 날부터 이 회사 모양이 어떤지 대번 알 수 있었다.

　정부에서 당시, 궁여지책으로 시행하던 '평균가 낙찰제'로 공사계약
을 하고는, 현지 업자에게 얼마간의 금액을 떼어놓은 후 '일괄 하도급'
을 주는 정도였다. '건설사업본부장'이란 명패에 어울리지 않게 단 한
명의 직원도 없었다. 앉을 자리도 3층에 사용하지 않았던 공간을 급

히 치우고 책상 하나 덜렁 놓았다.

내가 골목에서 혼자 삽질하고 빗자루 들고 내 공사를 하는 것이라면 무엇을 못 하랴만, 여기선 명색이 3군 건설회사 건설사업본부장 전무이사란다. 정신적 혼란이 왔지만 견디어 보기로 했다. 사주(사장)가 말했듯이 같이 성장하면 3군이 아니라 2군, 1군은 못 되겠는가? 나도 젊고(당시 49세) 사장도 젊다(46세).

그래, 좋다. 내 사업 하는 셈 치고 해보자.

실은 3군이라는 규모도 적은 것은 아니다. 그런데 이 회사는 설계 쪽 일하는 기술직원들이 많고, 임원들도 각 분야 기술사가 많기 때문에 3군으로 분류된 것뿐이다.

지금 수행하고 있는 공사가 10여 개 되었다. 그중 가장 큰 금액의 공사가 6억 원을 조금 넘는다. 나머지는 2억짜리, 1억짜리 심지어는 그 이하 금액도 있었다. 지금까지 내가 겪어보지 않은 이상한 세상에 들어와 있다고 느껴졌다.

하도급자들은 자기네 이익이 나면 아무 소리 하지 않고 있지만, 조금이라도 어려움에 봉착하면 이 금액에 하네 못 하네 아우성치는 것을 돌아다니며 막아대는 것이 일이다. 업무부 직원 두 명은 평균 낙찰제 입찰공고 나는 곳마다 각 시·군, 면사무소에 가서 서류 받아 적당히 금액 써서 하루에도 몇 군데씩 입찰서류를 접수하고 다닌다.

어느 날은 김포 계양산 옆으로 농경지를 가로질러 자그마한 산자락을 뚫고 농수로 터널 공사 현장에서 이 공사 못 해 먹겠다고 악을 쓴다. 현장을 내려가 보니 가관이다. 논흙이 질퍽거리는 위에 수로에 암거 콘크리트 바닥을 마구 타설해서 뻘 흙이 섞이질 않나, 농수로 터널 라이닝이라고 해놨는데, 터널 안으로 들어갈수록 여기저기 구멍이

뚫려있다. 장갑 낀 주먹으로 "쿵" 쳐보았더니 "와자작"하고 큰 구멍이 생긴다. 라이닝 두께는 누룽지 정도이고 깨진 안쪽 공간은 엄청 큰 여굴 공간이다. 터널 바닥도 내 체중에 눌려 우적거리며 깨진다.

'아, 이걸 공사라고 했단 말인가?'

발주처는 농(農)자 붙은 곳인데 이곳 감독관들은 마치 1세기 전에서 현세대로 지금 막 건너온 사람들 같은 소리만 하고 있다.

이럴 때 어쩌면 좋단 말이냐?

본사에 와서 사장님에게 실정이 이렇다고 얘기하고 모종의 결단을 내려야 한다고 말했는데, 사장님도 별 대책이 없는 듯 "그냥 그 사람들 달래서 끝내야 한다."라고 한다.

실제로 그랬다. 그 터널이 지금도 무사한지 궁금하다.

마냥 하도급만 줄 것이 아니라 시공 능력을 키워서 직영공사로 돌려야 한다고 말했지만, 내 의견을 들어주는 사람은 없다. 여기까지가 이 회사의 모습이었다.

"이제부터는 내가 만든다."하고 매일 아침 〈건설일보〉에서 3군 지정공사를 찾아보니 제법 규모 있는 공사들이 눈에 띈다. 각고의 노력으로 원주시 발주인 대형 농수산 센터 신축공사를 입찰로 따내고 계약했다. 공사금액은 40억 원이 넘었다.

그런데 이걸 계약하니 사장님께서 하시는 말씀이,

"이런 공사 절반 실행으로 끝낼 수 있지요? 그럼 20억 원은 벌었네."라고 한다.

"무슨 수로 50% 공사를 한단 말인가?" 했더니, 그때부터 나를 의심한다. 한다는 소리가 "내가 아는 하도 업체한테 실행을 내보라 할게요. 그 사람들은 50%면 끝낼 수 있습니다."

이게 무슨 얘기인지 경험자들은 벌써 아실 것이다. 나와 내 직원들이 아무리 실행을 짜봐야 90% 공사인데, "그렇다면 그 하도 업자에게 50%에 하도록 주십시오." 했다.

얼마 뒤, 그 하도 업체는 "망한다, 죽는다" 하고 소송을 걸었다. 1~2억 원짜리 잔돈 공사만 하다가, 40억 원이 넘는 공사가 들어오니 감당이 안 되는 것이다.

대전시 건설 본부가 발주한 ○○대학교 진입도로 공사 역시 공사비 60억 원이 넘었다. 이 중 관급자재비(주철관)가 70%가 넘는다. 이건 벌써 주철관 업체와 뭔가가 있다는 증거다. 국내 주철관 생산자는 6곳인데, 이건 100% 담합이고 설계에 이미 반영한 거다. 시공자가 설 자리가 없는 공사다.

이런 공사는 예정가보다 훨씬 윗선으로 쏘아서 존재만 알리고 기술적으로 빠지는 게 상수라고 일러주었지만, 사장이 이런 걸 알아들을 리가 없다. 이런저런 설명을 하면 이분은 엄청 기분 나빠한다. "나도 다 압니다."하면서….

이건 열등감이다.

"다른 회사도 이런 것을 미리 간파하고 모두 높은 금액으로 입찰 들어올 것입니다. 정상적 가격으로 들어가면 틀림없이 1등 낙찰되겠지만 그다음 시행에서 형편없이 적자가 나는 공사입니다."

몇 번을 이야기해서 간신히 내 의견대로 결재받았다.

당연히 입찰 결과는 내가 짐작한 대로다. 대부분의 회사들은 예정가보다 훨씬 높은 120%~150%가 주를 이루었고, 이런 감을 잡지 못

한 광주의 어느 업체가 90%에 낙찰받았다. 그러고도 좋다고 했는데, 아마 그 공사는 망조를 당했을 것이다.

결정적 사건 – 공문서 위조

충남 도청인가 발주 공사였다. PQ내고 적격 심사를 거쳐야 하는 제법 규모 있는 공사를 입찰에 들어가서 절묘한 금액으로 1등을 했는데, '적격심사' 서류를 준비하던 중 중대한 하자를 발견했다.

실적 조건 자격이 충족되는 줄 알았는데 '공사실적'이 아니라 '설계실적'이었다. 공사명은 고속도로였고 금액도 기준 이상인데 내용이 설계실적이니 이걸 써먹을 수는 없는 것이다. 이걸 적격서류라고 낸다면 망신만 당하고 계약은 직하위 회사로 내려갈 것이다. 이 문제를 놓고 또다시 오너 사장과 의견이 달랐는데, 그의 의견은 '실적증명서'를 기술적(?)으로 떼어내면 아무도 모르게 '실적증명서'를 받을 수 있으니 그렇게 해서 그 서류를 접수하고 공사계약을 하자 한다.

나는 반대했다. 이 공사 공기가 3년인데 그 사이에 누구 눈에 띄어도 띈다. 발각되면 회사의 존폐에 문제가 있다고 끝까지 반대했는데, 이때도 그는 "신 전무님은 그렇게 겁이 많으십니까?"라고 했다.

다음날 업무직원들이 기술적(?)으로 떼어온 실적증명서를 가지고 적격서류를 접수하고는 나는 곧바로 사직서를 냈다. 사직 후 후문에 사장은(공문서 위조죄로) 징역형 2년을 치르고 회사는 문을 닫았다고 한다. '겁 없는 사람의 말로'였다.

나는 다시 생각해 보았다.

기술사 면허나 가지고 직장생활 해보니 별로 뾰족한 수도 없더란 것을 깨달았다. 잘난 수당 몇 푼 더 받는 것 빼고는….

이젠 나이도 50이 곧 되어간다. 노후까지 고려할 수 있는 새로운 일을 찾아봐야겠다. 집짓기로 돈 버는 재미를 본 나로서는 살짝 건방진 생각도 든다. "돈 벌기로 말한다면 월급 생활만큼 바보가 있을까?" 하는 생각이 커진다.

곧 퇴직해서 백수가 될 바에는 지금부터 할 수 있는 내 사업을 연구했다. 무엇을 할까? 집에 아내와 상의를 거듭했다.

제4장

영양 삼계탕
/
전기구이 통닭

두 친구 아버지의
교훈

/

　20대 초반의 젊은 시절, 두 명의 친구 부친으로부터 깊은 교훈을 받은 적이 있다. 순서대로 소개하면 이렇다.

　한 분은 은행지점장과 그 은행 임원까지 지내고 퇴직한 분인데, 그분의 아들 형제 중 차남이 내 친구다. 그의 형은 그 당시 젊은 내가 보아도 철없는 어리광쟁이에 불과해 보였다. 그 형은 '어렵게' 군 제대를 하고 난 후 직장도 못 갖고 할 일이 없었다. 연애도 하고 결혼은 해야겠는데 직업이 없으니 아버지께 사업자금을 달라고 했다.

　하지만 그 아버지는 이북에서 월남한, 경제 관념이 투철한 분이었다. 선뜻 사업자금을 내어 줄 리가 없다. 형 되는 사람은 별의별 투정을 다 부렸다.

　결국 얼마 후 '아버지가 지정해 주는 사업을 할 것'이라는 아버지와의 타협점에 이르게 되었다. 그 후 그 아버지는 정동에 있는 오래된 다방 한 군데와 소공동에 있는 다소 신식 다방까지 두 군데를 점찍었는데, 그 점찍는 방법이 특이했다.

　아침부터 그 다방에 나가서 구석 자리에 앉아 차 한 잔 시켜놓고 온종일 그 집에 출입하는 고객을 카운트하고 '종업원 고용은 어떠한가?', '세금은 얼마나 내는가' 등을 면밀히 조사하여 그 다방 운영에 대한 '백서'를 작성했다. 그리고는 그 두 개의 다방을 인수하여 큰아들에게 경영권을 주었다.

이제부터 이 아드님의 행색을 보면 당시 젊은이의 장발머리에 캉캉바지와 부츠, 콧수염에 통기타를 메고 젊은이들 놀이터를 돌며 하루 종일 머리를 흔들며 놀다가 저녁때 다방에 들러서 돈만 걷어갔다.

당연히 1년을 넘기지 못하고 망했다.

또 한 분의 친구 부친은 이랬다.

이 집도 차남이 내 친구다. 내 친구는 경제적으로 어려워지는 아버지를 생각해서 형님의 무사 졸업을 기원하는 마음으로 군대를 지원해서 갔다. 그 형은 왜 아우가 갑자기 학업을 중단하고 군에 갔는지를 모른다.

그 후 친구는 제대를 했고 형은 대학을 졸업해서 대기업에 들어갔다. 그런데 내 친구는 복학을 포기하고 부친에게 사업하겠다고 적은 투자를 요망했다. 아버지는 지극히 적은 금액을 지원해 주셨다. 이 적은 돈으로 할 만한 사업이 없었다. 무리해서 개업한 것이 '기원'이었다. 활동적인 젊은이에게 이런 정적인 일터가 적성에 맞을 리가 없다.

그다음엔 '태권도장'을 열었다. 그러나 도장 운영이란 것이 아이들 잔돈 받아서 일일이 가르쳐야 하고 학부형 눈치도 봐야 하면서도 돈은 안 되는, 다시 말하면 사업이랄 수가 없는 일이다. 이 친구는 노력했지만, 노력만큼 성과는 나지 않고 속이 상했다. 그리고는 부친과 다시 상의 했다. 아버지의 제안은 '내가 네가 할 일을 찾아 줄 테니' 불만 말고 해보라는 말씀이었다.

그날부터 부친은 노점상이 북적이는 경동시장 한복판에 고무신을 벗어서 깔고 앉아 '백조 담배'를 두 갑씩이나 피우도록 주변을 살피고 기록하였다.

그리고 드디어 자리를 낙점했다. 아드님(내 친구)을 데리고 경동시장으로 들어와서는 "여기다"라고 지정했다. 약 2평짜리 노점상 자리였다. (여기도 권리금이 제법 센 자리다.)

"여기서 네가 재주껏 해 봐라, 절대 너의 노력이 헛되지 않을 것이다."

내 친구는 그 자리에서 근 10여 년간 청춘을 퍼부었다. 시장 내에서 이 친구는 근면하고 성실하며 건강한 젊은 장사꾼으로 소문이 났다. 그날그날 시장 형편에 맞추어 배추면 배추, 고추면 고추 등등을 받아 팔고, 배달하고, 차에 실어 주고 하며 장사를 하였다. 그 후 계속 긴 세월을 살아가는 첫 단추를 채우고 자신이 붙었다. 아버지 말씀을 잘 들은 이 아들도 대견하지 않은가?

그 후 경동시장에서 평화시장으로 옮겼다가 은퇴한 뒤 지금은 편하고 유복하게 잘 살아가고 있다.

나는 이 두 친구 부친의 교훈을 '내 아버지가 주는 교훈'으로 받아들였다.

큰처남이 소개한 고등학교 동기이자 유도부 친구 김성도라는 사람을 만나 식당을 소개받았다. 이 가게는 삼계탕과 전기구이 통닭을 전문으로 하는 유명브랜드 집 조카라고 자기소개를 하고, 변두리 동네지만 자기 업소는 성장 가치가 있다고 자랑했다. 자기는 미국 LA지역으로 이민을 가려고 점포를 내놓았다고 했다.

당장 가 보았다. 규모는 조그마하다. 삼계탕과 전기구이 통닭만 전문으로 하는 업소였다. 그럭저럭 손님이 들락거렸다. 구석 자리에 앉아 '이 집 삼계탕을 점심으로 먹으면서 단가가 얼마냐? 재료 구득은 쉬우냐?' 정도의 일반적 질문을 하니 열심히 대답해 주는 데 비하여 매출액이나 정확한 정보 등은 말하지 않는다.

"그래? 그럼 내가 이 집에 자리 잡고 앉아서 며칠만 지켜보면 안 되겠냐?"하니까 아주 난색을 표했다.

종업원들이 눈치를 채면 곤란하느니 하면서 대답을 피했다.

나는 내가 자라난 친가나, 아내가 자라난 처갓집이나 장사 경력이 없고, 더구나 식당 장사를 해 보겠다고는 꿈에도 생각해 본 적이 없다. 그러나 이 집을 와 보니 이 정도 조그만 규모의 식당을 '내가 운영을 못 하겠는가?'하는 근거 없는 자신감이 생겨났다.

하지만 자신감과는 별개로 현재 이 식당의 수지 타산을 내가 직접 확인해야 한다고 생각했다. 두 친구 부친을 생각하면서 작전을 세웠다.

그 다음날부터 우리 부부는 이 식당 건너편에 있는 우체국 주차장에 차를 가게 쪽으로 세워놓고 이 가게에 출입하는 사람들의 숫자를 직접 카운트해서 시간별로 기록해 나갔다.

한 사람당의 객단가를 추정하고 출입인 수를 곱하면 하루 매출액이 추산된다. 이때 실제로 중요한 것은 '원가산출'이다. '원재료+인건비+수도광열비+가게임차료+부재료비' 등이 원가종목이고 세율에 따른 영업 세금을 공제하면 이 가게의 순이익금을 추정 계산할 수 있었다. 조사 결과는 별로 대단하지는 않았다.

지금 단계는 지금 당장의 이익금이 중요한 것이 아니라 얼마의 매출을 올리면 원가 대비 본전이 되는가 하는 것이 더 중요한 분석 포인트라고 생각하고 집으로 돌아와 열심히 계산해 보니 답이 나왔다. 하루 60인분까지가 본전치기라는 '손익 분기점'이 파악되었다.

나는 장사 경력은 없지만 건설 견적을 오래 해 본 경험이 이 경우에도 판단에 많은 도움이 되었다. 그리고 또 한 가지, 며칠 후부터 가게에 앉아서 약 2주일 정도 지켜보았는데, 이 집의 치명적인 문제를 발견할 수 있었다. 그것이 무엇이냐 하면, 주인 되는 두 사람이 고객을 대하는 태도였다. 나이가 이제 갓 40을 넘긴 사람들인데 복장과 태도가 고객이 보기에 다소 비호감이다. 예를 들면 고급스런 골프웨어에 짙은 화장과 고객 응대 방식 등등 여기저기 건방짐이 묻어난다. 내가 고객이면 별로 오고 싶지 않은 태도들이다.

게다가 고객의 조그마한 어필에도 전혀 인정하려 하지 않고 설득하려 한다. 손님은 그런 복잡한 설명은 듣고 싶지 않을 것이라 생각되는데, 한마디로 이 사람들은 고객을 너무 낮추어 보는 버릇이 있더란 말이다.

개업

/

전 주인 김성도와 당시로서는 꽤 높은 금액의 권리금을 주고 식당을 인수하는 것으로 계약이 되었다. 그리고 잔금을 치른 며칠 후 운영·인수인계하는 것으로 약속이 되었다.

개업 날 아침 나는 개업고사를 했다. 나는 종교가 없으므로 어렸을 때부터 내 어머니가 하는 것을 보고 배운 대로 했다. 무지개떡 한 시루와 돼지머리를 차려놓고 막걸리를 부어 사방에 뿌리고 절하면서 축문을 읽었다.

"유~세차 99년 5월 ○일 신현호는 이곳에 영업을 시작합니다.
천지간에 나를 살펴주는 영가들은 이 사업이 잘되어지기를 도와주소서.
내 음식을 드시는 고객들도 힘내시고 건강하시길 빕니다."

주방장과 집사람, 나, 이렇게 세 사람은 다시 삼배(三拜)를 했다.
워낙 경험이 없던지라 전 주인에게 다소 기간만이라도 같이 있어 주기를 요청하여 함께 손님을 받고, 주문받아 서빙하고, 계산 받고 돌아서 나갈 때까지 이것저것 배우며 연습을 했다.

출입문이 열리고 손님이 들어올 때 "어서 오십시오." 소리가 잘 나오지 않는다. 너무 오버해서 큰소리로 해도 어색하고 적당한 톤과 볼륨을 조절하는 데도 며칠이 걸렸다고 기억된다.

그때만 해도 현금 결제가 주를 이룰 때였으므로 거스름돈을 준비하는 것도 중요 운영 방법 중의 하나다. 그런데 얼마만큼 준비해야 할지는 며칠이 지나가면서 터득되었다.

전 주인과 친숙했던 많은 손님들이 질문한다.

"이 집 주인이 바뀌었소?"

"예! 사정상 저의 친구 형님에게 넘겼습니다."

"그럼 그 새 사장 한번 봅시다."

"잘 부탁드립니다. 저는 신현호라고 합니다."

여기저기 돌아다니며 인사를 했다.

"아이고 부탁은 제가 해야죠, 계속 맛있게만 해 주십시오."

라고 우호적 대답을 해 주는 손님이 있는가 하면,

"아! 이제 이 집 맛은 달라지겠구만." 하고 벌써 갑질을 하는 손님도 있었다.

그렇다, 음식 장사를 하자면 사람 대하는 것이 가장 어려운 부분이었다. 자신을 낮추되 '적절한 수준'을 유지해야 하는 것이다. 너무 낮추면 자연스럽게 깔보는 경향이 있다.

음식점을 개업하려면 음식업협회에서 시행하는 소양 교육을 의무적으로 이수해야 하는데, 하루가 소요되는 8시간인가가 수업 시간이다. 협회장이 강사가 되어 1교시에 들어와 하는 말씀이 이러했다.

"이 강의실에 들어오기 전에 여러분이 작성한 신청서를 검토해 보았습니다. 그중 여러분의 '전직'란을 잠깐 보았는데요. 지금 이 강의실에 있는 분들 중에는 고위직 공무원 출신도 계시고, 군경력은 장군급도 계시고, 일반기업인 중에는 상무, 전무까지 지내신 고위 임원 출신도 계시고요. 학력은 국졸부터 박사님까지이고, 나이는 최연소 18세부터 최고령 80세까지 계시니 어디에 맞추어 말씀을 드려야 할지 참 어렵습니다. 할 수 없이 기준을 삼기로는 국졸에 막일을 하던 분이라 생각하고 강의를 시작하겠습니다."

이 말씀은 내가 식당업을 하면서 수시로 다시 생각해 왔던 이야기가 되었다.

개업식이라고 별도로 하지는 아니하고 가까운 친척과 친지들에게 알리는 정도로 간략하게 치렀다. 지금까지 보아온 사무실 개업식에 가보면 참석해 주신 손님들에게 음식과 술을 대접하고 손님은 얼마의 축의금을 내고 가는 것이 보통의 경우인데 비하여 식당 개업은 조금 애매한 부분이 있다. 축하객은 그 집 음식을 대접받고 돈을 내려고 한다. 이른바, '팔아주는' 것이다. 그런데 나 같은 초보자는 친지, 친구들에게 돈을 못 받겠다. 그래서 돈을 내겠다는 손님과 그냥 가시라는 아름다운 실랑이가 벌어지곤 했다.

이런 중에 아주 오래된 친구 한 사람이 부인과 자녀 3남매를 모두 데리고 한 구석 테이블을 차지하고 앉아있었다.

"여기 음식으로 식사할래?"라고 물으면 "아니야"라며 안 먹겠단다. 그런가 보다 하고 다른 손님들 치례하고 바쁘게 돌아다니다가 다시 보아도 꼼짝도 하지 않았다.

다시 한번 "점심 줄까?" 하니까 여전히 아니라고 한다. 그런데 아이들은 배고픈 기색이 역력하다. 이거 어쩌면 좋을까? 그로부터 한참 뒤, 손님들이 다소 조용해진 틈을 타서, 가게 종업원들이 밥과 반찬을 차려놓고 한쪽 테이블 귀퉁이에서 늦은 점심을 먹기 시작하는데, 그때 이 친구는 "나, 저 사람들하고 함께 저 밥 먹으면 좋겠다."하는 것이다. 나는 멈칫하며 망설였다. 종업원들 식사는 자기네들끼리 알아서 해결하는 터라 나도 간섭하지 않는 부분이다. 나 자신도 그날은 어디라도 끼어서 밥 한술 먹는 것도 어색한 첫날이다. 그래서 눈치껏 밖에 나가 어느 식당에서 얼른 한 끼 때우고 들어왔던 참이다.

이 친구를 굳이 이해하자면 워낙 흉허물이 없는 사이니까 내 식당 밥 먹고 돈 내고 어쩌고 하기가 어색할 수가 있겠다 싶기는 했다. 하지만 그로부터 20년이 넘도록 그때 왜 그랬냐고 묻지를 못했다.

주방장

/

이 가게를 인수하면서 누구를 고용해야 할지 모르는 입장이고 해서 종업원들은 전원 있는 그대로 '고용승계'를 받았다. 식당 종업원 중 가장 중요 보직자는 당연히 주방장인데, 30대 후반의 젊은 청년이었다. 그런데 이 사람 서로 친해지기도 전, 인수한 지 불과 수일 만에 퇴직하겠다 했다. 홀어머니 모시고 고향 목포로 가야겠다고 한다.

나는 그를 붙들고 사정을 했다. "이제 막 개업한 내가 어디 가서 사람을 구하겠느냐?" 했더니 자기보다 훨씬 고참 한 분을 대체해 놓을 테니 걱정을 말란다.

며칠 뒤 이 사람은 정말로 사라지고 나이 먹은 자그마한 영감 한 명이 주방에 와 있었다. 누구시냐고 물으니 그는 "주방 책임자로 왔는데예…" 이렇게 대답한다. 아니? 이건 무슨 상황인지 판단이 안 되었다. 주인인 내게 승낙도 없이 덜렁 출근해서, 뭐? 내가 주방 책임자라고?

"뭐야 당신?" 하고 '욱~!' 치밀어 올랐지만, 초보자 입장에서 꾹 참고 먼저 주인 김 사장에게 물었다. 이게 뭐냐고? 그는 슬쩍 웃음을 흘리는 표정으로 말했다.

"우리는 그래요, 그냥 쓰시면 돼요."

'이건 또 뭐냐?'

정리하면 이렇다.

명동에 원 본점을 둔 '○○센타'는 서울에 8개소가 있는데, 여기 주방장끼리는 강력한 조합이 있다는 것이고 자기네들끼리 뭉쳐서 업주와 대처한다는, 한마디로 규모는 작지만 강력한 노조인 것이다. 이들은 신참을 고용해서 교육도 시키고 업주(점장) 동의도 없이 근무지도 배치하고 바꾸기도 하는 별동대라는 것이다. 그러니 그냥 두고 보아야 한다고 했다. 지금 와 있는 나이 먹은 주방장(나보다 한 살 아래)이 그 조합장 격이라고 했다. 그래서인지 초보자인 나에게 건방을 마음껏 부렸다. 내 성격상 '너는 봐줄 수 없다.'하고 작심한 후 그 사람 행태를 살피고 있는데, 이제는 나에게 아예 반말지거리다.

"어이! 손님도 없는데 갑시다."

이런 소리를 하지 않나, 초저녁만 되면 냉장고에서 소주 한 병을 꺼내 들고는, 나와 눈을 맞춘 채로 꼴깍꼴깍 병나발을 불어댄다.

"여보시오, 홀에 나와서 이게 뭡니까? 주방 복장까지 하고선, 조심 좀 하구려." 하니까 "나는 알코올에 중독이 되어서…"라며 어쩔 수 없단다.

당장 끌어내고 싶지만 일단 참았다. 그리고는 8개 업소에 골고루 수소문해 보았더니 방배동점에서 부주방장으로 있다가 몸이 아파서 휴직했는데 복직이 안 된 사람이 있다는 정보를 입수해서 그 사람을 만났다.

지금은 몸이 다 나아서 건강하다 했다. 나와 일할 용의가 있다 한다. 나는 그에게 그쪽 조합하고 인연을 끊을 것을 전제조건으로, 급여 일부도 올려주고 해서 내 가게로 오는 고용 약속을 했다.

그 즉시 나는 내 가게로 돌아와서 그 건방진 주방장을 당장에 잘라서 내보냈다. 그는 부당해고라고 저항했지만 내게 통할 일이 아니었다.

"나는 당신을 고용한 일이 없다. 그러니 지금은 해고가 아니라 그냥 내보내는 것이다. 노동부를 가시든지 고발하시든지 마음대로 해 봐라. "알코올 중독자라 했던가? 그런 사람을 직원으로 쓰는 업주는 세상에 없다."

별일 없이 잘 정리가 되었다.

이때 새로 온 이(李) 주방장은 지금까지 근 20여 년간 성실하게 근무하고 있다. 나로서는 참으로 다행스러운 일이라 할 수 있고, 지금 이 사람에게는 집(주거 문제)도 제공하며, 급여도 대기업 과장급 정도를 지급하고 있다.

보통의 경우 주방장을 구하려면 인력시장에서 얼마든지 구할 수 있지만, 내 가게처럼 우리만의 '레시피'를 맞추어 낼 주방장은 구할 수 없다. 오로지 'ㅇㅇ센타' 내부에서 훈련된 주방장뿐이라는 상황은 아직도 해결되지 않는 답답한 문제이다.

한국요식업협회

전 주인이었던 김 사장은 주변 활동 범위가 넓은 사람이었다.

내가 이 가게를 인수한 연유로 그분이 관여했던 주변 단체에 자동적으로 가입이 되었는데, 그중 하나로 전국 규모를 가지고 있는 '한국요식업협회'라는 곳이 있다.

전 주인은 업소를 인계했으므로 요식업협회 노원지부 임원직에서 자동 해임되면서 나는 초보자 주제에 엉겁결에 협회 회원이자 '이사'가 되었다. 낯선 지역에서 자리를 잡으면서 한편 이런 것도 나쁘지 않겠다고 생각되었다는 게 내 솔직한 심정이었다. 한 달에 한 번 이사회가 열리고 있어서 참석해 보니 이 지역에 있는 굵직한 업소 사장님들이 이사 자격으로 모여 있었다. 지부 회장님은 이 지역에서 가장 오래되고 규모도 큰 업소를 가지고 있는 연세도 많은 인자한 영감님이셨다. 이 단체모임을 통해서 주변에 전통 있는 대형업소 사장님들을 가까이 사귀게 되는 기회가 생겨서 나로선 좋았다.

임원 회의를 거듭 참석하면서 내가 모르고 있던 식당 운영과 그 배후에서 일어나는 많은 정보를 들을 수 있었는데, 정작 회의 안건은 우리로서는 그다지 중요하지 않다는 것도 알 수 있었다.

이곳에 몸담은 지 1년여 지나면서 이곳의 내부가 내 눈에 조금씩 포착되기 시작했는데 실상은 이렇다. (내가 본 것만 말한다.)

지역 관내에 있는 모든 업소가 가입할 의무는 없다. 그런데 직원들은 그런 내용을 잘 모르는 신규업소나 변두리업소에 방문하여 마치 준 공무원 같은 자세로서 가입을 강요하고 입회비도 들쑥날쑥하다.

그리고 입회비를 내야하고 월회비도 징수한다. 회비를 내는 회원 업소로서는 "협회는 우리를 위하여 무엇을 해 줍니까?"하고 질문하지만, 딱히 해 주는 것은 없다. 연말에 캘린더를 배포하는 정도와 부가세 신고를 대행하는 정도다. 하지만 세무사가 하는 것만큼 책임감도 없고 절세노력도 안 한다. 그나마 누락시키기가 일쑤여서 회원으로서는 손해가 많다 할 수 있다. 징수한 회비는 어떻게 사용되는지 궁금하다. 직원들 월급, 건물임대료 등등에 쓰이겠지만, 그 외는 어디로 가는지 모르겠다.

당시 있었던 한 가지 사건은 이렇다.

요리사 양성 전문 고등학교를 설립하겠다고 모은 기금이 당시 중앙회장댁 지하실에서 사과 상자에 담긴 돈다발로 발견되었던 사고인데, 황당하게도 아직 그런 학교가 설립된 적은 없다. 그렇다면 그 돈은 어디로 갔을까?

긍정적인 활동도 있다.

기억이 나시겠지만 약 20여 년 전 까지만 해도 식당 내에서 담배를 피웠다. 금연이라고 여기저기 써 붙여 놓았지만, 실천을 잘하지 않았다.

　요식업협회 명의로 "식당에서 흡연하면 처벌받습니다."라고 공고판을 게시하니 식당 내 흡연문화가 사라졌다. 이건 내가 보기에 요식업협회가 한 일 중에 가장 잘한 짓이다.

　이때쯤 나도 할 말이 생겼다. '부가세'에 대한 발의였는데, 아무도 귀를 기울여주지 않는다. 아시는 분은 다 아시는 문제인데 농·수산·축산물에는 부가세가 없다.

　음식업은 거의 주재료, 부재료가 모두 이에 해당하는데, 가공해서 음식이 되면 부가세가 생긴다. 그러나 호텔급 고급식당을 제외하고 시중에 있는 식당들은 판매가 나누기 1.1 해서 억지 부가세를 표시한다. 판매가가 10,000이면 결제 액수는 11,000이 되어야 하는 것이다. 한두 업소가 그렇게 했다가는 욕만 먹겠지만 요식협회 명의로 그렇게 하기로 했다 하면 이것을 비난할 고객은 없을 것이라 생각한다.

　물론 '의제 공제액'이란 제도가 있지만 어설프기 짝이 없는 제도이다.

상인회

/

나의 업소가 위치한 곳은 노원의 중심가에 인접한 식당가가 밀집되어있는 일명 '먹자골목'이다. 이곳에는 식당이 주종을 이루고 있지만 그 외에도 부동산 사무실, 세무사, 유흥업소, 의원 등 다양한 업종들이 줄줄이 들어서 있다. 이 중 식당업을 하는 사람들이 주축이 되어서 서로 협력하고 상권을 살리자는 좋은 취지를 가지고 있는 ○○상인회가 결성되어 있었다.

이 단체에도 먼저 주인이 이끄는 대로 입회가 되었다. 들어와서 내부를 살펴보니 우선 눈에 띄는 사람이 상인회 회장님이었다. 이분은 나보다 5~6세 연상이고 이 동네에 자리 잡은 지 제일 오래된 고참이다.

상인회가 처음부터 있었던 것은 아니고, 불과 몇 년 전에 현재 회장님이 상인 중에 젊고 활기 있는 몇 사람과 뜻을 세워 상가 전체로 회원 수를 늘려나가서 그 당시 약 70여 명의 회원을 확보한 큰 세력 단체로 만들어져 있었다.

상인회장인 신○○ 회장님은 다소 큰 키에 외모에서부터 적당한 카리스마가 느껴지는 사람이었고 창설 멤버들은 그에게 "회장님! 회장님!" 혹은 "형님! 형님!" 하는지라, 일견 단단한 단체로서 손색이 없어 보인다. 하지만 회원 중 실세들이 이렇듯 회장님을 존중하고 받들어주다 보니, 신 회장님은 슬슬 암흑가 보스 같은 모습으로 변해갔다. 자유당 시절 이정재란 정치깡패가 동대문 시장을 장악하고 있었듯이, 그런 모습이 자주 연상된다.

한 번은 한 젊은 회원이 무엇을 잘못했는지 모르겠지만 심지어 회장에게 구타당하는 것을 목격했다. 상가를 활성화하고 친목을 도모하고자 하는 취지와 달리 반목이 이만저만이 아니었다.

신 회장이 임기를 다하고 후임으로 하ㅇ 회장이 취임했다.

이분은 나보다 2살이 위다. 상인회 분위기를 쇄신하고자 노원구 내 동별로 노인들을 초대해서 상가 앞길에서 자리를 펴고 음식 대접을 하는 등. 또 어버이날 행사를 넘쳐나게 치르기도 하고 업소별로 음식을 출품하여 가두 시식회를 시행하기도 해서 상인들이 자발적으로 참여하고, 상가 전체 홍보도 했다. 업소별로 부스를 만들어 하나씩 차지하고서 자기 식당 음식을 행사 관람객에게 무료 제공하는 이벤트도 같이했다. 나도 주방 위생복 차림으로 나가서 전기구이 통닭 50마리를 내어놓고 큰 칼로 토막 치는 시범도 보이며, 토막 낸 닭고기를 행사장에 모인 사람들에게 시식거리로 내어놓으니 눈 깜짝할 사이에 50마리가 없어졌다.

첫 초복(初伏)날

/

내가 알고 있던 복날이란…,

어머니가 큰 닭 한 마리에다 찹쌀, 대추, 인삼 몇 뿌리 넣고 명주실로 꽁꽁 묶어서 큰솥에 넣어 폭폭 고아서 둥근 밥상에 식구 형제들이 둘러앉아 닭고기는 소금에 찍어 먹고 노란 기름이 동동 떠 있는 국물에 대파 썰어 넣고 밥 말아 먹는 날이었다.

이런 것이 여의찮으면 시장에서 큼지막한 수박 한두 덩이 사 와서 차가운 우물물에 담가 두었다가 큰 쟁반에 쩍 빠개 놓고 모두 모여 버석버석 베어 먹었던 기억이 있기도 하고, 나이가 들어가면서는 직장 동료들이나 동네 친구들과 나지막한 초가집 아랫방에 웃통 벗고 앉아 멍멍이 보신탕에 소주 먹던 기억이 내가 알고 있는 복(伏)날 풍경이었다.

복날 삼계탕집이 미어터진다는 말은 들었다.

5월 말에 가게를 인수해 두 달 반쯤 지나서 공포(?)의 초복을 맞이했다.

이날도 전 주인이 가르쳐주는 대로 준비를 해야 했다.

우선 그 전날은 철야 작업을 해서 삼계를 꾸렸다.

'꾸린다'함은 닭의 배 속에 불린 찹쌀과 대추, 인삼, 깐 밤 1톨씩 넣고서 닭 다리를 꼬아서 양반다리 모양으로 여미어 놓는 것을 말한다. 큰 '식깡' 1통당 100마리씩 넣어서 일렬로 5통을 세워놓는데, 이 준비를 다 끝내면 날이 밝는다.

전기구이 통닭도 구이 꼬치마다 6마리씩 꿰어서 단단히 묶어 냉장고에 차곡차곡 넣어놓고, 구이 기계도 2대가 모두 돌아갈 수 있게 점검해 두어야 한다.

가게 전면에 빨간색 바탕에 흰 글씨로 '초복'이라고 쓴 현수막을 내걸고, 카운터 테이블에는 전표와 잔돈, 필기도구만 남긴 후 그 외의 것은 모두 다른 곳으로 치운다. 이렇게 전투 태세 완료!

조금 후부터 손님들이 몰려 들어오기 시작하는데 어떻게 해야 할지 정신이 없다. 순서가 바뀌었다고 야단치는 손님, 계산 중이라 잠시 대꾸를 못 하면 사람이 왔는데 쳐다보지도 않는다고 야단도 맞고…, 나는 포장을 해 달라, '어디에 앉으면 되느냐?', '얼마나 기다리면 되느냐?' 등 완전히 혼쭐을 빼놓는다.

이건 정말 미치고 팔짝 뛸 노릇이다. 그렇다고 나가라고 소리를 지를 수도 없고, 미친 사람처럼 닥치는 대로 이리 뛰고 저리 뛰었다. 나뿐이 아니다. 내 집사람은 물론 종업원들도 얼굴이 시뻘개져서 땀범벅으로 절절맨다. 이 상황에서 나는 정신을 차려야 한다고 생각했다.

우선 다치는 사람이 생겨서는 안 되겠다. 종업원들 사이를 비집고 다니면서 "천천히 다녀라, 부딪히지 마라."라고 당부했다. 주방에서 막 꺼내 온 펄펄 끓는 뚝배기를 떨어뜨리거나 부딪혀 쏟아질 경우 틀림

없는 대형 사고다.

생전 처음 해 보는 음식 장사, 손님이 몰려오는 즐거움도 있었지만 사고는 막아야 한다는 생각으로 정신없는 시간을 보냈다.

오후쯤 되어서 아주 고약한 경험을 하게 된다. 나이가 제법 들어 보이고 몸집이 뚱뚱한 아줌마 네 명이 한복판에 자리 잡았다. 어느 정도 시간이 지났고 음식도 거의 다 드셨다. 그런데 문제는 이제부터였다.

"주인장, 소주 한 병 더 주시오!"

이것이 세 번째 이어졌다.

입구와 통로 테이블 주변에는 대기하는 사람들이 버글버글하고 있는데, 아예 신발 벗고 의자에 올라앉아 목청 높여 떠들면서 "소주 한 병 더"를 외쳐대니 미치겠다.

종업원에게 막말까지 한다.

"야! 소주 한 병 더 가져와!!"

이건 안 되겠다 판단이 되었다.

내가 다가가서 인사부터 했다.

"사모님, 한가한 날 다시 오시면 제가 잘 대접하겠습니다. 오늘은 좀 봐주십시오."

그러자 다짜고짜 한 아주머니가,

"야! 너 잘 만났다. 장사 좀 된다고 까불거냐?"

하면서 내 와이셔츠 앞자락을 와락 잡아당겼다. 단추가 우두둑 떨어지고 가슴에는 손톱자국 세 줄이 좍 그어졌다. 그래도 참았다.

"오늘은 이해를 해 주십시오."

그러자 다른 사람까지 일어서서 떼로 덤볐다.

안 되겠다. 이렇게까지 참을 필요는 없다.

경찰에 신고해서 해결했다. 물론 계산도 못 받았다. 이 아주머니들 참 이상한 사람들이다. 안면도 없고 원한도 없는데 어째서 이렇게까지 했을까?

이런 난리를 하루종일 치르고 전표 정리를 해보니 삼계탕이 450개, 전기구이가 250마리, 합해서 700마리가 팔렸다. 전 주인도 놀랐다. 자기네들이 할 때는 조금 바쁘기는 했지만 이 정도는 아니었고, 매출도 500마리를 넘긴 적이 없다고 했다.

나는 평생 처음 하는 장사꾼이지만, 이제부터는 내 방식대로 하겠다고 생각했다.

영양삼계탕 매장 사진(첫 초복)

다음 복날
(가게 운영 개선 후)

/

내 경험 분야는 다르지만, 이 정도의 관리개선은 자신 있다. 즉시 다음 중복을 대비하는 준비를 시작했다.

첫해 복날 치레를 엄청나게 힘들게 겪어낸 후 운영 방법을 개선해야 할 점이 하나둘 머리에 떠오르기 시작했다. 이때쯤은 먼저 주인의 조언도 필요 없어졌다. 왜냐하면 그분들이 지금까지 해온 방식은 여기까지라고 생각했다.

이 가게를 알고 찾아오는 고객이 기본적으로 이 정도라면 훨씬 더 다른 방식으로 개선할 자신이 생겼기 때문이다. 그 개선 내용은 다음과 같다.

1) 대기 손님 의자 준비

가게 앞 주차장과 인도를 따라 서 있는 가로수 그늘 밑으로 간단한 플라스틱 의자 100개를 일렬로 놓아두었다. 그리고 비치파라솔을 드문드문 세워서 누가 보아도 '이 집에 특별한 행사가 있구나.' 하고 알아보게끔 했다.

2) 종업원교육과 임무 배치

안전 위주로 교육을 시켰다. 일행 중에 제일 어른부터 드리기(손님들 끼리 음식을 움직이지 않도록), "뜨겁습니다. 조심하세요."라고 주의를 환기시키면서 서빙하기. 테이블 상황을 오가며 관찰하여 "깍두기 더 주세요." 이런 소리 나오지 않게 미리미리 리필 해주어서 잔걸음 동작을 줄일 것.

3) 대기 순서 번호표

옛날 시외버스 승차표처럼 가운데 절취선을 넣고 번호는 양쪽에 찍어 만든다. 안내자가 왼쪽 티켓을 갖고 손님에게는 오른쪽 티켓을 떼어준다.

손님 특징을 간단히 메모하면 안내하기가 편하다. (예: #무늬 남방셔츠)

4) 포장 판매는 가게 앞 주차장에 대형 천막을 치고 긴 테이블에서 이미 포장 대기시켜놓은 것을 전표 기록 생략하고 직접 판매하는 방식으로 바꿨다.

5) 대기 손님은 반드시 밖에서 호명할 때까지 기다리게 했다.

대기 손님이 안으로 들어오면 식사 중인 손님 테이블 옆에서 서성이게 되는데, 기다리는 것은 자유지만 일단 들어오신 손님은 내가 보호해야 한다.

6) 주방 안에 삼계탕 끓이는 들통은 80~100마리를 한꺼번에 끓이

기 때문에 무겁고 뜨겁다. 이것을 올리고 내릴 때에는 남자 장정 세 명이 아주 위험하게 들고 내리는 것이 아무래도 불안했다. 청계천을 뒤져서 0.5 ton짜리 벽에 고정하는 '전동 리프트'를 설치하여 안전하게 오르내리게 했다.

7) 종사자의 각자 임무 부여

주방은 공장이다. 어찌하면 같은 시간 내 많은 양의 제품을 안전하게 생산할 수 있는가가 관건이다. 홀은 고객과의 관계가 이루어지는 곳이다. 응대 방식, 종업원 복장, 위생모자, 턱 아래 플라스틱 마스크, 유니폼 T셔츠와 앞치마 등으로 모양을 만들고 각자 서빙 구역을 나누어 놓고 종업원을 팀별로 배치한다.

나 자신은 번호표와 볼펜을 들고 문 앞에서 오는 손님을 맞이하고 안내하는 역할이다. 어서 오십시오 몇 분이신가요? 대기표에 인원수 '남2 여2'를 쓰고 반을 뜯어 드린다.

"얼마나 기다리면 되나요?"

이 질문이 제일 답하기 어렵다. 그러나 경험이 쌓이면서 요령이 생겼다.

"정확히는 저도 알 수 없지만, 경험상으로 약 20분쯤 걸립니다."

이 정도 대답이면 큰 불만 없이 대기 의자로 간다.

식사를 다 마친 손님 한 팀 4명이 나가면서 자리가 비워졌다.

'상 치우기' 팀은 즉시 달려가 그릇 등을 집어내고 한 사람은 상 닦고 정리한다.

나는 대기표를 보고 다음 손님이 몇 명인가를 본다.

빈 의자 숫자와 딱 맞는 손님 인원이 4명이면 밖을 향해서 소리쳐 부른다.

"26번 손님" 호명 후 "자 저쪽으로 앉으십시오" 하고 돌아서면 또 새로운 손님이 기다린다.

"번호표 주세요."

"네~"

"얼마나 기다리나요?"

"~설명~"

이러면서 아침부터 밤까지 쉴 틈 없이 움직이다 보면 저녁때쯤 머리가 핑~하고 돌아간다. 그러나 주인인 내가 피곤한 척하면 되겠는가? 끝까지 하루 일을 끝내고 가게 밖에 어질러진 쓰레기며 의자 정리하고, 천막 걷고 하면 또 30분.

종업원들에게 "자! 오늘 수고 많았어요. 저녁 먹을 시간도 없고 해서 배고프지요? 얼른 집에 가서 쉬어요."하면서 "이건 택시비"하고 주머니에 만 원짜리 한 장씩 넣어주면 "감사합니다."하고 총총히 사라진다.

불 끄고 문 잠그고 집에 와서 오늘 매출을 확인한다.

닭 마릿수로 1,850마리. 지난번 초복날 기록을 깨고도 넘는다.

물론 이런 매출은 복(伏)날인 경우다. 평소에는 적적하게 지나가는 날도 있지만, 그래도 1년을 총합산하면 연매출 '7억'을 훨씬 넘긴다.

추가 운영개선

/

　앞에서 전술한 대로 이미 여러 가지를 운영개선 했다. 그 결과로 종사자나 고객이나 모두 편안하게 가게가 운영될 수 있게 되었다.

　가게 운영을 더 진행하다 보니 추가적으로 개선해야 할 점이 또 드러났다. 개선점이 보이면 즉시 시정하는 습관으로 이것저것을 손보기 했는데, 가령 다음과 같은 문제들이다.

1. 테이블 다리 부분이 코너 쪽으로 있기 때문에 고객이 앉고 일어서는 동작에서 무릎이 부딪히기가 일쑤였다. 테이블 상판은 그대로 쓰고 다리 부분만 역 T자 모형으로 바꾸었다.

2. 전기구이 기계실 넓이가 필요 이상으로 넓었다. 기계 2대를 'ㄱ'자로 배치하여 공간을 줄이고 카운터 테이블을 그쪽으로 옮겨서 남는 공간을 좌석으로 키웠다. (40석 공간을 50석으로)

3. 환풍기 위치를 주방 쪽으로 옮겨 설치해서 주방의 열기와 냄새가 홀 쪽으로 흐르지 않게 했다.

4. 주방 외부에 헛간 같은 공간이 있었는데, 이곳에 쌓여 있는 묵은 쓰레기를 모조리 정리하고 샌드위치 패널로 깔끔한 작업실을 만들었다.

5. 주방 수도관을 필요한 위치에 재배치하여 사용하는데 효율성을 높였다.

6. 낡은 냉장고는 모두 버리고 적당한 위치에 붙박이 냉장고를 큼직하게 만들었다.
7. 전기구이 통닭 준비 작업용 꼬치 꿰기 작업대를 새로 고안해서 제작했다.

이런 것 이외에도 개선이 필요한 것이 발견되면 주인인 내가 수시로 연구해서 하나씩 해결해 나가니 개업 1년 뒤부터는 거의 완전하게 내 방식대로 운영되는 가게를 만들어 놓게 되었다.

이쯤 또 다른 문제들에 봉착하게 되었는데, 주변 상인들의 시샘 어린 시비 사건이 여기저기서 행동으로 불거져 나오기 시작하는 점이었다. 음식점하고는 아무 시빗거리가 생길 이유가 없는 무관한 업소들까지도 복날(1년 중 3일) 주차장에 천막을 치니까 '자기네 전면을 가린다고', '손님 진입에 지장을 준다고' 등의 문제로 이상한 시비를 걸어올 때가 많았다. 그것도 한창 바쁜 시간에 염치 불고로 들어와서 큰 소리로 싸움을 걸었다.

"천막 치우시오."

나는 그쪽 점포 앞으로 점령한 적이 없고 내 가게 앞에만 활용했는데도 '30㎝가 넘어왔느니', '너무 시끄럽다느니' 하며 바쁜 날을 잡아서 자기네 간판 교체 공사를 벌인다든가 하는 방해공작을 해 온다. 좋게 좋게 넘어가려고 나는 무진 참고 견디어 냈다.

이런 일도 있다. 내 점포 뒤쪽으로 대중음식 식당을 하는 젊은 원사장이 찾아와서 이런다.

"저도 복날 삼계탕 팔면 안 되겠습니까? 허락해 주십시오."

"허락이라니요? 삼계탕은 특허품이 아닙니다. 그렇게 하십시오."

"다른 날은 안 하고 복날 딱 3일만 하겠습니다."

나는 그에게 우리 가게 삼계탕 '레시피'까지 알려주었다.

그 집이 그런다고 내 가게에 영향이 미치지는 않을 테니까….

복날이 지나서 그는 내게 찾아왔다.

"사장님, 허락하신 덕분에 80개나 팔았습니다. 고맙습니다."

이런 일이 있은 후, 어느 한 식당 앞에 커다란 현수막이 걸렸다.

"복날 영양 삼계탕 합니다."

'어~? 이건 뭐야?'

이건 안 된다고 생각했다. 내 가게 '영양 삼계탕'은 등록상표다. 원 사장처럼 그냥 삼계탕이라 하면 시빗거리가 될 것이 없지만 말이다.

그 집 주인은 여 씨 사장이다.

"여보시오 여 사장! 삼계탕을 하는 것까지는 관계없는데 '영양' 자만 빼주시오." 했더니 이 사람 이상한 뚝심을 나에게 부린다.

"아니, 내가 삼계탕 좀 해서 팔겠다는데, 그걸 당신이 왜 못하게 하 는 거야?"

"못하게 하는 것이 아니라 '영양'만 빼고 하시라니까요"

"난 그럴 수 없다."

이래서 은근히 다툼이 되었다.

그날 저녁 상인회 하 회장이 전화가 왔다.

"퇴근길에 내 가게에 오시오. 한잔합시다."

그 집은 일식집이다. 생선회를 큰 접시에 멋지게 떠 놓고 나를 맞이

한다. 그런데 그 자리엔 여 씨 사장도 와 있었다. '아마도 여 씨와 나를 화해시키자고 만든 자리구나.'라고 짐작이 갔다.

마음에 없었지만 자리에 앉아 몇 잔이 오고 가니 이 말이 나왔다. 여 씨가 처음부터 무지막지스럽게 말을 쏟아낸다.

"어이~, 신 사장, 올해 나이가 어떻게 됐어?"

이건 반말이 아닌가?

"예, 저는 올해 52입니다."

"아~, 그럼 나보다 2살이 아래군. 군대는 어디 갔다 왔어?"

"예, 저는 육군 일반병 출신입니다."

"아~, 그래? 나는 육군 중사 출신이야. 이래저래 나보다는 후배군, 안 그래?"하면서 내 어깨를 '툭' 친다.

이쯤에서 생각했다.

내가 너에게 "예, 형님" 할 것 같으냐?

"여사장님! 제가 뭔가 잘못한 것 있습니까? 말씀해 주시죠."

"햐! 이것 봐라. 니가 나에게 현수막을 잘라라 마라 하는 거 잘하는 거냐?"

"그런 거라면 내가 이미 말했잖습니까? '영양'만 빼달라고…."

여기서 그는 드디어 몹쓸 바닥을 드러낸다.

"나 젊었을 때 충북 대표로 전국 체전까지 나간 복싱선수야. 나~ 못 잘라. 어쩔 테냐?"

이쯤 되면 나도 가만히 있을 수가 없다. 게다가 왼손으로 내 오른쪽 턱을 툭툭 치면서 말한다. 나는 마음을 단단히 먹었다.

"딴말하지 마시고, 내 얼굴에 손대지 마시오! 한 번만 더 건드리면 가만두지 않겠어."

머릿속에서 순간적인 계획을 세웠다. 그래! 나이를 먹었어도 젊었을 때 복싱을 했다면 일어서서 '원투' 했다가는 꼴불견 싸움질이 될 것 같으니까. 한방에 처리하자!

"어쭈? 가만 안 있으면 어쩔 테냐?"

또 한 방을 '툭' 친다. 그 순간 벌떡 일어나니 그이도 따라서 일어난다. 그의 얼굴이 내 눈앞에 다가온다. 왼손으로 그의 멱살을 잡고 오른손은 그의 뒷덜미를 잡는 순간 '꽝!' 박치기다. 내 박치기는 벽돌을 격파하는 박치기로 유명하다. 눈썹 위 안와뼈에 맞은 그는 휘청했다. 바로 이어서 그의 얼굴을 홱 돌려놓고 반대편 안와뼈를 또 한 번 '꽝!'.

그는 그 자리에 빈 쌀자루가 떨어지듯 쓰러졌다. 의자를 '획' 치우고 쓰러진 놈 겨드랑을 '팍!' 걷어찼다.

"아이고!"

비명과 함께 번데기처럼 몸을 동그랗게 오그린다. 같이 앉아있던 하 회장이 놀라서 말렸지만 이미 상황은 끝났다. 내 옆에 있던 집사람도 내가 더 어찌할까 봐 필사적으로 말린다.

못이기는 척 그 자리를 나오면서,

"하 회장! 이런 거 하나 중재도 못 해주는 상인회 이딴 식으로 하려면 때려치워요!"라고 내뱉듯이 말해 버렸다.

그 후 현수막은 내려졌고 여 씨 사장은 얼굴이 퉁퉁 부어 입원을 한 달간이나 했다. 하 회장이 여 씨 사장에게 말해주었단다.

"신 사장 그 사람, 태권도가 6단이야. 니가 너무 까불었어. 얼른 가서 사과해."라고 했다는데 사과는 받지 못했다.

　이날의 사건은 상인회에 소문이 파다하게 나는 바람에, 여 씨는 그때부터 얼굴도 제대로 못 들고 다녔다고 한다. 반대로 내 입지는 젊은 회원들 사이에 급속히 부상하는 계기가 되었다.

삼계탕 맛보기

삼계탕은 한국의 전통음식이고 대표적으로 내세울 만한 음식이다. 재료부터 조리에 이르기까지 많은 정성이 필요한 음식이다.

우선 주재료는 국산 닭고기 생산 업체 가운데에도 KS 인증을 받은 것 중 전남 나주에 위치한 화인 ○○○라는 브랜드 재료를 쓴다. 다년간 실험과 연구 결과 삼계탕에 가장 '최적화된' 재료이기 때문이다. 부화, 양계, 사료, 일조량 등을 고려해 과학적 방법으로 키워내서 부화로부터 7주 동안 성장한 약병아리를 사용한다. 7주를 정상적으로 키우면 몸무게가 600g 정도 되는데, 이것을 우리는 '6호 닭'이라 부른다. (참고로 10호 닭 = 1,000g)

품종은 본래 외국종인 '레그혼'종을 한국형으로 개량한 '백세미'종으로서 육질이 가장 부드럽고 깨끗한 국물 맛을 낼 수 있는 최고의 품종과 품질이다.

공급업자는 밤새워 고속화물로 올라온 닭들을 포천에 있는 도계장에서 위생적으로 도계하여 우리 같은 소비자에게 아침마다 신선한 상태로 공급한다. 냉동육은 있을 수 없는 시스템이다.

내 가게로 배달된 삼계는 보통날 200~300마리 정도인데, 사계(죽은 채 가공된 계육)는 엄격히 차단한다. '사계(死鷄)'가 식용으로 절대로 안 되는 것은 아니지만 조리 후 살색에서 푸른빛이 나기 때문에 고객들이 싫어한다.

부재료로서는 인삼, 찹쌀, 통마늘, 간 마늘, 간 생강, 은행, 밤 등이 있다.

조리 준비는 도착한 닭고기를 물에 담가 핏물을 빼어내 깨끗이 준비하고 찹쌀은 충분히(적어도 10시간) 불려 놓아야 한다.

계육의 뱃속에 불린 찹쌀을 통통하게 넣고 마늘 2~3쪽, 은행과 밤 2~3알, 인삼 1뿌리를 넣은 후 두 다리를 꼬아서 흘러나오지 않게 해야 한다.

다리를 꼬는 작업이 쉽지 않으면 무명실로 묶어도 무방하다.

삼계 '보쌈 작업'을 우리는 '꾸민다'라고 표현한다. 꾸며진 닭을 솥에 차곡차곡 쌓아 넣고 물에 충분히 잠기게 하여 불에 올린다. 약 30분 쯤 후에 한소끔 끓으면 계육 표면에 붙은 불필요한 단백질 등이 거품이 되어 끓어오르게 되는데, 이 거품을 알뜰히 끝까지 걷어내야 한다. (가장 중요한 작업이다) 거품이 웬만큼 걷어지면 간 마늘, 간 생강, 소금을 적당량 넣고 또 한소끔 더 끓인다.

적당량이라 함은 막연한 얘기 같지만 물 몇 리터에 마늘 한 국자 이런식으로는 설명이 모자란다. 두 소끔이 실하게 끓여졌으면 맛보고 간 맞추기를 해야 한다.

모든 맛이 합해져 있지만 맛보기는 따로따로 느끼며 조절해야 한다.

예를 들면, '닭고기 국물 맛은 구수한가?', '마늘 맛은 적당히 우러났는가?', '생강 맛은 적절히 시원한가?' 등이다. 소금간은 다소 싱겁게 맞추어야 한다. 모자라는 것은 이때 첨가해서 종합적인 맛을 만들어내야 할 것이다. 이것은 마치 오케스트라 지휘자가 특정 악기 소리를 별도로 들을 수 있어야 하는 것과 동일한 이치라 할 것이다.

요즘 장안에 나름대로 유명한 삼계탕집이 있는데, 그 집들을 일주하며 맛을 점검해본 결과, 정통 삼계탕 맛이라기보다는, 손님들의 취향에만 맞추어 보려는 노력이 지나친 결과, 들깨라든가 방아 또는 한약재 등을 마구 넣어 끓이는 바람에 정통의 맛에서 벗어난 느낌이 들었다.

나는 나의 조리 실장에게 항상 주지시키는 것이 있다.

"삼계탕은 우리 전통음식인 만큼 새 맛을 낸답시고 이것저것 넣어서 맛을 바꾸려 하지 마라. 옛 맛 그대로 내는 것이 가장 최선이다."

나는 감히 자부한다.

"이렇게 최고의 재료를 가지고 정통의 맛을 낸 내 가게 삼계탕이야말로 국내에서 당연 최고이자 전 세계에서 최고다."

상인회 회장

/

　노원구 일번가라 할 수 있는 식당이 밀집되어 있는 이 거리에 신참으로 시작해서 발붙인 지 어언 3년이 지나갔다. 상인회 하 회장이 임기를 마치고 나자 신임회장을 선출한다고 모인 자리에서 젊은 회원들이 나를 추대하여 투표를 한 결과 ○○상인회 제3대 회장으로 선출되었다. 낯선 동네에 들어와서 서툴게 장사랍시고 시작해서 이곳 상인분들에게 왕따 당하지 않으면 그나마 다행이라고 생각했는데, 그 반대로 회장까지 시켜주시니 걱정 반 기쁨 반으로 회장직을 맡았다.

　먼저 있던 선임 회장들처럼 카리스마도 없고 정치 성향도 없는 내가 특별히 할 일이 머리에 떠오르지는 않았고, 모임 날만 되면 회원들에게 "이렇게 한 장소에서 생업을 같이하고 살아간다는 인연을 강조하면서 어려운 일이나 좋은 일이나 같이 나누시고 형제처럼 잘 지냅시다." 하는 말만 반복 강조하는 정도였다.

　저녁때쯤 회원들이 있는 거리를 한 바퀴 돌아보려 하면 이집 저집에서 "회장님! 이리 오셔요. 식사하셨어요?" 하고 반겨준다. 덕분에 중식, 한식, 일식 할 것 없이 맛난 것들을 마음껏 즐긴다. 특히 여자 사장님들이 너무 반가워해 주셨다.

한편, '노원구음식협회' 내에는 전, 전임 회장을 중심으로 내 또래의 강력한 회원들로만 구성되어있는 '하나회' 같은 조직, '청도회'가 있었다. 구내에 오래된 업소를 갖고 있고 회원들 간에 실권(?) 있는 모임이라 할 수 있다. 이 모임에도 입회를 권유받아 그 일원이 되었다. 성품이나 인성이 좋은 내 또래의 사장들이 모양 좋게 모여 있었다. 그래서 나와 쉽게 친구가 됐고 덕분에 나는 이 지역에서 상인회 회장이자 청도회 회원이 되고 하니 나의 모양새는 그런대로 좋은 편이 되었다. 흔한 말로 이 동네에서 확실히 자리를 잡게 되었다고 할 수 있다.

이 친구들과 거의 저녁때마다 만나서 이집 저집 가서 먹고 마시고 노래하고 '잘~' 놀았다. 한량(閑良)이란 이런 것이 아닐까?

친구 장 사장이 말했다.

"우리 팔자가 최고다. 우린 자유스럽고 시간 많고 돈에 쪼들리지 않는다. 재미있게 살자!"

사실이 그랬다. 이제 가게는 모든 시스템이 완성되어 고객들에게 무한 서비스만 하면 되는 거다. 집사람들이 가게를 전담하다시피 하니까 남자들은 아침나절 가게에 잠깐 들러서 '휙~' 한번 돌아보면 하루 일과 끝이다.

점심때쯤 슬며시 나와서 그때부터는 이 친구들과 어울려서 산에도 가고 목욕탕도 가고 골프도 하고 놀다가 저녁때면 회원 식당 중 근사한 곳에 가서 멋지게 한 상 차려 먹고 마시고~, 때때로 '한잔 더(2차)'를 가기도 하고 적당히 취해서 느지막이 집으로 간다.

'셔터맨'도 졸업한 거다. 이때쯤은 집에서도 '그러려니' 해준다. 본래 나는 이런 '한량'과는 아니었는데, 어느새 나도 2등 가라면 서러운 A급 한량이자 난봉꾼이 되어갔다.

이사,
그리고 농부

/

　몇 년 전 강서구 등촌동에 내가 지은 내 집. 4~5층에 내가 살고 지층과 1~3층은 임대주고 내 가족이 살아가는 데 더없이 좋은 집이다. 그런데 지금 노원구에 가게를 열고 나서는 여기까지 오면 10시, 그로부터는 어디 가서 발붙일 틈도 없이 가게일 하다 보면 어느새 밤 10시, 가게 끝내고 부지런히 집에 가서 씻고 잠자리 들면 12시, 간신히 8시간 자고 기상해서 바로 가게로 출발한다.

　처음 얼마간은 생전 처음 장사를 한답시고 긴장이 되었는지 피곤한 줄도 모르고 열심히 오락가락했는데, 개업 2년 차쯤 되니까 정말로 피곤이 온몸에 쌓여 간다. 가게 건물 지하실 빈틈에다 낚시 의자를 놓고 잠시 쪽잠을 자면서 피곤을 풀고 또 오후 일을 하곤 했다. 아무래도 이쪽으로 이사를 와야겠다 싶었다. 내가 지은, 내가 살던 집이 아까워서 팔 생각을 못 했는데, 이래서 될 일이 아니라는 생각이 들었다.

　이렇게 피곤한 채 지내던 중, 이런 일이 있었다.

　어느 날 밤 가게에서 출발할 때부터 온몸이 솜덩이처럼 무거웠다.

성산대교를 지나 자유로로 가다가 양화 분기점에서 강서구로 들어가야 하는데 눈을 뜬 채로 정신은 '멍~' 한 채 그냥 지나쳤다. 정신을 차리고 보니 일산이다. 차를 돌려서 다시 나왔는데, 또 한 번 '멍~'하다가 지나쳤다. 어느새 성산대교까지 왔다.

'아~! 이거 왜 이러나!'

집사람도 옆에 앉아있었는데 둘 다 모르고 지나쳤다. 다시 차를 돌려 가까스로 집에 도착하니 12시다. 이때 결심했다. 이사를 하자고.

그때 큰딸 보경이는 일찌감치 조기유학을 보내놨고, 작은딸 보람이만 중계동 ○○여중으로 전학시켰다. 가게와 가까운 노원구로 이사를 오니 우선 심리적으로 편안하고 출퇴근이 너무 쉬워졌다.

직·주는 근접될수록 좋다. 2001년 이사를 하고 지금까지 이곳에 살고 있으니 2022년 현재 이사 온 지 20년이 넘었다.

뒷문을 나서면 수락산이다. 도시에 살면서 이런 명산을 내 뒷동산으로 두고 산다는 건 큰 프리미엄이다. 등촌동 집을 판 돈으로 상계동 집을 사고 보니 돈이 남았다. 이 돈으로 평소 꿈꾸던 시골 땅을 찾아서 수락산을 한 바퀴 돌아다니며 찾아본 결과, 경기도 남양주시 '청학리' 뒤쪽 '용암리'란 동네에 남향으로 아늑하게 자리 잡은 작은 땅 두 필지를 살 수 있었다.

서울에서 이만큼 가깝고도 크기와 방향, 접근성이 이렇게 좋은 땅은 찾아보기 힘들 것 같았다. 이 땅을 사기전부터 마음에 드는 시골 땅을 찾아서 여기저기 찾아보았지만, 어느 곳은 크기가 너무 크고, 집이 없는 농토만 있기도 하고, 또 어느 곳은 진입로가 없는 맹지이거나 해서 썩 마음에 드는 시골 땅을 찾기가 쉽지 않았다.

그런데 상인회 일원이었던 양 사장이 이 땅을 소개해 주었다.

처음 들어와 본 순간부터 너무나 마음에 든 나머지 가슴이 '덜컥'하는 충동이 일어날 정도였다. 빨리 계약하지 않으면 놓칠 것 같은 불안감, 이것은 마치 노총각이 마음에 드는 색시를 만난 것처럼 가슴이 두근거림과 같았다. 420평에 아주 오래된 구옥이(대지 120평) 한 채, 그 앞에 농토(밭)가 300평. 그린벨트 지역이지만 낡은 집이 있다는 것은 개축이 가능하다는 이야기다. 나는 즉시 사기로 결정하고 다음날 계약하러 갔더니 평당 80,000원을 더 달라고 한다. 내가 너무 마음에 들어 하는 티를 냈나 보다.

잠시 망설였지만 합쳐서 420평이니까 33,600,000원 더 주고 계약했다. 지금 이 땅을 내가 갖지 못한다면 영영 내 것이 되지 않는다. 내 색시를 놓치고 싶지 않은 심정으로 도장을 찍고 계약금을 치렀다.

기분이 얼마나 좋은지….

옛 서류부터 모두 확인해 보니 조선 말기에 누군가가 지어 놓은 집이었다. 마당에는 잡초가 사람 키만큼 자라있고, 지붕에도 퍼런 이끼가 끼었으며, 뒤뜰은 아예 사람이 들어가지도 못하겠고, 방마다 반자가 모두 내려앉아 흙구덩이에 거미줄 구덩이였다. 옛날에 누군가가 쓰던 낡은 반닫이 장롱이 문짝이 떨어진 채 석경(石鏡)이 깨져있다.

벽장문을 애써 열어보니 귀신이 나올 것 같다. 사랑채도 마찬가지다. 헛간에는 쓸모없는 세간이 몇 개가 여기저기 널려있다. 이 집에 손대는 것이 엄두가 나지 않아 우선은 내버려 둔 채 밭 정리부터 하기로 했다. 밭에 자란 잡초를 모두 뽑아버리고 겨우내 쇠스랑으로 땅을 파 엎어서 밭고랑을 치고 줄 맞추어 두둑을 만들어 놓으니 밭 모양이 예쁘다.

《밭농사 교과서》를 구해서 열심히 공부했다. 밭에는 무엇을 심을까? 빈터는 어떻게 활용하고 필요한 농기구는 무엇이며, 비료는 어떻게 쓰는지…. 나는 책보고 공부하면 학습효과가 좋은 사람이다. 십년 된 농사꾼처럼 착실하게 농부가 되어갔다.

93년 봄, 동쪽 밭에 고추 모종 400모를 줄줄이 심었다. 매운 고추 절반 일반고추를 절반 나누어 심고 농협 매장에서 고추 말뚝을 사다가 고추 줄에 맞추어 땅에 박아 나일론 끈으로 줄줄이 묶어놓으니 모양이 좋고 나는 기분이 좋아졌다.

서쪽 밭에는 들깨를 심고 울타리 밑에 구덩이를 판 다음 계분 비료를 넣어 비닐 씌운 후 흙을 덮고 밟고 해서 맷돌호박 2개, 애호박 모 2개를 심어서 비닐로 보온해 놓으니 줄기줄기 잘도 커나간다. 고추밭은 사람 손이 많이 가야 하는 작물이란 걸 알았다.

커다란 바구니를 허리끈에 묶고 고추밭 고랑을 엉덩이 걸음으로 한번 들어갔다가 돌아 나오면 30분이 걸린다. 처음에 난 고추 가지를 정리하여 바구니에 담아 나오면 온몸에 땀이 흐르고, 두세 고랑을 들락이다 보면 오전 시간이 다 지나간다.

지하수 펌프를 틀면 시원한 물이 솟아올라 그 물에 샤워를 하노라면 온몸이 시리다. 라면 하나 버너에 끓여 먹고 잠깐 쉬었다가 오후 일을 계속했다. 날씨가 더워지니 잡초가 기승을 부리는데 뽑아도 뽑아도 끝장이 나지 않는다. 예초기로 잡초를 날리면 일은 쉬운데 뿌리가 남아있으니 돌아서면 또 자란다. 잡초와의 싸움이 끝날 것 같지 않다. 그래도 농약 한 번 안 치고 고추 수확기가 되도록 잘 키웠다고 생각할 무렵…, 어느 날 갑자기 새카맣게 변하는 '탄저병'이 찾아와서 애써 키운 고추를 전멸시켰다.

동네 할머니들이 오셔서 농약을 안 쓰면 절대 못 키운다고 했지만 나 혼자 '무농약 재배'를 고집하다가 결국 내가 졌다.

애쓰고 키운 농작물이 다 죽어버리니 그 안타까움이 이루 말할 수 없었지만, 그래도 아직 괜찮은 것만 골라 따내어 비닐을 펴고 말렸다. 끝까지 해 보겠다는 일념으로 말려서 방앗간까지 가서 가루를 내었는데 고작 2kg 나왔다. 그랬지만 나름 얼마나 신기한지 모른다.

내 작물 중에서 제일 잘 먹은 것이 있다면 들깨다. 잎도 많이 따서 고기 먹을 때 잘 먹었고 앞집 할머니가 가르쳐준 대로 털어서 물에 담가 조래미질(조리질) 하고 걷어 들인 것이 작은 1말 정도 되었다.

맷돌 호박도 멋지게 자라서 대여섯 덩이 중 두 개만 남기고 줄줄이 깎아서 실에 꿰어 호박 꼬치를 만들어 널었다. 그 외 가지, 호박도 얇게 찢고 썰어서 꼬치 말림 하여 처마 밑에 매달아 놓으니 이 집도 사람 사는 집처럼 되어 간다. 역시 집은 사람이 살아야 집다워진다는 말이 실감이 된다.

이렇게 가을걷이가 다 끝나니 갑자기 편해졌다.

일 년 여름 농사를 하고 보니 이것저것 아쉬움도 남는다. 나는 한가한 것을 못 견뎌 하는 매우 부지런한 사람이다. 결국 저 낡은 집을 이 가을과 겨울에 개수하겠다고 마음먹고 작업을 시작했다.

우선 사랑채 방 한 칸만이라도 들어가서 옷 갈아입고 낮잠 한숨 잘 수 있는 공간을 만들겠다 하고 시작했는데, 이거 만만치 않다. 완전히 비닐 옷을 꽁꽁 싸매 입고 모자, 물안경, 목도리, 마스크, 장갑 끼고 아랫방 천장 반자부터 들어냈다. 먼지와 흙이 말도 못 하고 수십 년 간 겹겹이 덧댄 도배지가 합판처럼 뻣뻣하게 떨어져 나온다. 잘 드는 낫으로 잘라내어 앞의 밭 빈터에서 불을 지른다. 뒷산이 가까워서 자칫 산불이라도 낼까 봐 큰 통에 방화수와 바가지를 준비해 놓고 소화기도 챙긴 다음 구덩이에서 태웠다.

아니나 다를까!

'산불감시'라고 쓰인 깃발을 단 자동차 한 대가 쑥 들어온다.

"여기서 불 피우면 안 됩니다."

어느새 연기를 보고 달려온 이장님이다.

"예~, 불조심하면서 제가 여길 지키고 있습니다."

이장님이 내가 하는 짓을 살펴보더니, "잘 하고 계십니다. 안전하게 하세요."라며 돌아갔다. 덕분에 이장님하고는 좋게 인사를 나눈 셈이다.

방의 벽이며 천장을 모두 뜯어내니 흙벽이 그대로 드러났는데, 여기에 물풀질을 하고 초배지를 바르니까 이것만으로도 방처럼 변했다. 거기에 다시 스티로폼 30mm를 목재 본드로 붙이고 한지로 도배했다. 바닥도 깨끗이 초배하고 전기온돌을 깐 후 장판을 올려놓으니 따뜻하고 제법 근사한 한옥 사랑방이 되었다.

쓰지 않던 삼단 서랍장을 가져다 놓고 이불 한 채 개어 올려놓으니 사극 세트 같다. 앉은뱅이 탁자를 한복판에 놓고 '지필묵'을 차려놓으니 멋진 선비의 방이 되었다. 이 작업을 끝내는데 한 해 가을 겨울이 다 지나갔다.

이제는 새봄 농사를 준비해야 할 때다.

지필묵이있는 선비방

　언젠가 들은 말이 있다. 남자 한 명이 밭농사 300평 지으면 노동력
이 꼭 맞는다고 한다. 나는 내 노동력이 모자란다고 생각했다. 만약
내가 이 집에 살면서 밭일을 한다면 아침 일찍 일하고 낮에는 쉬었다
가 저녁나절 또 일하면 300평 농사를 할 것도 같다.

　그러나 아침에 가게 잠깐 들르고 이곳에 오면 벌써 한낮이라 일의
능률은 떨어질 시간이다. 남자 한 명 노동력이 소요된다 함은 한 가
족을 먹여 살린다는 얘기인데, 나는 한 식구는 고사하고 나 하나 풀
칠도 못 할 게다. 그래도 나에게는 든든한 배경인 ○○삼계탕 가게가
있다. 일 년이면 고급 월급쟁이 몇 배가 넘는 수입이 있다는 건 정말
로 큰 뒷배다. 내가 이렇게 밭고랑에 앉아서 뒷산 산비둘기 소리, 딱
따구리 쪼는 소리 들어가면서 신선놀음을 할 수 있는 것도 모두 이
가게 덕분 아닌가?

　작년 여름엔 겁 없이 고추를 400모나 심어놓고 얼마나 고생을 했던
지 이번 여름엔 쉬운 작물로 선택했다. 고구마, 토란, 옥수수 등으로

이놈들은 손이 별로 가지 않아도 잘 크고 결실도 좋다. 잡초만 잘 매어주면 끝이다. 손자가 와서 고구마 캐며 좋아했다. 또 가을이 왔다. 부지런한 나는 결국 이 집 안채까지 손을 대고 말았다. 부엌 천장 위에 있는 다락 바닥을 뜯어내는 것을 시작으로 부엌 바닥 우묵한 곳에 잡석과 흙을 채워서 안방을 넓히고 집 구조 중 목조 '중방'을 모두 베어내어 건넌방까지 터 나갔다.

대청이 넓어지고 집안이 한눈에 다 보인다. 검게 변한 기둥과 들보는 대들보의 상량문만 남기고 '샌드페퍼 브러시'로 갈아내어 목재의 흰 속살이 드러나니 마치 새집, 새 목재같이 싱싱해졌다.

본 부엌 자리에는 완자 문짝을 달아 별도 방으로 아늑하게 만들었다. 건넌방 자리는 싱크대를 넣고 가스레인지와 냉장고를 배치하니 마치 아파트 주방처럼 되었다.

거실

홈바

새 주방과 대청 사이는 '홈바'를 나름대로 멋지게 만들어 넣었다.

이 모든 작업은 나 혼자 했다.

처음 시작할 때 재료비 4,000,000원을 예상하고 시작했는데 끝나고 보니 6,000,000원이 소모되었다. 모양에 맞는 조명등까지 설치하고 새시 창문과 커튼까지 달아놓으니 낭만이 가득한 카페 같은 실내 분위기가 되었다.

이 낡은 집을 개수하느라 수고가 많았지만 나는 무진 행복했다. 아무도 없는 집에서 질통 메고 흙 나르고, 흙벽 트고 벽돌 쌓고, 이 모든 것이 주문주택 지으면서 어깨너머 배운 실력이 발휘된 듯하다.

필요한 공구도 한 개씩 사서 쓰다 보니 헛간 한가득히 공구실이 되어 버렸다. 나는 이런 공간이 너무 좋다. 나는 이 집을 너무 좋아해서 겨울에는 화목난로에 불을 지피며 그곳에서 시간을 보냈다. 친구들도 놀러 오라 하고 마당에서 돼지 쪽갈비 굽고, 냉장고에는 소주가 그득하다.

친구들을 한꺼번에 제일 많이 초대했을 때는 50여 명이 넘은 적이 있다. 고교 동창생들인데, 누군가의 딸 결혼식장에 버스 한 대를 빌려 모두 태워서 왔다. 정말로 좋은 모임이 끝나고 가까운 곳에 사는 친구들은 지하철 당고개역까지 운전기사로 자청해서 나서 주기도 한다.

모두 돌아가면 그날 저녁에 치우지 못 하고 다음날에 와서 청소를 하는데, 이게 만만치 않다. 친구들은 돕는다는 의미로 비닐봉투에 쓰레기를 모두 담아만 놓고 갔는데, 밤사이 산고양이들이 내려와 온통 찢어 벌려 놓은 통에 다시 쏟아 분류하고 태울 것 태우고 해서 하루 종일 청소를 해야 했다.

서양에 이런 속담이 있단다.

"'요트'를 좋아하면 사지를 말고 '요트'를 가진 친구에게 놀러 가라. 네가 요트를 갖고 있으면 엄청나게 고달파진다."

지금 내가 딱 그 모양이다. 그러나 이 나이에 친구들이 와주니 얼마나 좋은가? 조금 고달프기로서니 난 괜찮아요!

들고양이 육아

/

어느 날 아침, 나의 산채에 도착해서 공구실로 쓰는 헛간에 들어갔다.

조용한 이 집에서 조그마하게 동물의 낑낑대는 소리가 들렸다. 이 소리가 뭘까? 잠시 긴장하면서 소리 나는 쪽으로 가 보았다.

공구선반 위쪽에 새끼줄을 담아 놓은 상자에서 뭔가 움직임이 느껴지는데, 고양이 한 마리가 갑자기 고개를 내밀고는 나를 노려보면서 이빨을 드러낸다.

"아르릉! 야옹!"하고 심히 화를 내고 있었다.

재가 왜 저러나 하고 한발 물러섰다. 그리고는 한동안 밖에서 일하다가 오후쯤 공구실 헛간을 다시 들어갔더니 아까의 그 표독한 고양이는 보이지 않고 새끼줄 상자 안에서는 조그맣게 낑낑 소리만 나고 있었다. 의자 위에 올라서서 상자 안을 들여다보니 갓 난 새끼 고양이 네 마리가 꼼지락거리고 있었다. 여기는 산 밑이라 아침에 차량 소리 내며 밭 한복판으로 들어오면 고라니가 급히 담장 밑으로 후다닥 도주하기도 하고, 산고양이도 내려오고 밭에는 뱀, 돼지도 출몰하는 그런 곳이다.

'어미는 얘네들한테 내가 해코지할까 봐 경계 태세를 하면서 오지 말라고 경고를 했구나.'라고 판단이 갔다.

  새끼들을 건드리지 않고 다시 나왔다. 그리고 다음날 아침, 다시 상자를 들여다보니 한 마리도 없었다. 걱정이 되던 어미가 밤새 이사를 간 것이다. 그런데 그 상자 옆에 쌓여 있는 널찍한 궤짝 틈바구니에 새끼 한 마리가 끼어있는 게 보였다. 아마도 새끼를 옮기는 과정에서 한 마리를 떨어뜨린 모양이다. 궤짝을 치우고 새끼를 꺼내 보니 좁은 틈에 끼인 자세로 뻣뻣하게 죽어서 굳어있었다. 나는 즉시 난로 옆으로 데리고 와서 따뜻한 온기를 쬐어 주면서 뻣뻣한 네다리를 주무르고 몸통을 마사지했다. 얼마간 그러고 있으려니 이 녀석 몸이 살살 녹으면서 "푸~ 냐옹" 했다. 살아난 것이다.

  나는 더 그 녀석을 쓰다듬고, 움직일 수 있도록 도와주었더니 야금야금 걸어 다닐 수 있게 되었다. 우유 한 통을 데워서 접시에 주었더니 먹을 줄을 모른다. 기왕 내가 살렸으니 확실히 살리고 싶었다.

  이놈을 꼭 끌어안고 한 손으로 입을 벌리고 한 손으로는 찻숟가락으로 우유를 조금씩 흘려 넣어 주니 혀로 날름거리며 먹기 시작한다. 그리고 얼마 후 이 녀석은 원기를 회복하고 돌아다니기 시작했다. 큰 상자에 타월을 깔고 그 안에 넣어둔 후 매일 아침 올 때마다 우유 한 팩씩 사다가 접시에 따라주면 핥아 먹는 것까지 가르쳤다.

  그러기를 며칠간 지나니 이 녀석 몸에 살이 붙고 몸통이 커져 갔다. 신기해서 계속 먹이고 키워냈더니 이젠 상자 밖으로 냉큼 뛰어나오기도 하고 온 집안을 헤집고 다닌다. 내가 "니옹아" 부르면 잽싸게 달려온다. 심지어 하루 종일 내 발꿈치를 톡톡 치면서 따라다닌다. 내가 지 엄마인 줄 아는가 보다. 애완 동물가게에서 고양이용 통조림을 사다가 조금씩 주면 냠냠 씹어 먹는다.

　사실 나는 강아지는 좋아하지만, 고양이는 별로 좋아하지 않는다. 그러던 차에 그 집 앞에 조그만 교회 목사 사모님이 키우는 아직 새끼 낳지 않은 암놈(처녀 고양이)과 같이 놀라고 주었더니 '니홍이'하고 금세 친해졌다. 그 후는 내가 어쩌다 가보면 "흥!" 언제 봤냐는 식이다.

　쬐끄만 놈이지만 많이 섭섭했다.

내가 지은 정자

밭 사진

무도인으로서의 정점

/

나는 사회적으로 보면 기술인(技術人)이지만 나를 내면적으로 본다면 무도인(武道人)이다. 중·고교 시절 태권도에 입문해서 수련 초기 어린 시절엔 너무도 즐겁게, 자진해서 거의 미친놈처럼 태권도 수련에 임했었다.

학교에서 돌아오면 간단히 요기하고 도복을 옆에 끼고 도장까지 뛰어갔다. 도장 입구에 들어서면서 국기에 대한 경례하고 맨몸에 도복한 벌만 입고는 입구에서 앞차기, 옆차기, 앞돌려차기 등 발차기 연습을 왼발, 오른발 각각 100회씩하고 나서야 도장 안으로 들어갔다. 이어서 기마자세로 중단지르기 200회까지 끝내면 정식 수련 전에 이미 땀이 흐른다. 도복자락에서 들리는 "파르륵" 하고 떨리는 소리가 너무 좋았다. 요즘은 아기들 '놀이터'처럼 변해버린 태권도장이 나 보기엔 참으로 안타깝다.

우리 시절엔 '검은 띠(有段者)'가 되려면 얼마나 고생스러운 수련을 했던가? 나의 태권도계 족보를 말한다면, 한국 태권도 무덕관 41회 유단자이고, 나의 유단자 번호는 18,280번이다. 소속은 영등포 도장이고 직속 사범님은 엄용석 사범님인데, 이분은 해군 특전대 출신이고 제대 후에도 가끔 국가의 부름에 따라서 다시 군복 입고 몇 달씩 도장을 비우기도 하는 신비의 인물이기도 하다. 발차기가 일품이고 이마 격파의 달인이다.

엄 사범님의 교훈은 이렇다.

인간이 세상을 살아가는 데 있어서 수많은 처세가 필요한데, 내가 너희들 제자에게 가르치는 태권도란 무술은 가장 마지막 단계에서 써야 하는 '남자의 처세술'이다. 나는 스승이신 엄 사범님의 이 가르침은 지금까지도 마음 깊이 새겨 넣고 있다.

그 후 1997년 무덕관 홍종수 관장님으로부터 6단 품계를 받았다.

나는 역사 깊은 최고의 명문 도장인 무덕관 출신이란 것에 큰 긍지를 가지고 있다.

고교 시절(2단) 배재고 태권도부를 만들고 스스로 주장 선수가 되었다. 후배들을 지도하고 각종 대회에 출전시키기도 했다. 선생님들과 전교생이 지켜보는 가운데 시범회를 연적도 있다. 군 시절(3단) 이미 3단이란 고단자로서 부대원들의 태권도 지도를 하기도 하고, 사령부 체육대회에서 단독 시범회를 시연하기도 했다.

그 당시 나는 내 몸을 사용하여 뛰고 나르고 넘고 차는 등의 동작에 있어서 정말로 자신이 넘쳐 있었다. 예를 들면, 내 키보다 1m 정도 높은 벽돌담은 손대지 않고 밟고만 뛰어넘어 갈 수 있었고, 상대편의 얼굴은 다치지 않고 입에 물고 있는 담배를 구둣발로 눈 깜짝할 사이 쳐낼 수 있는 정확성을 지녔고, 수도(손날)와 정권(주먹)으로 붉은 벽돌을 깨부술 수 있었다.

형(품새)동작도 바람 가르는 소리가 나게 허공을 가르고 그 외 수련으로는 호흡 참기, 깊은 숨쉬기 등 무술 기본 훈련도 동시에 익혀 나갔다. 처음 가보는 낯선 도장에 도복 한 벌 들고 가서 그 도장 고수들과 피 터지는 대련을 실전처럼 치르는 이른바 '도장 깨기'도 이따금씩 했다.

군에 가기 전에는 일시적 생존 문제로 인하여 영등포시장과 극장가에서 쓸데없는 길거리 싸움질도 해 봤다.

이런저런 역사를 남기면서 무도인으로 살아오던 내가 직장인이 되고 기술인으로서 바쁜 나날을 보내면서 스스로 무도인이란 것을 까맣게 잊어가고 있었는데, 어느 날 등촌동 내 집 옆에 태권도장 하나가 오픈하면서 그 도장 관장인 최종원 사범을 만나고부터 나는 다시금 내가 무도인이었다는 것을 깨닫고 조금 늦은 나이에 다시 태권도에 대한 나의 정열을 불사르기 시작했다.

'최종원 사범'은 한국 태권도계에서 타의추종을 불허하는 괴력가(怪力家)이고 현재 품계가 9단에 이르는 최고 사범이다. 내가 지극히 아끼는 후배이고, 주한미군 무술사범이자 무주태권도원 지도 교수이기도 하다. 또한 나를 태권도인으로 다시 일깨워 준 스승 같은 후배이기도 하다.

지금 내가 열심히 농사짓고 있는 이 시골집에서 농사지으랴 집수리하랴 바쁘고 고달팠지만, 내 집 마당에 널찍한 정자를 지었다. 가로, 세로 내 보폭으로 5보 정도의 공간이지만 마루장을 튼튼히 깔고 편치백을 걸어놓은 다음 다시 도복을 입었다.

서서히 호흡 훈련을 시작으로 아주 구식 훈련을 해 나가면서 기(氣)의 생성과 소멸, 모으기와 뿌리기 등 옛 산중 도사 같은 수련을 해냈다. 그리고 진천에서 2007년 열린 세계화랑 태권도 대회 '창작품새'

부문에서 우승이라는 쾌거를 이루면서 태권도 무도인으로서 그 정점을 찍었다 할 것이다.

한국 최고 태권도 사범들과 함께(좌로부터 팔자, 최종원 사범, 석보인 스님, 김유한 사범 외)

제5장

포스코 인도네시아 제철소
동양(종합)건설 주식회사

마지막 역마살

/

    용암리 시골집에서 〈자연인이다〉라는 프로에 버금가는 산중 신선 같은 생활이 계속되던 어느 날, 자카르타에 있는 친구 김해근 씨에게 전화가 왔다. 며칠 내로 귀국 휴가 예정인데 꼭 한번 만났으면 좋으니 시간을 비워두라 했다.

    김해근 씨는 지난날 인도네시아 JSI에 함께 근무한 바 있는 동료이자 친구다. 친구들과 개인 석탄 사업을 하기 위하여 약 반년 정도 먼저 퇴직하고 회사를 떠났고, 그 후 내가 수마트라 석탄 광맥을 찾으러 정글로 들어가 보니 나와 아주 가까운 거리에서 이미 석탄 사업을 수행하고 있었다. 그런데 그사이에, 그 사업을 종료하고 당시 인도네시아에서 건설과 개발사업에 완전 선두를 달리고 있는 '물리아' 그룹에서 기술직 최고 임원으로 근무하고 있는 중이다.

    귀국 휴가를 들어오면 나와는 으레 만나서 술 한 잔씩 하면서 그간 있었던 이야기도 하고 지냈는데, 이번엔 왜 '특별히' 보자고 하는 걸까? 궁금해졌다.

    얼마 후 김해근 씨가 휴가차 귀국하여 용암리 산장으로 나를 찾아왔다. 언제나 그랬던 것처럼 그간 있었던 이야기며 취미로 골프 외에 승마를 시작했다고도 했다. 그중 중요한 이야기가 있었는데…

"포항제철(POSCO)이 원재료(철광석) 구득이 쉬운 인도네시아로 진출한다는 소식과, 내가 젊은 시절 근무했던 인도네시아 칠레곤(Cilegon) 지역에 포항과 똑같은 규모의 제철소를 짓기로 되어 있고 이 사업에 포항 소재 건설업체인 동양(종)건설이 그 공사의 거의 절반을 수행하기로 되었는데, 그 사업(Project)에 자기가 참여할지도 모르겠다."라는 얘기였다.

처음 이 이야기를 들었을 때는 그저 하나의 이야깃거리로만 들렸다. 동양(종)그룹의 회장단이 JKT 김해근 씨를 찾아와서 삼고초려(三顧草廬)를 하고 있다고 했다. 하지만 아직까지는 "도와줄 수는 있어도 참여하겠다고는 약속한 바 없다."라고 했다.

내가 알고 있는 김해근 씨의 성품을 고려할 때, 그의 말이 모두 사실이란 것에 의심의 여지가 없다. 정말로 그 자신이 직접 개입할 의사는 없는 것으로 보였고 사실이 그랬다. 나 자신도 제철소 공사가 얼마나 대단한 것인가 하는 것은 생각해 본 적도 없었고, 단지, 규모가 '크겠다'하는 것과 내가 젊은 시절 근무했던 칠레곤 지역에 세워진다는 것에 다소의 흥미와 옛 추억이 조금 떠올랐을 뿐이었다.

그는 나에게 "신 형! 내가 그 회사로 가야 되겠습니까?"라고 묻는다.

사실 이런 문제에는 쉽게 대답해 줄 수 있는 일이 아니다.

"잘 판단해서 결정하시구려."라고 말해 줄 수밖에 없었다.

그 후 그는 짧은 휴가를 마치고 JKT로 돌아갔다. 그리고는 며칠이 멀다 하고 나와 통화를 했다.

그로부터 얼마 후 "신 형! 나 동양(東洋建設)으로 가기로 했습니다!"라고 했다.

나는 다소 놀라우면서도 "예! 잘하셨네요. 새로 가는 길 축하하고 잘하십시오."라고 했는데, 그로부터 또 얼마 후 나에게 치명적 제안을 해 왔다.

"신 형! 거기 현장 소장 해 볼 생각 없으십니까?" 했다.

내용은 이렇다.

동양의 배 회장께서 "같이 일할 임원급 한 분을 소개해 주시지요." 그래서 내 이야기를 했더니 너무 좋아하면서 "꼭 모셔 오라 하더군요" 했다.

나는 내가 이 나이에 다시 직장인으로 더구나 건설 현장으로, 더더군다나 해외로 나간다고는 꿈도 꾸지 않았던 것이므로 대답을 유보했다.

"생각해 보자고"

"신 형! 나하고 일생일대의 대형공사(Project)에 도전해 볼 생각이 없으신가요? 공기가 자그마치 7년이고 총공사비가 무려 6조 원이나 되는 대형공사랍니다. 가슴이 뛰지 않으세요?"라고 나를 충동질했다.

물론 나는 기술인이다. 망하는 회사에서 은퇴 아닌 은퇴를 하고, 지금 이 동네에서 삼계탕 식당을 운영하며, 낮엔 시골 땅에 들어와 농사일을 하면서 유유자적(悠悠自適) 지내고 있던 내 가슴에 갑자기 불이 질러졌다.

'내 나이 벌써 60, 환갑이 지났다. 지금 내가 무엇을 한단 말인가?' 하면서도 내 가슴은 뛰기 시작했다. 군대를 예로 들자면 대령으로 예편한 장교에게 삼성장군으로 복귀하라는 상황과 비슷한 것이다. 다시

적토마(赤土馬)를 타고 적진으로 뛰어 들어가고 싶은 욕망이 무럭무럭 일어나고 있었다.

더구나 인도네시아는 나에게 아주 친숙한 나라이고 더욱이 칠레곤 (Cilegon City)는 어쩌면 나의 제2의 고향같이 느껴지는 고장이다.

그래! 가자! 가게는 집사람에게 맡기고 훌훌 떠나자! 기술자로서 마지막 무대에 올라서 보자!

김해근 씨에게 전화를 했다. "내일 JKT에서 만나자."하고 다음날 바로 날아가서 현장 위치를 같이 돌아봤다.

그날 밤 김해근 씨 집 거실에서 둘이 앉아 위스키 한 병에 그 한밤을 꼴딱 새우며 많은 이야기를 했다.

귀국하자마자 포항 배 회장님을 만났다. 엄청 반가워하면서 내심 걱정도 했다.

"건강해 보이시지만, 그래도 연세가 있으신데…."

건강 걱정을 하는 거다.

"그런 걱정은 마시라고…." 했다.

물론 그게 아님은 나중에야 깨닫게 되었지만….

어쨌든 이 나이에(61세) 인도네시아 POSCO 제철소 건립공사에 공사 책임임원(Project Director) 전무이사로서 부임하게 되었다.

칠레곤에
다시 왔다

환갑을 넘긴 나이에 또다시 일하겠다고 이 도시로 다시 왔다. 근 25년 만이다. 이 시골 도시도 그사이에 많이 변해 있었다. 얼핏 보면 옛모양 그대로인데 내부적으로는 많이 달라져 있었다.

'천안 삼거리'하면 우리나라에서 유명한 곳인 것처럼 이곳 '칠레곤 씸빵띠가(칠레곤삼거리)'하면 꽤나 알려진 지명인데, 길

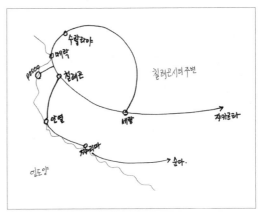

칠레곤 지역 지도

이 하나 더 생겨서 묘한 모양의 사거리가 됐다.

이 지역에는 전편에서 말했듯이 오래된 철강회사 '크라카타우스틸'이 있고, 그 회사 부속 시설로서 주택단지도 있으며 골프장도 그대로 있었다. 내가 근무할 사무실로는 이 골프장 클럽하우스 2층의 공간을 임차해서 쓰고 있는데, 내 방 내 자리에서 의자만 뱅그르 돌리면 골

프장 7·8번 홀 코스가 내려다보이는 좋은 풍경이다. 30년 전, 이 골프장에서 처음 머리를 올렸던 추억이 있어서 나에게는 아주 인연이 깊은 곳이다. 그전에는 남자 캐디가 1bag씩 둘러메고 따라다녔는데, 지금은 전동차도 생기고 코스도 조금씩 개량이 되어 있었다.

나이 먹은 영감 캐디가 나를 정확히 알아보기도 했다.

'씸빵띠가'가 이 지역 중심가인데 그곳에 그전부터 있었던 잡화점 '도꼬빈땅'이 없어지고 '마타하리'라는 대형마트가 생겨났다. 이 마트의 주인은 아주 오래전부터 알고 지내던 중국 화교 아줌마 '기옥' 씨이다. 얼마나 반갑게 맞이해 주는지 깜짝 놀랄 정도였다. 이 아줌마는 나보다 3살 정도 적은데, 덩치가 크고 호방하기가 이를 데 없는 여성이다. 칠레곤 일대의 토지를 넓게 사들여 대형마트도 내고 그 위층에는 호텔과 룸살롱도 열고, 조금 떨어진 곳에는 '라구나'라는 예식장과 대형식당도 지어 영업을 하는데, 그 규모가 얼마나 큰지 정문에서 '안내 약도' 받아들고 차로 예약된 객실까지 들어가야 하는 정도이다. 남편이 사업 확장을 방해한다고 이혼까지 하면서 사업을 키운 후 전 남편을 데려다가 경비대장을 시키는 그런 여걸 스타일이다. 내 집사람과도 옛 동무를 만난 것처럼 서로 친하게 지내는 사이다.

그 후 내가 귀국한 뒤 칠레곤에서 재산 꽤나 있는 부자 아줌마들 8명을 이끌고 서울 내 집까지 찾아와 준 괜찮은 친구다.

이 아줌마는 빌딩 위층에 룸살롱도 열어놨는데 당시 한국인(포스코 관련)들이 이 지역에 많은 인원이 들어와서 이곳을 줄줄이 애용하기도 했다.

본래 이 고장은 인도네시아 내부에서도 이슬람 신도가 많기로 유명해서 술이나 여자 등 유흥업소는 강력히 통제되는 지방이었지만 기옥 아줌마의 끗발은 지방 정부, 경찰 등을 한 손에 장악하고 있기 때문에 가능했던 것이다.

룸살롱 아가씨들은 100% 인도네시아 여인들인데, 한국인, 일본인들을 상대하다 보니 말도 잘하고 옷맵시도 봐줄 만하다. 무엇보다 한국 노래를 잘해서 우리나라 아가씨들 못지않다. 술도 잘 받아 마시고 해서 국내와 다를 게 없다. 게다가 비용이 엄청 싸다. (한국의 1/10정도) 현장 생활에 피곤한 우리 같은 사람들은 며칠에 한 번씩 대폿집 들리는 기분으로 값싸게 술에 취하기 좋은 곳이었다.

미국산이나 영국산 '위스키'는 틀림없는 가짜상품이고, 러시아산 '진'이나 또는 '보드카', 중국산 '백주', 한국산 '소주'가 진품이고 인기가 좋다. 맥주는 인도네시아산 '빈땅'이 괜찮은 편이다.

주거 문제도 그사이 보통 수준의 하우징 단지가 몇 군데씩이나 생겨나서 직원들도 나란히 여섯 집을 임차하여 1인 1실로 기숙하고, 나는 또 다른 단지에서 나와 김 팀장(예전에 인도네시아에서 오래 같이 근무했던 김학하 씨)과 두 명이 널찍한 단독주택에서 잘 지낼 수 있는 환경이 됐다.

POSCO의 횡포

/

1) Batch/Plant(레미콘 공장) 운영

인도네시아 제철소에 소요되는 전체 콘크리트 약1,000,000㎥ 공급이 우선적으로 동양의 일거리(SCOPE)가 됐다. 국내 B/plant 제조 업체 중 우수업체에 발주해서 약 1달 만에 Cilegon port에 신품 B/plant가 도착했다. 현지 세관원에게 적당히 급행 조치를 해서 하역 10시간 만에 우리 현장 B/p 설치 위치까지 도착시켰다.

Plant 공급업자들이 보내온 plant 조립기술자들과 우리 측 기술 직원들이 합세하여 plant 본체가 올라섰고, 골재투입 Hopper와 골재 컨베이어(Conveyor)가 설치될 무렵 POSCO의 첫 타설 계획인 고로(高爐) 기초 8,800㎥가 1주일 앞으로 다가왔다. 나는 공급만 해주면 되는 것이고, 타설(打設)은 포스코건설(E&C)의 몫이다.

타설 현장에 가 보니 준비가 아직도 멀었다. 내 쪽에서는 Hopper를 세우고 Conveyer 연결을 하고 있을 무렵, 매립지 원주민(어부들)이 B/P 세우는 현장에 난입하여 작업을 방해하고 B/P 책임자 품질 부장을 돌로 폭행하는 등 난동이 벌어지며 현장을 강점당하기를 3일이 지나갔다.

당연히 우리는 아무 작업도 못 하고 3일을 공쳤다. POSCO는 이 사건에 경비의 책임이 있음에도 불구하고 모든 것을 나(동양)에게 책임지라고 했다.

저 폭동 민원을 막으라며 아들뻘 되는 어린 직원이 "당신은 뭐 하는 사람이냐?"라고 막말을 퍼부었다. 어쨌든 우리 측(Mr. 백)이 나서서 데모대와 타협을 하고 다시 작업에 들어갔지만, 3일을 깨끗이 공친 후였다. Hopper 앞 옹벽 거푸집까지 마친 그날이 POSCO 타설 계획날이었다.

건설 본부장에게 사정사정했다. 제발 3일(데모대에 빼앗긴 3일이었다)만 더 달라고….

그는 (으스대면서) 말했다.

"우리 POSCO는, 개사 이래 단 하루의 공기를 늦춘 적이 없다. 그러므로 '데모대가 3일을 방해했다 해도' 계획대로 시행해야 한다. 계획대로 하세요."

그래서 할 수 없이 옹벽 타설을 못 한 채 거푸집 앞에다 성토를 하고 타설이 시작되었는데, 거푸집이 호퍼(Hopper) 쪽으로 넘어가면서 호퍼(Hopper)와 컨베이어(Conveyer)가 뒤로 넘어질 판이다. 궁여지책으로 나는 인부 몇 명을 데리고 가서 굵은 철제 pipe로 뒤쪽에 고여 놓고 흙 상차장비(w/loader) 대신 굴삭기(B/Hoe)를 사용 골재를 투입했다. 골재를 모자라게 부어주니 mixer가 노는 시간이 생겨났다.

상황이 이러하니 B/plant 생산 용량이 제대로 생산이 될 수가 없다. 우리가 가지고 있는 mixer truck을 총동원(60대)했지만 E&C 측의 현장 관리 부재 문제가 속출했다.(거푸집 터짐, 상부 철근 무너짐) 이런 문제로 인하여 또다시 시간이 지연됐다.

"콘크리트 기초는 중간중간 횡 방향으로 수없는 cold-joint가 생겨 났다. mass concrete 양생 관리도 되지 않았다. 구조물의 가치로서는 총체적 낙제점수의 구조물이 됐다. POSCO에서는 이것을 아무도 모르고 있다."

만약 타설 중에 호퍼와 컨베이어(Hopper와 Conveyer)가 뒤로 넘어졌다면 고로 기초는 무질서하게 1/3 정도를 타설한 채로 적어도 1달 정도 방치되었을 게 뻔했다. 그나마 내가 손수 Hopper 뒤쪽에 굵은 pipe 받침을 하고, Loader를 사용하지 않고 B/Hoe로 멀리서 골재투입을 시행했기 때문에 그나마 한 번(One Time: 3박 4일)에 타설을 끝낼 수 있었다. POSCO는 이것도 모르고 타설 일자에 '성공적'(?)으로 타설됐다고 축하하는 분위기였다.

얼마 후 POSCO의 젊은 기사는 "동양은 실제로 92㎥/hr밖에 생산할 수 없는 B/plant를 가져다 놓고 180㎥/hr짜리라고 하다니, 이것은 감히(?) POSCO를 속인 거다."라고 무책임 발언을 공개적으로 했다.

B/p생산량이란?
- B/plant '생산자'가 표시하는 생산량은
"mixer용량 × 시간당 토출 횟수 60분/2분 = 180㎥/hr"라고 표시하는 것이고
6㎥ × 30회 = 180㎥/hr
- mixer Truck 적재시간 1분을 더하면
mixer 용량(토출 + 적재) 60분/ = 120㎥/hr가 정상적 생산량이 된다.
60분/2분 + 1분 =
6㎥ × 20회 = 120㎥/hr

이 기본적인 개념도 모르는 녀석이 공개적으로 나를 망신을 주었고 이 내용을 설명하려 해도 듣지도 않고 무시해 버렸다. 정말 한심한 무리들이다. 원거리 투입도 문제고 E&C 거푸집 붕괴도 중요한 원인인데 단순 계산식으로 말하는 한심한 POSCO 기술진이다.

그들의 단순 계산은 이랬다.

> 총량 나누기 소요시간(8,800㎥/95시간 = 92.6㎥/hr)

난 이런 단순 무지막지한 사람들과 일하면서 엄청난 스트레스가 쌓여갔다. 아마도 그들은 이런 내용을 알고 있을 수도 있다. 그러나 2일이면 끝날 것이라고 자기 멋대로 예상했던 것이 4일이나 걸렸다는 사실을 나(동양)에게 전가하고 싶어서 그랬을 가능성도 있다.

> 8800㎥/180㎡ = 48.9hr = 2.03/day

즉 이틀하고도 10분만 타설하면 될 것이라는 단순계산인 것이다.
E&C 쪽도 그렇다. 타설 전 나에게 그쪽 소장(기계직)이 물었다.
"전무님, 이만하면 타설 준비가 됐지요?"
나는 대답해 주었다.
"거푸집 하단이 약해요. 밀려 나가지 않도록 보강해야 합니다.
상부철근 받침인 스페이셔(공간재) 철근(현장 용어로: 우마)이 약해요.
작업 인원이 모두 올라서고 진동이 일어나면 찌그러집니다. 스페이셔를 보강하세요."

그는 기계직이었고 나는 자기네 하도급사지만, 경험 많은 나에게 물어본답시고 물어보기는 했다. 하지만 문제의 심각성을 실감하지 못하고 그대로 진행한 결과, 정확히 거푸집 하단이 터져나갔고, 상부 철근이 주저앉아 거의 하루를 소비하고 콘크리트 타설이 중지됐던 것이다. 이것을 검측한 '포스코엔지니어링' 쪽도 책임이 크다 할 수밖에 없다.

이러는 동안 Mixer Truck에 이미 적재된 Remicon은 다시 회차(回車)하여 재생 Hopper에 붓기도 하고 빈 벌판에 나가서 쏟아 버리기도 하는 등 손해가 막심했고, 이런 것들로 인하여 허둥대기를 잠 한숨 못 자고 4일이나 계속됐다.

4일 만에 끝나고 B/P로 와보니 모든 운전자(Operater)들은 장비 스위치만 꺼 놓고 그 자리에서 실신하다시피 쓰러져 있었다. 나도 B/p 아래쪽 의자에서 기절하듯 앉아있을 때, 김○○ 법인장이 다가와서 "신 전무님, 수고했습니다."라며 한마디 해 주고 돌아갔다.

동양 김해근 사장에게 전화를 해서 "고로 기초 콘크리트 이제 막 끝냈습니다."했더니 고작 나오는 대답이 "아~! 그거 이미 알고 있습니다!" 한다. 나는 더 이상 할 말이 없었다. 어디서 누구에게 그렇게나 신속하게 들었을까? 알았다 한들, 대답이라고 꼭 이렇게 해야 하는지? 그냥, "수고했습니다."라고만 했어도 이렇게 섭섭지는 않았을 게다.

그날 밤 '홧김에 술'이라 엄청 과음을 했다고 기억된다. 이래저래 스트레스와 과음으로 내 속은 망가져 갔다.

2) 빗나가는 측점

어떤 종류의 공사이건 맨 먼저 해야 할 일은 '시공을 위한 측량'이다.

'시공 측량'이라 함은 이 공사의 목적물이 자리 잡을 위치와 높이를 결정하기 위해서 공사장 가까운 곳으로 시공을 위한 측표를 옮겨다가 설치하는 작업을 우선적으로 시행해야 하는 것이다.

지금 이곳에서 시작해야 할 '카라카타우 포스코 인도네시아 제철소' 공사는 시공사들이 도착해서 일을 시작해야 하는 시점이 되었을 때까지도 시공 기준점을 만들어 놓지 못하고 있었다. 그 기준점이 있어야만 이 공사에 포함되어 있는 각종 구조물이나, 도로, 배수, 파이프라인 등의 위치설정을 할 수 있는 것인데, 아직 없다.

왜 그런가 했더니 현실은 이랬다.

JKT에 있는 제법 권위 있는 측량업 용역사들에게 이 일을 맡겼는데, 한 업체가 끌어다 놓은 좌표와 또 다른 업체가 끌어다 놓은 좌표가 모든 위치에서 2m씩 오차가 난다는 것이다. 내(동양)가 시공해야 할 스케일핏트 터파기를 하자면 이 구조물의 위치가 정해져야 하는데, 동·서 방향으로 똑같은 위치가 2m 간격으로 두 개의 측량 결과로 나왔다. 어떻게 공사를 하란 말인가?

물론 이런 현상은 한국 국내에서도 근래에 흔히 발견되는 현상이다.

문제는 POSCO 공사 지휘부가 이 문제에 대하여 심각성을 전혀 인지하지 못하고 있다는 것이다. 공기가 다급해진 내가 이 문제를 거론하기 시작했다.

"이 문제를 빨리 해결해 달라." 했더니 "측량용역에서 결과가 그렇게 나왔으니 어쩌란 말이냐?"라고 한다. 이건 POSCO 공사 관리 수준의 무능함을 보여주는 극치라고 보여진다.

내가 보는 입장에서 원인은 셋 중에 하나다.

첫째는 옛날식 삼각 측량법으로 좌표를 구한 결과와 현대식 GPS 발신으로 측표를 만들었을 때 일어나는 현상일 가능성이고,

둘째는 측량 용역사별로 양측에서 잘못된 좌표 제원을 끌고 들어온 경우가 있으며,

셋째는 측량과정에서의 단순 착오일 수 있는 것이다.

이런 문제는 공사 오너인 POSCO에서 "GPS를 써라"라든지 한 가지 방식을 결정만 해 주면 끝날 문제인데, 이것을 결정 못하고 꽤 오랜 시간을 허비했던 것으로 기억된다. 이런 기초적인 문제 때문에 늦어지는 공기는 생각하지 않고 '공사 끝나는 날'만을 강요하는 이런 풍조 때문에 시공자는 병들고 공사는 부실로 가는 것이다.

이 문제는 어느 날 이렇게 종료되었다. 현장 한복판에 두 군데 말뚝을 박고 그 위에 확정된 '측량기준점(Survey Station)'이라는 걸 만들어 났다. 늦었지만 다행이라 생각하면서 내 직원 측량사에게 그 기본점의 좌표가 어느 것을 인용했는가 확인해 보라 했더니 양쪽에서 들어온 좌푯값을 '평균'해서 만들어졌다고 했다.

이건 또한 무지의 끝이라고 봐야 한다.

어쨌든 나 같은 시공사 입장에서는 그들이 확정해 놓은 좌표를 활용해서 위치도 잡고 터파기도 하고 해서 구조물을 만들어내었다. 지금 세월이 흘렀지만 이 커다란 제철소가 '본래 설계 위치에 오차 없이 자리 잡고 있을 것'이라고 나는 보지 않는다.

3) 스케일핏트 터파기

제철소의 개념은 이렇다.

가장 기본적인 필요조건은 재료와 동력이다. 재료란 당연히 철광석이고 이 철광석을 녹이는 용광로(고로)에서 철광석을 녹이려면 '코크스'와 '산소'가 필요하다. 녹인 쇳물을 다시 한번 순수 쇳물로 만들기 위해서는 '전기로'를 거쳐야 하고 그 후에는 쇠를 뽑아내는 장치, 즉 〈연주(연속주조) 장치〉[1]를 지나면서 쇳덩어리의 모양이 밀려 나오며, 그 다음은 이 뜨거운 쇳덩어리를 롤러로 밀고 두드려서 강판을 만들어내는 '제강 과정'으로 들어간다. 고속도로에서 가끔 볼 수 있는 큰 트레일러에 실려 가는 철판롤(돌돌 말린 철판)이 생산되는 것이다.

'스케일핏트'는 '스케일을 모으는 구덩이'라는 뜻인데 제강 과정에서 뜨거운 쇠붙이를 밀고 두드리는 과정에서 뜨거운 철판 위로 뿌려지는 냉각수와 함께 불순물이 휩쓸려 나오는 찌꺼기(스케일)를 흐르는 물과 함께 구덩이에 모아서 버리는 시설을 '수처리'라 하고 그 구덩이를 '스케일핏트'라고 한다.

이 스케일핏트의 깊이는 약 32m 정도이고 이 구조물을 만들기 위하여 터파기 깊이는 약 40m(정확한 수치가 기억에 없다. 그러나 거의 틀리지 않는다.)를 굴착을 해야 하는데, 파야 하는 토질이 문제다. 해수면을 매립한 곳인데 이곳 매립토를 5~6m만 파 내려가면 오랫동안 퇴적된 해양 대륙붕 토질이 나온다. 공학적으로 말한다면 N치[2]가 0~3 정

---

1) 연주장치 : 방앗간에 비유한다면 떡을 뽑아내는 사출장치
2) N 치 : 땅이 얼마나 단단한지 무른지를 측정하는 수치. 0이면 시험기구에 타격을 가하지 않아도 스스로 토층으로 빠져버리는 상태

도의, 흙이라 할 수도 없는 깊은 뻘 층이다. 굴착기로 한 삽을 퍼내면 굴착한 자리가 바로 메꾸어지는 정도이다.

이러한 토질을 파내서 가로 × 세로 약 100m × 40m, 깊이 40m를 터파기한다는 것은 나로서도 처음 마주친 난공사가 아닐 수 없다. POSCO 역사상 스케일핏트를 성공적으로 시공한 사례가 없다고 했다. 모두 일본 건설회사가 해 냈다는데, 그나마도 도중에 붕괴됐거나 구조물이 통째로 '히빙³'되어 땅 위로 솟아올라 뒤집힌 시공 사고를 매번 겪은 악명 높은 구조물이라 했다.

터파기 공사가 이렇듯 중차대한 것에 비하여 POSCO 관계자들은 토류벽 없이 터파기를 하라고 했다. 내가 보기에는 토류벽도 아주 대단한 토류벽이 아니면 100% 사고를 낼 자리다. 그런데도 POSCO는 법면을 만들며 굴착을 하면 될 것이라고 태연하게 주장을 했다.

결국 long Boom Backhoe를 이용해서 시범 굴착을 시연해 주었다. Boom이 닿은 깊은 곳까지 파 올리니 약 10m 바닥의 뻘 층이 보였다. 여러 사람이 지켜보는 가운데 이 구덩이는 "철퍽" 소리를 내며 양쪽 벽이 밀려 들어와 달라붙었다.

스케일핏트를 포함하여 '수처리 공사'는 이미 동양이 EPC 방식으로 수주가 된 공정이다. 이런 터파기 공사에, 장비와 실적을 갖고 있는 인도네시아 내의 전문 토류벽 시공사를 찾아본 결과 'TROCON'이란 회사가 대구경(1800m/m) cip 굴착기계를 보유하고 있는 것을 확인하고 이 공사 토류벽 견적을 받아보니 꽤 높은 금액이 나왔지만 터무니없는 금액은 아니었다.

---

3) 히빙: 연약한 토층에서 발생된 부력으로 인하여 땅바닥이 솟아오르는 현상

POSCO와 나는 이 문제를 놓고 힘겨운 싸움을 시작했다. 그들은 백번 양보한다고 전제하면서 Sheet pite에 띠장을 걸고 Earth Anchor를 하자고 했다. 이건 말이 안 된다. N치 0~3 토질에 Earth-Anchor라니 스펀지에 못을 박자는 것과 다를 게 없다.

나는 "∅1800과 ∅1200 오버래핑 CIP방식이 아니면 시공할 수 없다."라며, 승인이 안 되면 이 공정은 다른 회사에 넘기라고 우기듯이 주장했다.

어느 날 POSCO Engineering 전문가 한 분이 국내에서 이 문제 건으로 급히 파견됐다. 이분은 (그 회사 직위가 차장이라고 했다.) 제대로 된 의견을 내어놓는다. 확실한 것은 Earth-Anchor는 안 된다는 것이다. 그날로 결론을 내리지 못하고 회의가 끝났는데, 내가 그분을 따로 만났다.

"차장님, 저하고 상의 좀 하시지요. 물탱이 같은 땅에 Earth-Anchor라니 저 사람들 기술자 맞습니까? 회의 때 차장님 말씀에 100% 동의합니다. '장가계'처럼 뒤집히는 공사를 또 해야 되겠습니까?"

그분은 말없이 귀국했다. 얼마 후 그분의 〈토질 분석 자료〉와 함께 〈공법 제안서〉가 왔는데 거기에 나에 관한 언급과 더불어 "동양 신 전무의 의견에 동의합니다."라고 결론지어져 있었다.

그럼에도 POSCO 발주자 의견은 "우린 공사비가 없어요."란다. 그리고 "CIP[4]로 하고 싶으면 동양에서 공사비를 내시든가." 이딴 소리를 했다.

---

4) CIP : 땅속에 구멍을 뚫어서 콘크리트 기둥을 만드는 공법

나도 일갈을 가했다.

"돈 없으면 공사하지 말아요. 우리(동양)가 이 공사비를 왜 내서 해야 합니까? Sheet pile로 시행하다가 대형 사고가 나면 그때는 동양 책임이라고 하시겠지요?"

내가 이 현장 책임자로 있으면서 POSCO와는 이런 종류의 다툼이 끝날 날이 없었다.

군사 문화로 점철된 이상한 기업문화. 여기 와서 일하는 업체는 모두 저질이고, 오직 자기 집단만이 위대한 지도자인 것처럼 함부로 말하는 버릇. 부장급 정도만 되면 그 기세가 말로 표현할 수가 없다. 여기서 퇴직하면 어느 인간사회에 가서 살 수 있을까?

이런 힘겨운 과정을 거쳐서 CIP 공법이 채택되어 현장에는 우람한 Trocon 장비가 들어와 뻘 땅을 헤집고 거대한 콘크리트 기둥을 박아나가고 있을 때, 난데없는 콘크리트 타설을 중단하라는 법인장의 명령이 떨어졌다. 이 타설 작업이야말로 중간에 중단하면 다음 공정에 치명타를 줄 수 있는 절박한 공정이었는데 중단을 하란다. 이유인즉, 우리 B/plant에서 생산하고 타설되는 콘크리트의 품질관리를 누가 어떻게 하느냐고 현장 인스펙터에게 물었는데, 이들이 제대로 대답했을 리가 없었기 때문이다.

법인장은 POSCO의 본래 스타일로 '멋을 부렸다'.

"당장 중지하라!"

여기선 이것은 '황제의 명령'이다.

우리 품질 관리실/실험실로 공사 본부장을 모셔 왔다.

"보시오, 우리는 배합 설계해서 POSCO에 승인받았고 출고되는 대로 현장 실험하고, 시험체 보관하고, 결과 보고 하는 것까지 모든 절차를 다 하고 있다. 그런데 저 중요한 콘크리트 타설을 중단해야 할 이유가 뭡니까?

법인장은 우리(동양)가 이렇게 철저히 진행하는 것을 '몰랐다고' 했다.

몰라서 그랬으면 지금 당장 "타설을 재개하라"하면 될 것을 "그것도 절차가 필요하다."라고 했다.

'아! 이 노무 시스템!!!!'

나 자신도 젊은 시절부터 우리를 노예 부리듯 함부로 대하는 이집트, 파키스탄, 인도 감독도 겪어보고 한국의 그 유명한 건설부 공무원 감독관도 겪어봤지만 여기 POSCO의 '작태'는 노무지 이해도 안 되고 토악질이 날 정도가 아닌가?

결국 일주일 만에 '그 노무 절차'가 끝나서 타설이 재개되었는데, 그 사이에 치명적 문제는 모두 발생된 이후였다. 그 치명적 문제란 $\varnothing 1,800$짜리를 연속적으로 타설하고 그 강도가 발현되기 전 그 중간에 또 다른 장비로 $\varnothing 1,200$짜리를 오버랩핑시켜 굴착해야 하는데, $\varnothing 1,800$이 모두 굳어져 버린 것이다. $\varnothing 1,200$짜리를 조심스레 굴착하는 중에 커다란 비트가 강력한 '토션[5]'을 이기지 못하고 "땅" 소리와 함께 중간 부분이 부러져 버렸다.

이런 일이 생길까 봐 그렇게 빌다시피 했는데 이젠 어쩔 거냐?

이 비트를 새로 구매하려면 이태리 '쏘일멕(Soilmec)'사에서 신규 구매해서 8톤이나 되는 쇳덩어리를 전세 화물기로 특송해야 하는 큰 부담을 발생시켰을 뿐 아니라 스케일핏트 공정도 이 비트 구입 기간과

---

5) 토션 : 비틀림 응력

공사 지연까지 확실히 한 달 반 이상 늦춰지는 대참사가 이어졌다.

POSCO의 어른들은 이런 시공사의 애로와 피해에 대해서는 완벽하게 함구하셨다. 돈으로 보상을 못 해주면 공기라도 늦추어 주어야 하는데 "어떤 일이 있어도 끝내는 날은 지켜야 한다. 이게 POSCO다."란다. 이분들은 우리 같은 사람들이 해외공사 하면서 이런 일에 대하여 '클레임'에 고수인 걸 모른다. '국제 공사 분쟁 조정 법원'이라도 끌고 가고 싶다. 한번 혼쭐을 내고 싶은 생각이 굴뚝같다. 나는 이 공사의 책임자 임원으로서 터지는 분통을 속으로 삭이느라 속이 새카맣게 썩어지고 스트레스는 쌓여만 갔다.

POSCO 역사상 인도네시아 제철소에서의 스케일핏트 공사는 우리 손으로 시공에 성공한 첫 번째 사례다. 제철, 제강에 있어서 금속공학적으로는 얼마나 깊은 기술을 가지고 있는지 모르겠지만 일반적 건

스케일핏트 터파기 완료 상태

설기술에 관한 한 '유치원생'들 같다고 나는 평가한다.

내 글을 보고 오히려 분통을 터트릴 POSCO 어른들이 계실지 모르지만, 그 당시 내가 보낸 공문이 보관되어 있다면 (제대로 된 회사라면 당연히 보관됐을 것) 다 검토해 보시고, 그래도 아니라 하시면 항의하십시오. 평생 정직한 건설 기술자가 이렇듯 자존심에 손상을 받은 건 그때 당신들과 일할 때였다는 것을 기억하시오.

십 년이 지났어도 그때를 생각하면 아직도 화가 풀리지 않는다오.

4) 갑작스런 병마

인도네시아 포스코 현장으로 부임한 지 1년이 넘었다.

앞서 서술한 바대로 포스코와의 힘겨운 싸움이 대략적으로 마무리되고 현재 앞에 놓인 일만 부지런히 해 나갈 쯤 되었을 때의 어느 날 내 일생에서 커다란 '통한(痛恨)의 날'이 다가왔다.

엄청난 병마가 갑자기 찾아와서 나를 보기 좋게 바닥에 자빠뜨렸다.

너무나 갑자기, 마치 저격수의 총탄을 머리에 맞은 듯 옆으로 쓰러졌다. 이상하게도 의식은 있었다. 소리도 들렸다. 말도 할 수 있었다. 다만 몸이 마음대로 움직여지지 않았다.

몸져눕던 그 날은 Karakatau 사의 임원들과 현지 레미콘 공급에 관한 회의가 있었는데, 말도 안 되는 주장을 해 대기에 나도 절대 동의할 수 없다고 상당히 열을 올려 다툼을 하고는 늦은 퇴근을 한 후 숙소에서 상황이 발생했다.

숙소 당번이 차려준 저녁 식사를 하고 내 방에 들어와 샤워까지 마친 후 잠옷으로 갈아입던 도중 원인 모르게 덜컥 주저앉아져서 일어나질 못했다. 일어나려고 노력한답시고 허우적거리면서 점점 낮은 자세로 쓰러졌다.

에어컨 냉기로 차가워진 방바닥에 누운 채 잠시 생각했다. 내가 왜 이럴까? 왼쪽 팔다리가 전혀 움직여지질 않았다. 옆방 김 팀장을 큰 소리로 불렀다. 조금 뒤 김학하 씨와 숙소 당번 '씨티'가 내 방문을 조심스레 열고 물었다.

"웬일이십니까?"

"관리부장에게 전화해서 관리부 직원하고 운전수 한 명 데리고 이리로 오라 하시오." 하고는 잠시 정신줄을 놓았다. 그로부터 얼마 후, 관리부 박 과장이 "전무님 병원에 도착했습니다."라고 말하는 게 들렸다. 형광등 불빛이 환한 큰 병원 현관으로 차가 들어가고 있었다. 잠깐 정신을 놓은 동안, 두어 시간을 달려 JKT 모처의 병원까지 온 것이다. 박 과장과 '씨티' 씨가 내 상체를 받쳐 안고 걱정스레 나를 들여다보며 얘기했다.

"여기가 JKT에서는 제일 상류층만 오는 고급 병원입니다. 제가 이곳으로 모셔왔습니다."

박 과장은 현지처와 결혼하고 거의 현지인만큼 이곳 사정을 잘 알고 있는 사람인지라, 나는 그의 말대로 이 병원(싱가포르계 실로암 병원) 진료를 받기로 했다.

30대 중반쯤 되는 중국계 여의사가 나를 맞이했다. 그녀의 말이 이랬다.

"확실한 병명은 검사 후 얘기하겠지만 지금 보기에는 '급성 뇌경색'이라고 생각됩니다. 나는 신경외과 전문의이고 오늘 응급실 당직인데 제대로 잘 만났습니다. 우선 몇 가지 테스트와 검사를 시행하겠습니다.

일어설 수 있나요? 서 보세요!

자 나를 따라 해 보세요. 만세 동작!"

나는 있는 힘을 다해 따라 해 보았다. 역시 왼팔이 어깨높이 이상 올라가지 않았다.

"양 손가락을 마주 대어 보세요. 이렇게~."

검지가 내 눈앞에서 마주 닿아지지 않고 자꾸만 어긋난다. 왼쪽 손가락이 높이가 낮다고 인지하면서도 안 된다.

"됐습니다. 당신은 그렇게 심각한 상태는 아닙니다. 마음 편히 가지시고 다음 검사실로 가겠습니다."

나는 다시 바퀴 달린 침상에 뉘어져서 검사실로 옮겨졌다. 옮겨지는 도중 시력이 차츰 어두워지기 시작하는 게 느껴졌다. 형광등 조명이 환한 병원 복도가 차츰 깜깜하게 보이고 나를 옮겨가는 간호사들이 그림자처럼 검게 보였다.

"아~, 사람이 이렇게 죽어가는 거로구나."

나 혼자 미미하게 느낄 뿐이다.

검사실에 도착했다. MRI 촬영기 안으로 밀어 넣어졌다.

Dr. 보니가 "Good Luck!" 했다.

여의사가 검사실까지 따라와서 MRI 문 닫기 전 내게 한 말이다.

"Good Luck?"이라니, Un Luck도 있단 말인가?

그는 덧붙여 말한다.

"약 20분 소요됩니다. 시끄러워도 참으시고 움직이지 마세요."

문이 닫혔다.

서서히 시끄러워진다. 큰 대장간 한복판에 온 것 같다.

뚝닥뚝닥 꽈당꽈당!

눈을 감고 심호흡을 했다. 한참을 견디어 냈다.

한참 후 MRI 문이 열리고 내 하체가 빠져나가는 중 Dr. 보니가 내 발을 붙들고 나를 부른다.

"Mr. 신, 내 말이 들리면 발가락을 움직여 보아요!"

나는 발가락을 까딱까딱했더니 그녀가 "Thank you!" 했다. 아마도 MRI 촬영 도중 사망하는 경우도 있는가 보다.

어쨌든 Dr. 보니는 참으로 친절한 의사가 아닌가?

서서히 머리 부분까지 빠져나오니 머리의 결박을 풀고 상체를 일으켜 놓는다. 방금 촬영한 자료들이 한쪽 벽에 여러 장의 영상으로 '좌악~' 펼쳐져 있고 Dr. 보니는 지휘봉으로 짚어가며 나에게 설명을 해 주었다.

"당신의 정확한 병명은 '급성 뇌경색(Brain Struck)'이고 경중을 말하면 경증에 해당합니다. 전혀 심각하지 않습니다. 안심하세요. 이젠 병실로 가겠습니다."

병실에 누웠다. 간호사가 링거를 꽂은 후 Dr. 보니가 또 다른 주사약을 링거 고무줄에 넣으면서 말했다. "이 약은 당신의 굳어진 혈액을 녹이는 약입니다. 지금부터 두 시간을 아무 생각 말고 자고 나면 당신 상태는 훨씬 좋아질 것입니다."

나중에 안 사실이지만, 이런 약을 '혈전 용해제'라고 한다 했다. 의사 말대로 나는 곧 잠이 들었고 얼마 후 깨어났는데, 이미 늦은 시간이다. 병실을 둘러보니 한쪽에서 Dr. 보니와 간호사가 의자에 앉은 채 졸고 있다.

내가 깨어나길 기다리는 것이다. 벽시계를 보니 밤 11시가 넘었다.

"헤이~, Dr. 보니!"하고 나지막하게 불렀는데, 벌떡 일어서서 내게 온다. 내 상태를 이리저리 살피면서 하는 말, "아! 감사해요. 당신은 살았습니다."라고 감격조로 말했다. 그녀는 병실을 나가면서 "내일 아침에 봐요."했다.

그날부터 나는 실로암 병원 병실에서 입원 생활을 시작했다.

아침 일찍 간호사가 돌면서 체온과 혈압을 체크하고 가면 의사 몇 명이 우르르 들어와서 이리저리 살펴보고 나간다. 그중에는 Dr. 보니도 섞여 있다. 아침 식사 후에는 신체가 건장한 청년(보디빌더 수준) 두 명이 "슬라맛 빠기(굿모닝)"하면서 들어선다. 물리치료사들이다. 병상에 누운 채로 팔다리 몸통운동을 얼마나 잘해주는지 온몸이 시원해진다. 곧이어서 곱상한 인도네시아 아줌마가 휠체어에 나를 태우고 병원 내 정원 산책을 시켜준다. 점심 식사 후에는 곱게 늙은 중국인 할머니 한의사가 간호사 한 명을 데리고 병실에 와서 침 치료를 해 준다. 반짝이는 금침으로 내가 불편해하는 자리를 어쩌면 그렇게 정확히 침을 놓는지 감탄이 나온다. 약한 전류를 흘리는 전기침도 놓고, 강약을 맞추어 놓으면 그렇게 시원할 수가 없다. 시간이 되면 간호사는 침을 뽑아 나간다.

서양 의술과 동양 의술이 협진하는 병원인 것이다. 지금까지 내가 경험한 병원 중 최고의 의료 서비스를 받은 곳이라고 생각한다.

의료보험도 없으니 의료비가 얼마나 됐는지 나는 모른다. 회사에서 지불했겠지만 며칠 후 나 혼자 화장실을 다녀올 정도쯤 되었을 때 Dr. 보니에게 "나 한국으로 가고 싶다." 했더니 그녀가 하는 말,

"무슨 이유로 가려고 합니까? 당신 나라니까 가겠다면 할 수 없지만, 비행기를 타도된다는 내 허락 없인 못가요. 그리고 한국에 가면 더 좋은 병원과 의사가 있겠지만, 여기 실로암 병원이나 나 같은 의사가 미덥지 않아서 가신다면 말리겠어요(못 보내드리겠어요). 보시다시피 우리 시설과 의료진은 세계 최고입니다. 그런 걱정은 하지 마세요."

하지만 그녀의 자신 있는 태도에도 불구하고 중병이 걸린 채 외국에 있고 싶지 않았다. 그래서 우선 칠레곤에 있는 집으로 가서 있고 싶다고 했다.

며칠 후 그녀가 퇴원을 허락하면서 "내가 할 수 있는 치료는 사실상 끝났습니다. 이제부터는 내가 처방해 준 약 잘 복용하시고 칠레곤 주변에 침놓는 중국 의사가 있을 테니 찾아서 침 치료를 병행하십시오. 그러면 당신 치료는 이것이 다입니다."

"That is all rah[6]" 했다.

퇴원 절차를 끝내고 Dr. 보니에게 인사를 가서 감사했다고 말했는데 그 자리에서 그녀는 다소 울적한 음성으로 "나의 아버지가 Mr. 신하고 비슷한 나이인데 싱가포르 ○○회사의 건설 엔지니어였고, 건설현장에서의 심한 스트레스로 인하여 항상 울분에 차서 지내다가 그분도 '뇌졸중'으로 돌아가셨다 하면서, 내가 처음 병원에 왔을 때 건설기술자라는 것을 알고 자신의 아버지 생각에 꼭 살려야겠다고 마음먹었다는 얘기를 했다.

"당신도 스트레스가 쌓여 생긴 병이라고 확신한다."라고 했다.

---

6) rah : 중국어식 접미어

생각해 보니 그 말이 맞을 것 같다. 그 나이까지 태권도복을 입고 세계대회 규모의 '태권도 한마당'에도 출전하기도 하고, 불과 얼마 전까지도 내 몸 단련을 열심히 해 오던 내가 아닌가? 그런데 이 건설 현장에서 말도 안 되는 갑질과의 싸움으로 심리적 상처를 많이 입고 괴로워하면서 분투(奮鬪)했던 것이, 어느 날 '뇌혈관이 막히는 급성질환으로 다가온 것이구나.'라는 확신이 들었다.

"아직 퇴원할 단계는 아닌데 Mr. 신이 나가겠다고 해서 보내드립니다. 전에 일러준 대로 약 복용 잘하시고 '침 치료' 받으시면서 운동 꾸준히 하세요."

문 앞까지 배웅하며 당부를 한다.

이후 칠레곤 숙소에 도착하여 넓은 침대에서 자고 해주는 집밥 먹고 하니 훨씬 좋아진 기분이 든다. 현지 친구 '기옥' 아줌마에게 침놓는 의사를 알아봐 달라했는데, 이 근처에서 찾지를 못했다. 그대신 JKT의 어느 조그만 개인병원을 소개받아 할머니 의사의 손치료(도수치료)를 받았는데 별 효과는 없는 것 같다.

그렇게 지내기를 한 달여, 결국은 한국으로 왔다.

사돈께서 소개해 준 경희대 병원으로 직행해서 바로 입원했다. 여기도 양방과 한방으로 협진하는 곳이라고 알고 있다. 하지만 불과 한 달 전까지 입원해있던 '실로암' 병원과 여러 가지로 비교가 됐다. 한마디로 만족보다는 불만족 요인이 더 많다. 의료진(의사)들의 성의 없는 대꾸도 그랬고 손녀뻘쯤 되는 어린 여의사들이 침을 들고 여기저기 침을 놓을 때 '이 아이가 뭘 알고 침을 꽂아가는 걸까?' 하는 의구심이 들어 도무지 신뢰가 가지 않는다. 심지어는 입고 있는 환자복도 왜 이리 불편하게 만들었는지 모르겠다.

물리치료는 환자가 시간 맞춰 찾아가야 하는 시스템인데, 반신 마비된 몸을 추슬러 엘리베이터 타고 외래 환자들이 붐비는 복도를 절룩거리며 걸어갈 때는 짜증이 난다. 물리치료실도 옆의 환자들과 한 침상에 눕혀 놓고, 치료사가 환자를 대하는 대화도 도대체 상식 이하다. 남자 치료사가 치료 도중 내 옆에서 젊은 여자 환자(뇌성마비)에게 '성희롱'을 하고 있기도 했다.

"아줌마 그래서 좋았어?" 어쩌구 하다가 나에게 혼이 났다. 나도 치료받는 환자지만 참을 수가 없었다. 그 치료사는 나에게 "죄송합니다" 했지만 병원 수준은 그랬다.

'음향치료'를 권하길래 비싼 치료비를 내고 받아봤더니 북과 징 등을 가지고 '무당'이 하는 짓을 하고 있다. 현존하는 병원이니 이쯤까지만 하겠다.

적지 않은 기간, 두 달 만에 퇴원하고 집으로 왔다.

이제부터 긴~~ 나 홀로 투쟁, 투병이 시작되었다.

5) 집에 돌아와서

① 수락산

서울의 동북쪽에 위치한 또 다른 분지 '마들평야'를 말굽 모양으로 둘러싸고 있는 산(山)은 북한산, 도봉산, 사패산, 수락산, 불암산이다. 내가 사는 집은 수락산의 산자락에 자리 잡은 아파트인데, 주소지는 서울시이지만 아파트 뒷문만 나가면 옛날에 호랑이가 내려와서 사냥꾼 아들 '수락'이를 물고 갔다는 전설이 내려오는 꽤나 큰 산이 있다.

이 동네로 이사 온 것은 가게로 출퇴근이 용이하기 때문이었는데,

지금은 병자가 되어 오랜만에 갑자기 내 집으로 귀가해 보니 어색하기도 했고 좋기도 했다.

이제부터 수락산을 나의 건강회복 수련처로 삼았다. 이 산은 내가 어린 시절부터 수시로 들락거렸던 산인지라 세월이 지났어도 기억을 더듬어 찾아다닐 만했다. 다만 왼쪽 팔과 다리가 마음대로 움직여지지 않고 걸음걸이가 몹시 어려운지라 오른손으로 지팡이를 짚고 왼발을 질질 끌다시피 집에서 출발하면 한걸음에 달려갈 만한 거리를 한 시간여 걸려서 가까스로 걸었다.

걷기 코스를 내 마음대로 A·B·C코스로 설정하고, 짧은 코스부터 아침저녁 걷기 운동을 했다. 걷는 길옆에 정자도 있고 철봉대와 의자도 있어서 잠시 쉬기도 하면서 회복해야겠다는 일념으로 걷고 또 걸었다.

나는 젊은 시절부터 늦잠 버릇이 없다. 아침잠을 못 이기고 일어나지 못하는 사람들을 보면 혼내주고 싶은 심정으로 살아왔는데, 완전히 백수에다 병자까지 되고 보니 나도 조금 늦잠을 자기도 했다.

집사람은 오전 10시면 가게로 나간다. 이때부터 나는 혼자 등산 준비하고 어렵게 절룩거리며 집을 나선다. 어느 때는 욕심으로 B 코스로 들어섰다가 체력이 소진되어 간신히 집까지 온 적도 있었다. 이런 기간이 길어지다 보니 나 자신이 심리적으로 이런저런 변화가 생겨나기 시작했다. 나에게 문병을 왔노라고 친지 친구들이 찾아와서 걱정스런 표정으로 묻는다. 어떠냐고….

이런 질문에 처음에는 "왼발에 힘이 없어서 걸음걸이가 끌린다." 라든가 "계단을 내려갈 때 왼발이 뚝뚝 떨어진다."라고 대답을 했는데,

이젠 그런 대답 안 한다. 할 필요가 없는 것이다. 아무것도 도움이 안 된다는 것을 깨닫게 된 후부터는 더욱이 할 말이 없어졌다.

병 초기에는 나도 긍정적 생각과 자세가 있었다. 예컨대 '그래! 왼손이 없다 치더라도 오른손이 있지 아니한가? 이나마 없는 사람도 있을 텐데, 그에 비하면 나는 다행이 아닌가?' 등이다.

이런 낙천적 생각을 갖고 있던 나였는데, 너무나 길어지는 반신불수의 내 모양에 나 자신이 화가 치밀어 오르곤 했다. 슬리퍼를 신고 벗는 동작이 안 되고, 오른손에 칫솔을 잡고 왼손으로 치약이 안 짜지고, 계단을 내려가다가 조심을 해도 왼발 뒷굽이 걸려서 넘어지기를 수도 없이 되풀이하면서 마음속에 '자학(自虐)'이 일어났다.

불과 얼마 전까지 근육과 관절이 멀쩡하고, 시력도 좋고, 오장육부, 치아까지 모든 병원 자료에 '이상 없음'을 기록했던 내가 아닌가?

그런데 조금 늦은 나이에 큰일을 한답시고 현역 복귀를 했다가 새카만 후배뻘 되는 사람들에게 조롱거리가 된 나 자신을 괴로워했던 것 같다. 일에 관한 한 바른길을 걸으려 했고, 부끄럼 없는 처신을 하려고 무진히 애를 썼는데, 쓸데없는 접대성 과음과 과로, 불면 등에 시달린 것이 결국 이런 결과가 됐다고 판단이 되니 몹시도 후회스럽다.

'2년 전 다시 인도네시아 포스코 현장을 가지 않았다면, 그래도 이런 병이 왔을까?'

'하긴 내 몸의 지병이야 여기에 있든 거기에 있든 닥쳐왔을 거야.'

'아니야, 이런 병은 생기지 않았을 거야!'

무너진 외양간 앞에서 이리저리 후회도 하고 소득 없는 상상을 수도 없이 했다.

길거리에 나가 보면 모두가 똑바로 서서 잘도 걸어 다닌다. 왜 나만 이렇게 한쪽으로 구부러져서 쩔룩거려야 하나?

이런 반복적인 자괴감이 나를 괴롭히고 절망스럽게 했다.

'이렇게 사느니 그때 한방에 갔어야 했어! 그랬다면 이런 굴욕감은 느끼지 않았을 텐데.'

내가 좋아했던 북한산, 도봉산이 마들평야 넘어 파르스름하게 보인다.

'아~! 언제나 저길 다시 가 보나? 칼바위 능선, 진달래 능선, 우이암, 문수봉 그리고 보현봉. 너무 그립다.'

걷는다는 것은 단지 신체 행위를 넘어서서 그 순간순간 많은 것을 생각할 수 있는 '참선의 시간'이 되는 것 같다. 수락산은 아기자기한 골짜기와 봉우리가 잘 어우러져 있다. 내가 어린 시절, 그때도 집이 이 근처여서 이 산이 내 놀이터였다. 그때는 이 산은 벌거숭이 '민둥산'이었고 겨울엔 계곡물이 다 말라서 흐르지 않았는데, 지금은 숲도 깊고 겨울에도 계곡물이 흐른다. 산림이 우거져서 그런가 보다.

이렇듯 산천이 바뀌는 걸 내가 나의 당대에 지켜보았으니 나도 꽤나 오래 살았나 보다.

② 봉선사 불화반

나는 이때까지 종교가 뭐냐고 물으면 거의 습관적으로 "불교입니다."라고 대답은 했지만 실제로 부처님에게 신앙심을 가져본 적은 없다. 운동도 운동이지만 뭔가 정적으로 집중할 것을 찾아보던 중 서초동 모처에 민화를 가르치는 교실에 들어가서 그곳 선생님이 민화첩에서 골라주는 대로 하나씩 그려 나갔다. 연필로 본을 뜨고 초붓으로 먹선을 그린 후 채색하고 물붓으로 펴고 바름질 하는 과정이 재미있고, 정신적으로 열중할 수 있어서 좋았다. 모란도, 초충도, 호작도, 등등 이미 민화 대가들이 완성한 작품을 보고 흉내 내는 과정에 불과하지만, 선생님 지도를 받으며 한 점 두 점 완성되어가는 즐거움도 커졌다.

이때쯤이다. 전국 명 사찰을 찾아다니며 불공을 드리는 친구 부부로부터 한 가지 정보를 얻었는데, 광릉수목원 옆에 있는 '봉선사(奉先寺)'에 가면 불화(佛畵)를 그리는 교실이 있다는 것이었다. 그렇지 않아도 불교 공부도 하고 싶고 탱화, 단청(丹靑)에 관심이 있던 차에 봉선사를 한걸음에 달려갔다. 자동차 운전은 지장 없이 할 수 있어서 다행이었다.

법당 옆에 자리 잡은 '방적당' 건물에 학생 수는 약 20~30명 되었고 약 50대 중반의 양○○ 선생님을 모시고 진지하게 불화 수업을 하고 있었다. 선배 회원이 하는 것을 따라 하면서 이것저것 흉내를 내기 시작했는데, 나의 첫 수업 '소감'이라고 한다면, 엄청 엄숙하고 진지했으며 모두 바닥에 꿇어 엎드려 화지를 붙여놓고 붓을 곧추세운 채 숨소리 죽여 가며 한 줄 한 줄 내려긋는 동작이 참으로 진지해 보였다는 것이다. 회원들 수준은 미대에서 한국화를 전공했거나 전공까지는 아니어도 이미 오랜 경륜이 쌓인 고참들이라서 나 정도의 신입회원은 따라가기가 벅차다.

그런데 꿇어 엎드리는 자세를 도무지 할 수가 없었다. 선생님에게 내가 이러저러한 병으로 인하여 자세가 나오지 않으니 책상을 사용하겠다고 승낙받아서 오로지 나 혼자만 앉은뱅이책상을 놓고 수업을 받았는데, 이것도 사실 송구하기 그지없었다.

화선지를 판판한 마룻바닥이나 화판에 고정하고 '관음보살'이나 '나한도' 조사님들의 상을 뾰족한 초필에 먹물을 찍어 초(草)를 그리고, 석분 염료를 아교에 개어서 바림붓으로 채색을 해나가는 과정이다. 나 같은 초보자는 초필로 선 긋기부터 시작했는데, 몇 달이 지나가도 그다음 단계를 주지 않는다. 하는 수 없이 선 긋기만 그 더운 여름날에 열심히 했는데, 나에겐 관음보살상이라도 그릴 기회가 오지 않는다.

언제 끝날지 모르는 줄긋기 작업을 '염불하는 마음'으로 긋고 또 그었다. 열심히 선 긋기 작업을 하고 있을 때, 양 선생님은 회원들 작업하는 것을 이리저리 둘러보고 다니시며 내가 '줄 긋기'하는 것을 슬쩍 들여다보고는 아무런 말씀 없이 '스~옥' 지나쳐 버린다. 약간 무시당하는 느낌이 들었지만, 아무런 어필도 하지 않고 선만 그었다.

그러기를 몇 달이 지났다.

나보다도 후배로 들어온 회원이 있었는데, '아!' 차이가 난다. 그사이 나도 모르게 '그 단순한 선 긋기에도 이런 차이가 있구나.' 하는 것을 내 눈으로 발견하게 된 것이다. '아! 선생님 보기엔 내 선 긋기가 아직 수준에 못 미치니까 그다음 과정을 주지 않는 거로구나.'라고 스스로 느낀 것이 그때였다.

그로부터 얼마 뒤 불화반 왕고참 반장 아주머니에게 조심스레 물었다.

"줄긋기는 언제까지 하는 겁니까?" 하니까 내 마음을 읽었는지 관음보살상을 주면서 이걸로 초(草) 뜨는 연습을 하라고 했다. 불화반 수업이 훨씬 재미있어졌다. 그 시점, 봉선사에서 주관하는 불교대학 불교 기초반에 들어가 석 달간 강의를 듣고 졸업하는 날, 수계식에서 '행만'(行滿)이라는 법명도 받고 정식 수계(受戒)를 받았다. 주지스님이 108개 염주 목걸이를 걸어주면서 정진하라고 축원도 해 주셨다. 나는 정식으로 불교 신자가 된 것이다. 아직 믿음의 언덕을 넘지 못한 채….

겨울을 넘기고 봄철 석가탄일이 다가왔다. 불화반에서는 연중행사로 이날을 기하여 불화 전시회를 한다고 작품 준비가 한창이다. 나는 감히 출품할 엄두도 못 내고 있는데, 반장님께서 "행만 거사님도 작품하나 내세요." 하는 바람에 그날부터 무엇을 해 볼까 고민이 시작됐다.

생각이 정리됐다. 아무도 생각지 않는 것 '금강역사'를 송판에 그려보자는 것이었다. 당시 용암리에 있던 시골집 부엌 뒷문에서 떨어진 송판을 빼내어 80년 넘은 소나무 판재를 대패로 다듬어서 걸고리 구

멍을 뚫고 내 방식대로 주먹 쥐고 창을 들고 있는 '금강역사상'을 그려 냈더니 전시회가 열리자마자 내 그림이 첫 순서로 팔려 나갔다. 내 그림을 어느 관람객이 골라서 사 갔다는 얘기다. 다른 회원들 작품도 10여 점 팔려나갔다. 어쨌든 나는 기분이 좋았다. 그 '금강역사'는 지금도 작품을 사간 분의 댁에 수호신이 되어 그 집을 지키고 있을 것이다.

그로부터 불화반에서는 도봉산 석굴사, 남양주 수종사, 용문산 용문사 등지에서 불화 전시회를 열고 개인별로는 국가미전에도 출품하는 등 활동이 왕성히 이루어졌다.

봉선사 대형 괘불(掛佛) 작업에서 부처님 발가락에 채색 몇 번 하고 공동작가 이름에 올라갔다. 이듬해(2018) 부처님 오신 날도 불화전이 열렸는데, 민화 두 점과 방바닥에 놓는 스탠드 등 하나를 출품했다. 하지만 이번에는 한 점도 팔리지 않았다.

회원들과 더불어 전시작품 나르기, 전시회장 꾸미기, 전시장 내 전
깃줄 배선, 전등 설치, 쓰레기 정리 등 외관적인 일만 자청해서 도와
드렸다. 나름대로 회원들을 위해서 봉사했다고 생각한다.

전시가 끝나면 작품을 사찰 창고로 옮겨 정리하고, 개인 대작은 내
차에 실어서 그 댁까지 배달도 해 드렸다.

하지만 이런 활동을 하면서도 내 몸은 전혀 좋아질 기미를 보이지
않고 한쪽이 여전히 불편할 뿐 아니라 잔병치레(대상포진, 불면, 변비 등
등)를 계속 달고 살았다.

그림 그리기 자세는 구부린 자세로 오래 견뎌야 하는데 여기에 무리
가 있었나 보다. 옆구리, 등, 팔목, 허리 할 것 없이 엄청난 통증이 엄
습해 왔다. '병으로부터 나를 구완하는 데 있어서 이런 고정 자세는
좋지 않구나.' 하고 깨닫게 되면서 약 2년간의 불화 수업은 이것으로
접었다.

나는 중고 시절 미술반 활동을 하면서 전국 유명 대학에서 주최하
는 미술대회에 참가하여 다수 입상을 해 본 경력이 있다. 당시 집안
형편이 허락했다면 아마도 미대를 갔을 게다. 나의 짧은 서양화 식견
으로 불화를 본다면, 구도도 없고, 원근도 명암도 없고, 입체감 없는,
그냥 펼친그림에 불과하다. 그러나 이렇듯 단순한 것 같은 불화는 불
경에 근거하여 석가모니의 일대기를 그리거나 부처님의 설법 과정을
그리는 것이어서 깊은 종교적 소양이 필요하고 서양식으로 본다면 〈
천지창조〉 같은 성화(聖畫)라 할 수 있다. 엄청 수준 높고 접근하기 어
려운 미술이 불교미술이다.

봉선사 불화반 운영에 대하여 한 말씀 올리자면 〈교과과정〉(커리큘럼: Curriculum)을 정해놓는 것이 좋겠다. 예컨대 줄긋기 2달 후 지도교수 판단에 따라 다음 단계를 할 것인지, 아니면 줄긋기를 2달을 더하라든지 하는 과정을 연수자가 알고 공부하는 것이 좋겠다는 초보자의 건의이다. 엄격한 도제식 교육은 너무 힘들지 않을까 해서 드리는 말씀이다.

③ 정든 땅 용암리

집이나 농토를 비워둔 채 오래 두면 쉽게 망가진다는 말이 딱 맞다.

2012년 8월에 몸져누워서 입원했다가 귀국해서 또 입원하고, 집에 들어와서도 한동안 용암리 농토와 시골집에 가 볼 엄두를 못 내다가 가을이 되고 초겨울이 돼서야 큰맘 먹고 가 보았다.

이곳을 떠나기 전 경작도 못 할 것을 예상하고 밭을 정리해서 육송 소나무 묘목을 충북 영동지역에서 직접 천(千) 그루를 사다가 한 자 간격으로 심고 잡풀이 자랄세라 비닐 '멀칭'을 했다. 흙이 보이는 곳마다 멀칭하고 판자로 덮고 해서 긴 시간 동안 방치될 것에 대비해 놓고 떠났다가 지난봄 휴가 때 와서 하나 건너 하나씩 솎아내어 중간 크기로 자란 묘목 약 400모를 필요한 친구들에게 나누어 주었던 곳이다.

아직도 밭에는 약 500그루 이상이 이젠 제법 나무 모습이 되어 자라있었다. 그런데 비닐 멀칭 밑에서도 잡풀은 자라서 비닐 멀칭을 번쩍 들어 올려졌고 나무 밑동에는 비닐이 휘감겨서 목이 졸린 듯 잘록하게 기형적으로 자라있었다. 집안에도 마당에 잡초가 무성하여 이곳에 처음 왔을 때처럼 폐허가 된 모습으로 돌아가 있었다.

내 몸도 이렇게 망가져서 왔는데, 내가 아끼는 밭이며 집이 이렇듯 폐허가 되어 있으니…. 내 몸이나 이곳이나 무참히 무너진 꼴이 너무 섧다.

이런 모습을 보지 않았으면 모르되 내 눈으로 본 이상 이렇게 놔둘 순 없다. 창고를 뒤져서 예초기를 돌리니 신기하게 "왱~" 돌아간다. 내 몸도 못 가누면서 예초기를 둘러메고 집 마당 풀부터 후려친 다음 밭으로 나와서 길바닥까지 덮인 잡초를 쳐냈다. 쓰러뜨린 풀을 갈퀴로 걷고 한 귀퉁이에 쌓아 놓으니 높직한 낟가리 같은 퇴비 더미가 됐다. 멀칭 비닐을 하나씩 들어내고 그 밑에 햇빛을 보지 못한 노란 잡풀을 긁어냈다.

이삼 일간을 비척거리는 걸음걸이로 간신이 걷어내니 이제야 조금 훤하게 밭 모양이 보였다. 입구에 사시는 이웃들이 와서는 "어디 갔다 이제 오셨냐."라고 "걱정 많이 했다."고 했다.

'그래, 그랬구나.'

거의 매일 와서 이것저것 일하던 내가 해를 넘기도록 나타나지 않으니 궁금도 했겠다.

"아~, 이 나이 먹은 사람에게도 일이 생겨서 외국에 나가 일하고 왔다." 하니까, "그것도 모르고 동네 사람들이 걱정했다."라고 말해준다. 그런데 "병이 나서 이 모양으로 왔어요." 하니 "그만하기가 다행"이라고 위로해 주었다.

이러면서 2012년 겨울이 지나갔다.

다음해 봄이 왔는데, 밭일을 하는 것에 자신이 서질 않는다. 할 수 없다. 그냥 놔두되 내가 와 있으니 지난번처럼 폐허 모습은 안 되겠지 하는 생각으로 한여름을 그냥 보냈다. 그랬더니 온통 잡초란 잡초는다 자라고 가시가 많은 넝쿨이 온 밭마당을 덮어버린다. 1주일이 멀다 하고 예초기와 낫으로 제초작업을 해도 결국 잡초와의 싸움에서 내가 졌다.

절대 제초제 농약을 안 쓴다고 맘먹었지만 이젠 안 되겠다.

'근삼이'라는 농약을 뿌렸다. 풀만 죽고 나무는 죽지 않는다고 해서 안심하고 뿌렸다.

그런데 웬걸? 풀밭은 불난 들판처럼 벌겋게 변하고 입구에 내가 아끼는 보리수나무까지 노랗게 타죽었다. 안타까운 일이다. 어린 소나무도 꽤 많이 죽었다. 역시 제초제는 쓸 것이 못 되는 농약이다.

이 조그만 밭뙈기 300평에 내가 지다니, 한심했다.

전투하는 심정으로 쇠스랑과 괭이를 꺼내 들고 밭이랑을 만들기 시작했다. 온몸이 땀으로 멱을 감은 듯하고 힘은 빠졌지만, 내가 이기나 네가 이기나 하면서 하루 종일 땅을 내리찍고, 파 올리고, 고르고 해서 딱 1평짜리 밭두둑 한 개를 만들었다.

여기에 고추 모종 10개, 상추 모종 20~30개 심고 물주고 나니 이틀이 걸렸다. '아이고~, 요게 뭐냐. 이 땅을 내가 계속 갖고 있어야 하나?'라는 생각이 처음 들었다. 저녁때 집에 와서 집사람에게 이 말을 했더니 "생각 잘하셨어. 거길 하도 좋아해서 내가 말을 못 했을 뿐…. 그렇게 생각되면 팔아서 정리합시다."하는 게 아닌가.

그 후 며칠이 지나면서 이 생각을 머리에 넣고 지냈다. 아무래도 내 몸 상태로 이렇게 무리하면서까지 움직여야 할 자신이 없어졌다.

나이 먹은 조카도 내 심정에 충동질을 했다.

"작은아버지, 지금 이거 팔면 대략 몇 억은 될 텐데, 이걸 여기다 묻어놓고 있을 생각이세요?"

이것저것 생각하다가 나도 '정리하자' 쪽으로 마음이 쏠리기 시작했다. 가격도 내가 이걸 사고 나서 13년이 지났지만, 손해 본 것 없고 이거(밭일) 말고도 등산도 하고 다른 활동거리를 찾아서 하면 될 텐데 뭐!

이곳에서 가까운 청학리의 어느 상가건물에 있는 부동산 사무실에 들러서 "이거 내놓으면 팔릴까요?" 하고 상담을 했다.

부동산 사무실 여사장은 주소 연락처를 수첩에 적으면서 말했다.

"글쎄, 자신은 없지만, 매수 작자가 나타나면 연락을 드리지요."라고 했다. 나는 이 정도까지만이었는데, 그런데 그렇게 막연한 게 아니었다. 그로부터 이틀 후 어떤 후덕한 아주머니가 밭으로 나를 직접 찾아왔다.

"혹시 이 땅 파신다고 내놓으셨나요?"

"예."

"얼마에 내놓으셨나요?"

나는 이런 종류의 흥정에 있어서 밀당을 못한다. 항상 내게 불리한 흥정을 해왔다. 처음 부동산 사무실에 들렀을 때, 그 부동산 사무실 사장이 '대략 이 정도면' 하고 해 준 금액을 그대로 얘기해 버리고 말았다. 그러자 나를 찾아온 부인은 바싹 다가앉으면서 조르기 시작한다.

생각 좀 해 보자는데, 여기다 새집을 짓고 친정어머니를 모셔 오려고 한다 했다. 집에 와서 집사람과 상의하니 "그 정도면 손해 본 건 아니잖소?" 했다.

'그래~! 병들면 사람도 죽고 마는데, 이런 밭이며 집이 다 무어냐? 그나마 내 정신 있을 때 정리하자!'

이래서 눈 깜짝할 사이에 계약이 되어 버렸다. 집 내줄 날짜가 다가오면서 후회가 되기 시작했다. '이 집을 버리고 나는 어쩌나?' 하고….

그러나 약속은 약속! 집 정리를 하다 보니 그사이 내가 여기에 가져다 놓은 살림살이가 보통이 넘는다. 특히 필요할 때마다 비싸게 구입한 전동공구, 무쇠 난로, 미술도구, 이젤, 운동기구 등등. 지금 사는 아파트에는 가져다 놓을 곳이 없다. 그래서 고물 취급하는 분을 불러왔는데, 이런 걸 모두 한 트럭 그득히 실어 가면서 "이거 버리려면 저는 손해 봅니다. 섭섭하실 테니…" 하면서 달랑 오만 원짜리 한 장을 손에 쥐여주고는 "부르릉" 떠나 버렸다.

이래저래 내 마음은 몹시 속은 것 같은 화가 치민다. 그러나 그 집과 밭은 그 부인 앞으로 넘어갔다. 얼마 후 괜스레 그리로 차를 몰고 갔다. 아~! 어느새 새로 담장을 두르고 새 대문을 달고 그 너머로는 번듯한 현대식 주택이 버티고 서 있었다.

열린 대문을 조심스레 밀고 몇 발짝 들어가 봤더니 내가 심어놓은 소나무 몇 그루는 내 키만큼 자라 있고 나머지는 모두 뽑혀 있다. 나 혼자 힘들게 세워놓은 정자는 크레인으로 들어 옮겼는지 옆집 마당으로 가 있었다.

'으앙~!'

나는 혼자 마음속으로 울음이 터졌다.

내 심정은 마치도 사랑하는 애인이 어떤 놈에게 잡혀가서 몹쓸 짓 당한 것 같은 분노가 치밀어 올랐다.

지금도 가끔 그 낡은 집과 밭이 꿈에도 나타난다.

④ 침(針)과 뜸(灸) 공부

2012년 8월 인도네시아 현장 숙소에서 몸져누운 지 벌써 5년이 지났다. 그 사이 산길도 걷고, 그림 공부도 하고, 나의 몸과 마음에 치유가 될 만한 활동을 꾸준히 해 왔지만, 틈만 나면 온몸이 아프고 이런저런 잡병들이 끊임없이 쳐들어오는 고통의 연속이었다.

나의 병명은 서양의학에서는 뇌졸중, 뇌경색이라 하고 동양의학에서는 중풍(中風)이라는 병으로서, 뇌세포 일부가 파괴되어 회복이 되지 않는다는 고약한 병이다. 병 초기에 목숨은 살았으되, 망가진 뇌세포 때문에 그 반대편 쪽의 운동기능이 마비되어 근육, 관절, 신경 등이 작동이 안 되고 통증을 겸하여 시력도 떨어지며 목청도 마비가 되어 목 넘김이 어려운데다가 목소리도 잘 안 나온다.

나는 젊은 시절에 도장에서 '무술 운동'을 연마해서인지 인체의 급소와 관절의 꺾임, 혈관의 위치 등에 대하여 별도로 공부하지 않았지만 막연하게나마 기본적 지식이 있었다고 생각한다. 무도에서는 이런 경우를 "초보적 의통(醫通)이 열렸다."라고 말하기도 한다. 그래서인지 젊은 시절부터 집안 어른들이 허리, 다리가 아프다고 하시면 나는 마치 전문가인 양 통증의 급소를 누르고 주물러서 풀어드리곤 했다.

지난 5년간 나 스스로 이 병세를 이겨보겠다고 매달리기, 두드리기, 버티기, 걷기 등 여러 가지 자가 치료를 병원약 복용과 더불어 시행해 왔지만, 이젠 '이런 식으로는 더 이상은 안 되겠다.'라는 자각이 들기 시작했다.

세상에 떠도는 온갖 의학지식과 정보를 수집하여 분석하던 중 누가 일러준 것인지, 매스컴을 통해 접한 것인지, 무슨 계시를 받았는지 정확한 기억이 없는데, 한 가지 중요한 정보가 나에게 잡혔다.

그것은 뜸(灸)이었다.

나는 그 당시 뜸이 무엇인지 전혀 몰랐다.

새로운 것에 접근하기 위해서는 정확한 판단을 해야 하는 나의 성격대로, 우선 뜸에 대한 소책자 한 권을 구해서 정독했다.

이 책자는 죽염을 만들어내고 새로운 의학 분야를 개척하신 인산(仁山) 김일훈 선생의 제자분들이 발행하는 책자로서, 이 단체의 활약상과 난치나 불치병 환자들을 치료하여 성공한 실제 사례담이 가득한 책자였다. 이곳에 전화와 방문으로 얻어낸 추가 정보는 이렇다.

설악산 오색 약수터 부근에 뜸을 가르치는 학교가 있고, 이 학교에 입학한 학생들이 그 근처 민가에서 기숙하면서 뜸 치료를 하고 있다는 것이다.

이곳의 분위기는 병증이 매우 위중하여 생사를 앞에 놓고 죽기 살기로 뜸 치료에 열중하는 환자들이 대부분인데, 그곳의 말을 빌리자면 '죽으려고 왔다가 살아서 나가는 곳'이라고 했다. 이곳을 떠날 때는 가지고 온 침구를 불태우고 간다고도 했다.

일반적으로 '뜸'이란 오래된 마른 쑥 가루를 원추형으로 만들어서 환부(患部) 자리에 올려놓고 불을 붙여 뜨거운 열기로 병세를 다스린다는 우리의 전통 민간요법이다.

내 친구 하나가 인산(仁山) 의학에 깊이 심취한 사람이 있었는데, 이 사람이 또 다른 친구(모두 고교 동창생)의 병을 고쳐 주겠다고 본인 스스로 뜸 치료하는 방법을 알려주었다 해서 어떤가 살펴보았더니 뜸 뜬 자리가 살이 타고 곪아서 움푹 패여 있었다. 병자 친구는 병을 낫겠다는 일념으로 그 고통을 참으면서 뜸쑥을 올려놓고 화상을 입으면서까지 쑥뜸을 했다는 것이다.

이 깊은 화상을 보면서 내 생각이 정리됐다.

'이건 아니다.'라고…

이때부터 '뜸이 무엇이며 어디에서 제대로 된 뜸 공부를 할 수 있을까?' 검색을 하고 수소문한 결과, 가장 먼저 내게 다가온 것은 '남수침술원'이란 제자 양성학교였다. 1년짜리 코스였는데, 망설임 없이 입학하였다. 사전지식은 아무것도 없었다.

개강 첫날은 같이 공부할 서울 364기 클래스메이트들과 만났고, 첫 시간은 '경혈학'이란 과목으로 시작됐다. 동기생들은 나와 달리 이미 '구당' 선생님의 침·뜸 의학에 관해 많은 정보를 알고 있는 듯했다.

이곳은 보통 학원 같은 현대적 분위기에, 수강생들도 적당한 수준을 갖추고 있는 지식인들이며, 구당 선생님은 가끔 특강 시간에만 오셨다.(당시 102세) 그리고 보통날 수업은 선생님의 수제자 중 선발된 교수님들이 우리 같은 초보자 교육을 진행해 주셨다.

이곳에서 배우는 과목은 경혈학, 침뜸의학 개론, 병인과 병기학, 해부학과 생리학, 장상학, 진단학, 침뜸 실기학 등이다. 나로서는 뒤늦은 나이에 이런 학문을 체계 있게 공부하게 된 것을 행운이라 생각했다.

1년을 3학기로 나누어 초급반 중급반 고급반으로 단계가 올라간다. 첫 입학한 동기생들 전원이 낙오 없이 모두 고급반까지 올라와 같이 졸업했다.

졸업식 사진

  졸업시험으로는 '침·뜸요법사' 시험이란 것을 전남 장성에 위치한 '구당 선생님' 진료소인 '구당'에 가서 봤다. 거의 국가고시 수준의 엄격한 시험 관리하에 필기시험, 실기시험, 구술시험까지 진지하게 치러 내었고 합격 여부와 취득점수는 며칠 후 알려주었다.

  그러나 이 시험에 합격한다 해도 사회적으로 침, 뜸을 치료할 수 있는 의료인이 되지 못한다는 것을 우리는 모두 알고 있다.

  양의사나 한의사나 할 것 없이, 그들은 우리 같은 구당 제자를 몹시 싫어한다. 싫어하는 이유는 명백하다.

  첫째, '자격증도 없는' 동네 아저씨 수준으로 생각한다.
  둘째, '돌팔이치고는 너무 잘한다.'이다. 만약 우리 같은 사람들을 의료시장에 내놓으면 자신들의 밥그릇이 위태로워질 것이라는 우려 때문이기도 하다.

'뜸 사랑' 학교 졸업생들은 전국각지에 있는 봉사실에서 무료 봉사 활동을 하게 된다. 이곳에는 아침마다 몸 아픈 노인들이 줄을 선다. 후배 기수가 입구에서 접수를 받고 진료실 배정을 해 주면 선배 기수의 '침 뜸 요법사'가 진단하고 치료를 해 드린다.

태도는 엄숙하고, 마치 내 부모님을 모시듯 행동한다. 환자 노인들은 엄청 좋아하신다.

또 후배 기수가 졸업하고 봉사실로 오면, 선배 기수는 물러나서 자기 스스로 지역에서 봉사활동을 하기도 하고 해외로 봉사활동을 나가기도 한다.

의사, 한의사 협회에서는 이 봉사실을 고발하여, 사법기관에 불려가서 기소하느니 마느니 하는 경우가 너무 많았지만, 대부분 '기소유예' 판정을 받았다.

우리네 동문들이 경향 각지에서 무료 봉사를 하다 보니 어느 시골 노인 회관에서 동네 노인들에게 뜸 몇 장 떠 드리고는 입건된 적이 있었는데, 불기소 처분을 받았다 한다. 우리는 순수한 입장이지만 고발하는 사회적 시각이 몹시 섭섭하다.

구당 선생님은 105세로 작년에 작고하실 때까지 우리 같은 무면허 제자들 때문에 발 벗고 나서기도 했고 고초도 겪으셨지만, 우리 제자들은 스승과의 약속(무료봉사)을 실천했으므로 항상 우리 제자 편이셨다.

구당 선생님 자신은 일제 강점기에 존재했던 침구사 자격증을 가지고 계셨기 때문에 정식 진료소(전남 장성에 있는 '뜸집')를 가지고 계셨고, 이곳은 침구계의 세계적 명의를 만나고자 국내외를 막론하고 환자들이 몰려와 진료실 앞에서 며칠을 기다리곤 하는 장소이다. 나 자신도 졸업 후 실습 과정을 끝내고 태릉역 주변에서 무료 봉사활동을 2년간 했다. 우리 동기생 중 한 분은 자신의 농장에 설치한 실습실 겸 강의실을 제공하여 매주 한 번씩 모여서 그간 각자 겪은 경험과 공부한 내용을 서로 공유하여 부족함을 상호 보완해 가고 있다.

침, 뜸 이야기가 여기까지 온 이상 나의 스승이신 구당 김남수 선생님을 소개해야 되겠다.

선생님은 1915년 전남 광주에서 태어났다. 침 의원인 부친 밑에서 성장하면서 11세 때부터 침 의학 공부를 시작한 분이다. 부친은 침통과 뜸쑥을 들고 아픈 자가 있다면 먼 길을 불사하고 달려가는 진정한 인술을 베푸는 의원이셨다. 구당 선생님도 2020년 105세로 별세하실 때까지 무료 진료를 실천하시고 국내는 물론 미국, 독일, 일본, 중국 등지에서도 수많은 제자를 키워낸, 세계적 명의로서 인정받은 분이다.

이곳에 선생님이 침 의원 평생을 통하여 완성한 '무극 보양 뜸'을 소개한다.

무극(무량하다는 뜻) 보양(건강에 도움을 준다는 뜻) 뜸 방법인데, '이 뜸을 오래 실천하면 최고의 면역력을 유지하면서 무병하게 살 수 있다'는 '구당 의학의 진수'라 할 수 있다. 간단히 소개하자면 이렇다.

남자의 경우	여자의 경우
백회1개소	백회1개소
중완1개소	중완1개소
기해1개소	수도2개소
관원1개소	중극1개소
곡지2개소	곡지2개소
족삼리2개소	족삼리2개소
폐유2개소	폐유2개소
고황2개소	고황2개소
합12개혈(짝수)	합13개혈(홀수)

그러나 이상 소개한 혈(穴) 자리를 본인이 직접 찾아내기란 어려운 일이다. 뜸 사랑 졸업생들이 운영하는 봉사실이 전국적으로 서울, 부산, 대구, 대전, 광주에 있으니 그곳을 방문하셔서 봉사 요법사에게 뜸 자리를 표시 받으신 후 각기 가정에서 가족의 도움으로 뜸 뜨기를 실천할 수 있다.

구당 선생님의 저서 중 《나는 침 뜸으로 승부한다》를 읽으시면 이런 것을 이해하시는 데 도움이 될 것이다.

침, 뜸 치료 이외에 한 가지 더 중요한 전통 요법을 소개하자면 '부항 사혈 요법'이 있다. 혈관 속의 노폐물이 어느 한 곳에 뭉쳐서 혈행을 방해한다면 이것을 '어혈(瘀血)'이라 하는데, 이것을 방치하면 통증과 염증, 운동장애가 일어난다. 무릎이나 발목이 삔 것도 이와 같은 현상이다. '부항 사혈'이라 함은 이러한 통증 부분의 어혈을 빼어내서 어혈이 막고 있던 신체 부위에 신선한 혈액이 흐르게 함으로써 통증과 염증을 해결하고 신체의 가동을 원활하게 해주는 효과가 뛰어난 민간요법이다.

이것은 심천 박○○ 선생님이 다년간의 연구의 결과로서 내놓은 '심천사혈'이라는 방법입니다. 나는 심천 선생님의 친형이신 박○○ 선생님이 돈암동 부근에서 운영하시는 심천사혈 교실로 찾아가 얼마간의 사혈 수업을 받은 바 있다.

이 요법도 불법 의료행위라 해서 단속이 심합니다마는 나 정도의 실습 경험과 지식으로도 아픈 사람을 도와줄 수 있는 영묘한 치료법임에 틀림없다.

이러한 동양의학에 바탕을 둔 민간요법을 공부한 지가 어언 7년의 세월이 지나갔다. 지금은 나만의 이론도 생기고, 맥박 진단이라든가 어혈의 자리가 손끝에 느껴지기도 한다. 인체를 들여다보고 만져 볼 때마다, '아~, 조물주는 인간을 참으로 신비하게 만들어 놓았구나.' 하며 감탄하게 된다.

인간의 병 중에는 병원균이 원인이 되는 경우도 있고, 병원균이 원인이 아닌 병으로 나뉜다. 병균이 원인이라면 현대의학을 찾아가시고, 병균 없는 병(무수히 많습니다)은 동양의학을 공부한 의원(醫員)의 도움을 받아 병마를 이겨 내시기를 바란다.

그렇다면 이 공부를 여기까지 해 온 나는 어디쯤 와 있을까?

긴 역사를 가지고 있는 동양의학의 끝자락에 간신히 동승한 초보자에 불과하지만, 그러나 이것만은 말할 수 있다.

첫째 : 나이 먹어가며 쇠약해지는 근골격, 신경, 소화 기능에 대해 '내 자력'으로 침술과 뜸술로서 이겨 내고 있다.

둘째 : 공개적으로 봉사는 못 하고 있지만 굳이 찾아오는 친척, 친구, 친지들에게는 내가 할 수 있는 범위 내에서 극진하게 치료한다.

우선 환자의 병이, 내가 손을 대야 할지 아닌지를 먼저 살펴본 후 현대의학이 필요한 분은 병원으로 가시라고 권해 드리고, 내가 치료할 수 있는 범위라면 나는 나의 최선을 다해서 무한 봉사를 해 드릴 수 있다. 이미 여러 환자분들이 쾌차하여 감사하다는 인사를 받고 있다.

단지, 나같이 단기간의 의학 공부를 하신 분 중에는 마치 모든 병을 치료할 수 있다고 믿는 분들이 간혹 계신데, 분명히 치료할 수 있는 병과 할 수 없는 병세는 구별되어야 한다.

나는 내 인생에서 제일 잘한 짓 몇 가지를 손꼽으라 한다면 이 공부를 한 것을 꼭 넣고 싶다.

부록

／

못다 한 이야기

그동안 몇 개의 매체에 등재됐던 본인의 글입니다.

1. 나는 1·4후퇴 피난길에 태어난 '피난둥이'
   〈2020년《월간조선》특집(6·25 60주년 특집판)〉
2. 무병건강을 위한 생활선도의 입문
   (1997년《건설기술인》21호)

나는 1·4후퇴 피난길에 태어난 '피난동이'

(2020년 6월《월간조선》 6·25 60주년 특집판에 게재)

/

이 글은 나의 어머니와 형들, 그리고 내가 태어날 때를 같이 지켜보았던 작은 어머니, 작은아버지 등에게 들은 모든 이야기들을 재정리하여 내 딸들에게 이야기해주는 형식으로 구성해 보았다.

아빠는 6·25전쟁 때 태어난 '전쟁동이'란다.

1950년 후반부터 1953년 전반까지 태어난 사람들을 보통 그렇게 부르는데, 이 아빠는 그중에서도 또 다른 별명이 있었단다. 그게 뭐냐하면…, 남쪽으로 내려가는 피난민 행렬 속에서 태어난 '피난동이'라는 호칭이다.

1950년 6월, 전쟁이 시작되고, 7개월 후, 그러니까 1951년 1월, 압록강까지 북진했던 국군이 다시 후퇴를 시작했다. 왜냐하면 중공군이 개입되었기 때문이지. 이때를 우리는 '1·4후퇴'라고 부른다.

유난히도 추웠던 그해 겨울, 그야말로 엄동설한! 우리 가족은 우리 집 5남매, 작은집 2남매, 막내 작은집 3남매. 어른 다섯 명이 올망졸망한 형제 10명을 데리고 도합 15명이 피난길을 나선 셈이었어.

너의 제일 큰아버지(아빠에게는 큰형)는 그때 갓 20살로 서울대 1학년 학생이었는데, 서울대 연극반 동아리들과 함께 육군 군예대에 자원입대했으므로, 그다음 둘째 형(당시 고2, 17세)이 피난 식구 중 큰형이었고, 셋째 형은 12살, 넷째 형은 10살, 다섯째 형은 7살, 누나는 3살이었다. 그리고 사촌 형제들도 그와 비슷한 고만고만한 나이 또래였단다.

어른은 다섯 명이었는데, 울 엄마, 작은아버지 두 분, 작은어머니 두 분이었지. 우리 가족 15명은 1951년 1월 15일경 경부선 수원역에서 철도공무원으로 근무하는 막내 작은아버지의 주선으로 힘겹게 부산행 화물열차를 얻어 타고 피난길을 떠났단다. 그때 너희 할머니는 (1911년생, 당시 40세) 뱃속에 아빠를 임신한 만삭의 몸으로 말이다.

당시 우리가 타고 간 기차는, 지금 볼 수 있는 따듯하고 폭신한 의자가 있는 그런 기차가 아니야. 화물덩이를 싣고 다니는, 얼핏 감옥 창살이 연상되는, 창문만 몇 개가 높이 달린 텅 빈 공간, 흔히들 곳간차라고도 하지.

그때 피난민을 태운 화물차 내에는 짐이 2/3 높이로 쌓이고, 나머지 1/3 공간에 빈틈없이 사람들이 들어차고, 심지어는 지붕 위에도 수많은 사람들이 올라탔다고 해. 살을 에는듯한 겨울의 혹한, 기관차의 연기, 쏟아지는 졸음 속에서 손잡이 하나 없는 지붕에 매달려 절박한 한계를 겪으면서 몇 날 며칠을 남쪽으로 달리는 열차였대. 그나마 며칠씩이나 가다가 서다가를 수없이 되풀이하면서 가는 화물차. 그래도 우리 식구는 화차 안에 탈 수 있어서 다행이었다고 울 엄마는 수도 없이 회고하셨다.

출발한 지 닷새만인 51년 1월 20일. 우리가 탄 피난열차는 대전역

에 도착한 후, 며칠간을 정차 상태로 보냈단다. 좁은 화물칸 안에서 갑갑해 칭얼대는 어린 형제들도, 다리 한번 펴보지 못한 어른들도 마찬가지…. 역내 플랫폼이라도 내려서서 서성이거나 운동이라도 하면 좋으련만, 이 기차가 언제 갑자기 떠날지 모르니 그나마 자리 빼앗길까 봐 겁나서 꼼짝없이 쪼그려 앉아있었단다. 배는 고프지요. 춥기는 하지요. 무슨 수라도 써야 할 텐데….

그래서 제일 젊은 작은아버지와 17살 둘째 형이 사람들 사이로 요령껏 빠져나가서 어디선가 큰 망치를 가지고 나타났대, 두 분은 이 망치로 화물차 상단에 달려 있는 쇠창살 문의 창살 한 개를 힘겹게 두드려 뽑아내는 데 성공했다나?

어쨌든 우리 가족만 통과할 수 있는 작은 출입구가 하나 생긴 셈이지.

젊은 작은어머니들은 이 창문에 이불보를 로프처럼 걸어놓고 플랫폼에 내려와서는 주워 온 벽돌 받침에 냄비 걸고, 가져온 쌀로 밥을 지어 아이들을 먹였단다. 형들도 그 구멍으로 들락날락하면서 난리통에서도 뛰어놀기도 하고 말이다.

만삭인 우리 어머니만 그 좁은 창구멍으로 나가지 못하니 밑에서 밥을 싸서 이불보에 달아주면 두레박처럼 당겨 올려 화차 안에서 밥 한 덩이를 소금물에 자셨다고 했어.

그런데 다음날 저녁, 1월 21일 오후쯤. 조금 이른 진통이 시작된 울 엄마.

"아! 부산에 가서 몸을 풀어야 되는데…"

울 엄마는 당황하기 시작했어.

참, 아직 할부지 얘기를 안 했지?

그때 우리 아부지(당시41세)는 이미 부산에 가 계셨대. 명색은 출장차 가셨다가 못 올라오셨다고 하지만, 아마도 아버지만의 딴 이유가 있었던 것 같아. 좌우간 울 엄마는 몹시 어려운 상황에 처한 거야.

"어쩌나…. 이 추운 화차 안에서 애를 낳아야 하나? 어떻게 하지?"

그러는 사이에 날은 저물어 가고 진통은 점점 심해졌대.

출산 경험이 많은 울 엄마는 직감적으로 알았지. 곧 해산해야 한다는 걸…. 그래서 작은아버지와 둘째 형에게 얘기했어.

"어떻게 좀 해보라고…"

이 상황에서, 우리 날쌔고 용감하고 주변머리 좋은 둘째 형은 (고2, 17세) 대전역 주변, 허름한 동네를 발견하고 그리로 잽싸게 뛰어갔어. 거기에서 누군가 살다가 피난 가고 텅 비어 있는 빈집 하나를 발견했대.(거기가 대전시 소제동이야.) 지금의 대전여상고가 있는 주변이지.

그리고는 주변에서 나무 송판이며 짚단이며 이것저것 주워다가 아궁이에 불을 지피고 무쇠솥에 물을 끓여놓고, 울 엄마를 데리러 역으로 뛰어갔대.

그런데 그때 마침, 피난민을 태운 긴 화물차에 엄청난 화재가 났대. 누구의 실화인지 방화인지 알 수는 없지만 피난 짐과 열차를 맹렬하게 태우면서 점점 울 엄마가 앉아있는 화물칸으로 불길은 속수무책으로 퍼져 다가오더란다.(그 당시 화물기차는 기름이 밴 목재로 만들었다나 봐. 잘 타겠지?) 울 엄마는 배가 부르니 작은 창살 틈으로 나갈 수 없었어. 같이 타고 있는 피난민들은 아귀다툼으로 서로 빠져나가려고 발버둥 치는 틈 속에서 만삭의 울 엄마는 끼어들지도 못했어.

아…! 어째 이런 일이 있을 수 있나…!

아무도, 어떤 도움도, 할 수도, 해 줄 수도 없는 상황!!

평소 《박씨부인전》의 주인공처럼 슬기로웠던 울 엄마.

냉정히 마음을 정리하고 창문 밖으로 얼굴만 내민 채 작은아버지, 어머니께 비장한 유언을 하셨대.

"부산에 계신 아버지께 이 아이들 잘 데려다주시라고…" 말이야.

창문 밖에서는 모두가 발을 동동 굴렀지만 아무 소용이 없었어. 불길은 바로 옆 칸까지 바짝 타들어 왔다니까.

그때 기적 같은 일이 벌어진 거야.

대전역 철도직원들이 사력을 다해서 불탄 칸과 아직 타지 않은 열차 칸을 떼어 놓는 작업에 성공했대. 울 엄마와 뱃속의 나는 살아 난

거지.

화차 안에 가득 앉아있던 피난민들도 모두 내려버린 빈 화차 안에는, 연기만 가득 차 있었는데 울 엄마도 이 틈에 힘겹게 출입문 앞까지 기어서 나오고, 식구들도 쫓아 들어가 부축하고 해서 화물차에서 내렸다는군.

그 길로 준비된 따뜻한 방이 있는 그 집으로 들어가 한밤중쯤 나를 낳으셨대. 데워진 물에 나를 씻기고, 그 집 이불장에서 작은 솜이불 하나를 꺼내어 아기 포대기 만들고, 울 엄마도 모처럼 죽 한 그릇을 드셨대. 그래서 난 내 생일이 정확히 21일인지 22일인지 몰라. 그때 계셨던 어른들에게 여쭈어봐도 다 모르신다네….

시계도 없고 그게 그렇게 중요한 사실도 아닌 것이지, 그 상황에서 말이야. 아무튼 모든 과정이 끝나니까 새벽이 되더라는 군. 그래서 아마도 22일 축시쯤(1시~3시) 아닐까 짐작만 한대요.

온 식구들이 긴장이 풀리면서 졸음이 쏟아질 무렵, 대전역에서는 확성기를 틀고 큰소리로 피난민에게 알리는 방송을 하더란다.

"피난민 여러분…! 부산으로 가는 이 화물열차는 화재정리가 끝나는 대로 오늘 아침 다시 출발합니다. 모두 승차해주시기 바랍니다. 다시 한번 알려드립니다…!"

그러니 햇빛도 나기 전 어두운 추운 새벽, 태어나자마자 3~4시간 된 나를 솜 포대기로 돌돌 말아서 울 엄마는 대전역으로 걸어가야 했어. 몸조리는 고사하고 얼굴, 손, 발 할 것 없이 온몸이 부어서 집에서 신고 나온 신발에 발이 들어가지 않았대. 할 수 없이 신발 등 쪽을 가위로 째고 신은 후, 벗겨지지 않도록 (짚으로 꼬아 만든) 새끼줄을 칭칭 감아 감발을 하고서야 눈 쌓인 새벽길을 걸어서 대전역에 가까스로 도착. 다시 화물차를 탈 수 있었다 하네.

그런데 그날 아침에 바로 출발한다던 피난열차는, 하루 종일과 그 밤을 보내고 나서 23일 아침이 돼서야 출발을 했다는데, 그 하루 낮 하룻밤에 또 어떤 일이 생겼냐 하면, 피난열차에 헌병들이 올라와 피난민 틈을 헤집고 다니면서 일일이 피난민 신분증 검사와 '남하허가증'을 조사, 검문했다는데 말이야. 왜 이런 검문을 해야 하냐면, 당시 피난민을 가장하여 남쪽으로 잠입하는 첩자들이 그렇게 많았다는 거야.

그런데 우리 가족은 그런 것에 대비하여 아무 준비도 없이 서둘러 집을 떠나온 상황이어서 신분증이나 허가증이 있지 않았어. 가까이 다가오는 헌병들을 보니 미군 헌병들이었대. 신분증이나 허가증이 없는 사람들은 사정없이 곤봉으로 등짝을 후려치고 화차에서 끌어 내리게 하는데 기세가 살벌하더라는 군.

우리 가족은 또 한 번 위기에 직면했어. 모두 두려워서 떨고 있었대…. 그러던 중 드디어 우리 가족 앞에까지 허리를 구부리고 기어 오다시피 한 미군 헌병. 뭐라고 뭐라고 명령을 하는데 아무도 대답을 못 하고 파랗게 질려 있었대.

헌병이 드디어 소리를 지르며 모두 내리라는 손짓을 하더래.

"모두 내려! 내려!!" (험악하게 말이야.)

바로 그때, 내가 갑자기 "앙 ~앙~~~~!!" 울기 시작했대. 목청껏 말이야.

헌병이 멈칫하며 아가 울음소리를 듣더니, 울 엄마를 쳐다보고는 "베이비~? 베이비?" 하더래. 울 엄마는 영어를 할 줄 몰라. 외국어라고는 왜정 시절 소학교 때 배운 일본어밖에 없었지. 그냥 본능적으로 미국 헌병에게 일본어로 말했대. 오늘 아침에 이 애를 낳았다고….

그런데 신기하게도 미군 헌병이 일본어로 대답하더래.

"아, 옥상! 괜찮으냐고 아기는 어떠냐?"라고….

울 엄마는 한편 놀라우면서 또 일본어로 얘기했대.

"괜찮다고, 건강하다고. 여기 우리 가족 부산 가게 도와주세요. 애들 아버지는 은행 근무하고 저 시동생들은 공무원이라고 했대요."

신기하지요. 그 미군 헌병은 고개를 끄덕이며, 자기는 일본 오키나와에서 주둔하던 미군이라며, 거기서 일본어를 배운 사람이라고 자기를 소개까지 하더래. 그러면서 자기가 가지고 있던 허가증 종이에 사인까지 해주면서 잘 가라고 인사까지 하고 나가더래요.

험악한 전쟁 통에 이런 기적과 행운이 있다니, 그래도 우리 가족이 조금씩 쌓아왔던 인덕(人德)인지 조상님의 음덕(蔭德)인지 감사할 따름이지.

이렇게 힘들게 떠난 피난열차는 쉬엄쉬엄 며칠 만에 드디어 낙동강 철교를 건너게 되었대.

그런데 철교를 건너는 기차 안에서 나는, 태어난 지 불과 며칠 만에 최대의 생명의 위기를 맞이했대요. 먹을 것도 없고, 각자 자기 목숨 하나 간수하기 힘들었던 참혹한 극한 상황. 철교를 덜커덩거리며 천천히 통과하는 화물차에서 뭔가가 휙 떨어지더니, 여기저기서 "휙~풍덩(꽁꽁 언 낙동강 얼음 바닥에 철썩 철썩)" 떨어지더래.

그때 떨어진 것이 뭔지 알아?

어린 아기들이래…. 정들기 전에, 이깟 놈들 지금 딴 애들 돌보기도 힘들어 죽겠고, 나도 죽을 판이다. 그래 너도 차라리 이쯤 편히 가거라. 이런 식으로 광란 같은 순간이 철교를 통과하는 몇 분간이나 계속되었다는 거야. 심지어는 열 살 전후의 제법 큰 아이들도 밀어냈대. 안 떨어지려고 바둥대는 아이를 마구 밀어 떨어뜨리더래. 전원 미친 사람들 모양으로…!

그때 울 엄마의 상태는 온몸이 산후중독으로 완전히 퉁퉁 부어 얼굴을 알아보지 못할 정도고, 머리카락도 빠지고, 추위와 배고픔, 누구 하나 도울 수도 없는 추운 화물차 안, 밀려 들어오는 찬바람.

젊은 막내 작은아버지는 큰형수의 몰골에 화가 머리끝까지 났대. 밖에서는 버려진 어린 아기들이 철교에 부딪히며 오리알 떨어지듯 툭툭 떨어져 내리고, 작은아버지도 드디어 이성을 잃었다네.

울 엄마에게 나를 빼앗아서, "이놈 버리자고! 저놈들 여섯이나 있는데 이깟 놈이 뭐냐고. 형수가 살아야 될 것 아니냐고…." 하면서 형수와 시동생은 나를 놓고 좁은 공간에서 싸웠대.

울 엄마는 내 몸 위에 몸을 덮치고 시동생의 광기를 이겨 내려고 소리쳤대.

"안 된다고, 죽으려면 함께 죽겠다고…."

그러다가 기차는 철교를 건넜고, "철거덩 철거덩" 쇠붙이 부딪치는 소리도 다소 잠잠해졌대. 어쨌든 기차는 1월 말경 부산 초량역에 도착했대. 거기서 울 아버지의 육남매는 아부지와 상봉을 하게 됐는데…. 울 아버지 첫 질문….

"이놈은 누구냐?" 하시더래.

울 엄마 왈, "당신 막내 자식이요. 죽은 놈 살아온 줄 아시오." 했다
나…. 하여튼 옛날 아버지들은 대단하신 분들이야….

나는 전쟁에 대한 기억은 없다. 그러나 태어나면서부터 온몸으로 겪
어야 했던 것 같다. 울 엄마는 그 후에도 1월 내 생일 때만 되면, 때
맞추어 출산 중독 같은 흡사한 증상으로 시달렸다. 그러다가 68년 1
월 24일.(내 나이 17살 생일 이틀 후. 내가 태어난 시각 한밤중에) 돌아가셨
다. 그때 울 엄마 나이 58세…. 이 아픈 기억은 70여 년을 살아온 내
가슴에, 아직도 시리도록 서럽다.

울 엄마는 아들 여섯을 낳아서 그중 세 명을 전쟁터로 보냈다. 장·
차남 두 명은 6·25에, 오남은 월남전에 보내고 속이 까맣게 타셨다.
종전 후 수복해서 내가 살던 곳이 수원시 매교동 1번 국도변이다.
매일 아침밥만 먹고 대문 밖에만 나가면 구경거리가 있었다. 6·25 참
전 유엔군들이 탱크, 장갑차, 트럭들을 타고 굉음을 내며 먼지를 일
으키면서 매일 남쪽으로 남쪽으로 끝없이 가는 모습을 보았다.
흰둥이, 검둥이 우리 비슷하게 생긴 사람들…. 우리는 그들이 지나
가면 무조건 "헬로~~~~" 하고 소리쳤다. 가끔 껌이나 사탕을 던져
주면 주워 먹는 재미로 말이다.

인구 분포적으로 50년과 51년생이 그 숫자가 적다. 전쟁고아로 입
양됐거나, 버려져 죽거나. 살아남은 자들은 먼저 간 친구들에게는 미

안한 얘기지만, 다소 이득을 본 점도 있다. 예를 들자면, 중·고·대입
시 경쟁률이 낮았다거나 하는 등이다.

　나의 출생신고는 재수복 후 우리 아버지가 수원 시청에서 하셨다.
나의 호적에는 다음과 같이 쓰여 있다.

"신현호 51년 1월 22일생. 충남 대전시 소제동 번지 미상 출생"

무병 건강을 위한
생활선도의 입문
<I>

/

〈제1장〉 여는 말

우리 주변에는 뚜렷한 병명도 없이 각종 이상 질환이나 나름대로 건강 문제로 어려움을 겪는 많은 사람들을 찾아볼 수 있다. 하기야 쇠붙이로 만든 기계라 할지라도 오랜 세월을 사용하다 보면 고장이 나기 마련인데, 어찌 우리 몸인들 성하기를 바라겠느냐마는, 그래도 살아가는 동안에 별 탈 없이 쓰다가 벗어던질 때가 되면 가볍게 벗어야 하지 않겠느냐는 생각이 든다.

이런 문제들에 봉착된 우리네들은 항시 입버릇처럼 말하기를 운동 부족이라 하여 이런저런 운동을 골라서 해보기도 한다. 그러나 얼마 후 게으른 또 다른 자기와의 타협이 시작되고, 그로부터 며칠 후엔 원점에 와있던 것이 몇 번이 되기도 했을 게다. 이것을 작심삼일(作心三日)이라 했던가?

현대 도시인(都市人)들이 가질 수밖에 없는 구조적인 스트레스와 자연(自然)불친화적(不親和的) 생활방식(生活方式), 충분치 못한 건강관리를 위하여 요즈음 한창 인기와 붐을 이루는 단전(丹田)호흡법과 기(氣) 수련에 관한 이야기를 이곳에 소개하고자 한다.

필자는 약 3년 전 이유 없이 시작된 무기력증과 소화불량, 어깨 결림, 손 저림 등의 신경통 등으로 내심 적잖은 고생을 한 바 있다. 그당시 함께 근무하던 한 분이 있었는데, 첫눈에 보아도 좋은 혈색, 건강한 체격, 활발한 성격을 가진 동갑내기였다.

어느 날 그분으로부터 우연히 선도(仙道) 수련에 관한 이야기를 들을 기회와 그와 관련된 작은 책자 한 권을 받은 것이 오늘날 내가 선도 수련과 인연을 맺게 된 동기이다. 그로부터 지금까지 수련 도장 3개소(국선도, 단학선원, ○○선법)를 거치고 이에 관련된 서적 약 30여 권을 읽었으며, 섭생과 보조운동을 겸하여 수련을 계속하여 왔다. 이제야 이 수련의 끝자락에 간신히 동승한 정도의 필자가 이런 글을 부탁받고 과연 이것을 감히 써낼 수 있을까 하는 고민을 하지 않을 수 없었음을 토로한다.

그러나 우리 주변에 많은 이들이 건강과 자기 발전을 위하여 무엇인가를 하고자 하되, 그 길을 쉽게 찾지 못하는 것이 안타까워 필자가 가 본 이 길(道)을 공유하여 그 기쁨을 같이했으면 하는 바람이 이 글을 쓰는 이유의 전부이다. 마치 복음(福音)을 전파하는 심정으로 미력하나마 이 길(道)을 소개하려 한다.

"선도(仙道)가 무엇인가?"라고 물으면 흔히들 연상하기를 흰 도복에 하얀 수염의 신선(神仙)이 동굴이나 초당에 정좌하고 긴 시간을 요지부동하는 모습이나, 혹은 무협소설에서나 나올법한 초능력(超能力) 등을 떠올리게 생각된다.

혹자는 무속(巫俗)과 연관시켜 미신이라 생각하는 경우도 보았으며

도가(都家)의 방중술(房中術) 같은 것도 함께 취급되는 경향도 있고, 기존 종교인들은 종교 배타적 요소가 있는 것으로 생각하는 분들도 많이 만나 보았다.

그러나 이러한 연상이나 편견은 잘못되어 와전된 도교(道教) 말기적 퇴폐성 요소의 잔재이며, 무속적(巫俗的) 요소라든가 종교(宗教) 배타적 요소는 없다는 것을 단언하여 밝혀둔다.

선도의 발생에 관한 설(說)은 말 그대로 '설(說)'답게 설왕설래(說往說來)할 정도로 많다. 고대 동양 각처로부터 자연발생했다고도 하고, 도가(道家)로부터의 유래설도 있고, 우리 민족의 고유의 것이라는 주장도 있으나, 이 점에 관하여는 차후 개인적인 연구로 그 해답을 찾으시길 바란다.

선도는 스포츠(운동)적 요소와. 동양 의학적 요소, 무술적 요소도 공존하며 여기에 호흡과 마음(心)적 요소가 더해진다.

먼저, 스포츠적 요소는 운동 부족으로 굳어진 전신의 관절과 근육, 신경을 자극하고 뭉친 곳을 풀어주면서 혈행(血行)을 왕성히 도와주고 전신의 활력을 살려내어 줄 것이다.

동양의학적 요소는 수련을 통하여 몸 안에 내재 되어 있는 병적 요소를 자연 치유하게 되고, 그 힘이 넘치면 타인의 병인을 치료하는 자연적 능력이 생겨난다. 옛날 어머니들이 "내 손이 약손이다."하시며 아픈 배를 만져주면 배앓이를 낳게 해주던 기억을 생각하시면 바로 그것이다 할 것이다. 호흡과 마음을 고름으로써 짧은 호흡으로부터 기인하는 산소부족과 복잡한 사회에서 누적된 스트레스와 전투적 성질은 부드러운 심성의 소유자로 순화될 것이다.

그러나 선도의 기량은 스포츠나 무술같이 눈에 보이지 아니한다. 또한 그 효과도 개인에 따라 단시일 내에 느낄 수 있는 사람과, 다소 시간이 걸리는 사람이 있을 수 있다. 설혹 늦어진다고 해서 수련의 질이 떨어지는 것은 아님을 알아야 한다. 수련의 결과를 조급히 기다리는 기대감 때문에 혹자들은 이 길에 대한 확신이 결여된 채 수련에 임하는 것을 볼 수 있는데, 이는 시간 낭비이며 수련에 지장이 될 수 있다.

선도를 소개함에 있어서 중요한 관건이 되는 두 가지를 제시한다.

첫째, 수련 초기에는 훌륭한 지도자가 있는 수련 도장에 입회하여 100일 이상의 수련일을 채워야 한다. 책자에서의 전달 방법으로는 초보자로서 이해하고 수련하기에는 복합적 내용이 많으므로 필수적인 과정이라 할 수 있다.

둘째, 수련 결과에 대한 조급한 마음을 버리고, 보이지 않는 길이지만 분명 존재하는 길이므로 '나도 그 길을 찾을 수 있다.'라는 확신을 가지고 지극한 정성과 열성으로 수련에 임할 것을 당부는 바이다.

필자가 맨 처음 선도에 입문하여 접하게 된 관련 책자나 지도자들의 설명에서는 다소 납득하기 어려운 용어로 가득 찬 것에 놀랐고, 수련 체험기 등은 다소 과장된 신비론에 가까운 이야기가 대부분이어서 곤혹스러웠던 기억이 있다.

그러나 이제는, 필자가 입문자에게 선도를 수련하는 구체적인 방법을 이야기하려 함에 있어서 어쩔 수 없이 이해 못할 용어를 사용할수도 있다. 하지만 이에 대한 이해는 반복되는 수련과 관심에 따라서어느 일정 기간을 두고 점차적으로 체득될 것이다. 체지체득(體知體得)이라 한다.

이는 마치 어느 문학작품을 읽음에 있어서 어린 시절 읽었던 느낌과 성인이 되어 다시 읽었을 때의 느낌에는 현저한 차이가 있을 수있으며 심지어는 작가의 의도까지도 이해할 수 있듯이, 수련의 방법과 관심을 더할수록 그에 대한 이해의 도(度)에는 차이가 있는 것과같다.

한편 수련의 질에도 명백히 차이가 난다는 것도 알아야 할 것이다.그러나 가급적 체육학과 의학 지식에 합당하도록 쉽게 설명하여 가시적으로 보여주고 과학적으로 증명하기를 좋아하는 우리네 현대인의선도 입문에 도움이 되고자 노력하려 했다.

이 수련을 통하여 복잡한 산업사회에서 적체된 피로, 불량한 자세,가느다란 호흡, 스트레스, 무절제 등등의 조화롭지 못한 생활을 영위해 가는 현대인들의 손상받은 생명력을 회복하는 기회가 되시기를 바란다.

신선이 되는 것은 그다음 문제이고, 개인적으로는 건강을 보장받음에는 의심의 여지가 없다. 이로 인하여 생겨나는 건장한 기운은 가정과 사회에 공헌할 수 있는 원동력이 되리라 굳게 믿는다.

〈제2장〉 선도의 기본적 이해를 위하여

선도에 있어서 가장 대표적 수련 과정의 하나인 단전호흡이란 무엇인가?

그 결론부터 말하자면 갓난아기의 본능적 호흡 방식이라 이해하면 크게 다르지 않다. 신생아의 맹렬한 세포분열에 필요한 '생명에너지 발생법'이다.

아기들의 호흡을 관찰해보면 머리 윗부분(백회혈)과 아랫배가 숨 쉴 때마다 일정히 움직이는 것을 볼 수 있을 것이다. 갈빗대(늑골)가 움직여서 이루지는 흉식 호흡과는 차이가 있으며, 성인이 되면서 바뀌어버린 목에서 한 뼘짜리 얕은 호흡 습관을 의도적으로 세 뼘짜리 깊은 호흡으로 바꾸는 수련이라 할 수 있다.

목에서 한 뼘 되는 위치는 가슴이 답답할 때 주먹으로 본능적으로 두드리는 바로 그 자리(임맥의 전중혈 자리)이며 현대인들이 흔히 겪는 스트레스가 쌓이는 곳이기도 한다.

단전호흡의 필수적 선행요소는, 전신을 도인 체조 등으로 자극·이완시키고, 임맥이 열려야 하며, 하단전까지의 깊은 호흡과 의식의 집중이 되어야 된다.

"여기서 언급한 도인체조, 임맥, 하단전, 의식의 집중 등의 용어는 입문자로서는 생소할 수밖에 없으나 전자에서 말한 바대로 반복의 수련과 공부로서 이해하시기 바람."

단전호흡이 진행되면 하단전에는 따뜻한 열기와 전류 같은 미세한 움직임, 진동 등이 감지되는데, 이러한 감각들은 심적 심도와 호흡의 흐름에 따라 마치 화덕에 불을 피워내듯 그 열기의 크기가 커지며, 하단전의 열기가 넘치면 그 열기의 흐름은 더욱 아랫배로 내려가 항문 부위를 지나 등줄기를 타고(독맥이라 함) 뜨겁게 전달되어 오르게 되어 있다. 열기가 하단전에서 시작되지 않고 전신이 갑자기 뜨거워지거나 머리 쪽에서 시작되면 즉시 단전호흡을 중지했다가 한참 후 다시 시작해야 한다. 독맥을 타고 흐르는 열기가 머리에 도착할 때는 반드시 서늘한 기운으로 바뀌어야 한다.

그러면 흔히들 이야기하는 기(氣)란 무엇인가?
바로 전에 설명한 단전호흡에서 발생하는 열기와 전류로 감지되는 그것을 기(氣)라고 말할 수 있는데, 과학적 의미로서는 에너지이고 선도에서의 기는 생명력이다. 생명을 유지하기 위한 에너지는 생명이 있는 한 누구나 가지고 있으되 약화된 생명 에너지를 선도 수련을 통하여 의도적으로 강화할 수 있으며, 이 강화된 에너지 진기(眞氣)를 스스로 발생시키고 필요한 곳으로 보낼 수 있는 과정(運氣)들이 선도 수련에 핵심이 된다 하겠다.

"기(氣)란 과연 존재하는가?"라는 의문에 대하여 실증적 대답을 하겠다.
창피스러울 때 얼굴이 빨개지며 화끈거리는 현상, 에로틱한 상황에서의 신체적 반사작용, 공포에 떨 때 일어나는 소름 끼침, 급체했을 때 뱃속의 싸늘함 등은 기 수련을 전혀 하지 않은 누구라도 경험해본 기(氣)의 현상이다.
열기와 전류로 감지되는 기는 궁극적으로 무엇을 하자는 것인가라는 질문을 하는 분을 보았다. 우리 신체에는 장기와 피부를 막론하고 불치병이라고 하는 암이 생겨날 수 있으나 생명이 다 될 때까지 따뜻하게 움직이는 심장과 소장에 암이 있었다는 보고는 아직 의학계에 없다. 암 치료에도 열 치료가 있음을 우리는 안다. 기는 또한 뭉쳐있는 근육과 어혈, 관절을 풀어주고 질환을 자연 치유하고 신체적 여건을 유아적 상태로 전환시키는 능력을 가지고 있다.

　다음으로 단전호흡과 기(氣) 수련을 위하여 긴 시간 동안 정좌하거나 혹은 선 자세 또는 누운 자세로 수련에 열중하는 동작(行功 수련이라 함)은 무엇인가?

　이러한 동작을 이해하기 위하여는 먼저 잠자는 현상을 설명하겠다. 잠들어 있는 동안 우리 육체는 에너지 소비를 최소화하며, 맥박과 호흡량, 혈압이 내려가며, 뇌파는 수면파로 변하고 의식은 수면의 깊이에 따라 감소된다. 따라서 신체와 정신은 휴식을 이루게 되고 에너지의 재충전이 가능하다고 본다.

　행공 수련이 수면과 다른 것은. 의식은 분명하나 뇌파는 수면파(알파파)가 되고, 호흡량은 최대이고 혈행(血行)이 왕성해지며, 신체 내에는 강화된 생명에너지 진기(眞氣)가 충만해지는, 수면보다 더 강력한 휴식 과정이다.

　이 과정을 통하여 몸과 마음은 한없이 맑아지며, 뇌 능력은 배가되고 체내에 적체된 노폐 물질은 왕성한 혈행(血行)으로 체외로 배출된다. 따라서 약 30분간의 행공(行功)으로도 단잠을 자고 난 듯한 산뜻함을 느낄 수 있을 것이다.

기존의 선도 대가 선생님들이 쓴 교과서에는 이렇듯 결론부터 설명된 예는 거의 없다. 그러나 필자는 신선선도(神仙仙道)가 아닌 생활선도(生活仙道)로서의 범위에서 입문자들이 가장 궁금해하는 문제에 대하여 먼저 가볍게 다루어 보았다. 하지만 이러한 과정을 자기 것으로 만들기 위하여는 여러 가지 수련 절차가 있음을 알아야 할 것이며, 상당한 뜻을 세우고 수련에 임하여야 할 것이다.

호흡 수련이 시작되면서 내부적으로부터 시작되는 또 하나의 과정은 의식의 흐름과 내가 만나는 과정이다. 평소 무의식이었던 나의 의식이 의식 속의 의식으로 떠오르게 된다. 예컨대 "지금 나는 무엇을 하고 있나?"라는 의문이나 회의, 잡다한 고민거리, 그날 있었던 이런 저런 사건 등이 꼬리를 물고 이리저리 흘러 다니며 머릿속을 채우고 흩어진다.

선도를 수련함에 있어서 가르치기를 "의식을 조용히 수습하여 하단전에 모아야 한다."라고 한다. 그러나 수련 초보자에게는 불과 2~3호흡을 넘기지 못하고 의식은 망념이 되어 마구 돌아다니게 되기가 십상이다. 과연 이 문제를 어떻게 극복할 것인가?

불교적 선에서는 분명한 과제, 즉 화두(話頭)를 가지고 선(禪)에 임하므로 그 식으로 말한다면 대답이 될 것이다. 그러나 선도(仙道)에는 불교식 화두는 없다. 그러나 그 대신 '나 자신과 나의 생각을 관조(觀照)'해야 한다. 즉 생각이 가는 대로 물 흐르듯 따라가 보는 것이다. 제삼자가 되어 나를 바라보는 마음가짐이어야 한다는 말이다. 이 과정에서 발견되는 나의 수준은 결코 아름답지도 고귀하지도 않다는 사실을 알 수 있을 것이다. 나의 의식이 망념(妄念)이 된 것을 알 때는 이를 스스로 꾸짖고 다시 나에게로 돌아와 하단전에 집중시키는 연습을 계속해야 한다.

이런 망념을 방치해서도 안 되며, 망념과 환상에 몰입해서도 안 된다. 또한 의식(意識)을 놓쳐버려서도 안 된다. 도망가려는 의식을 수습하여 하단전에 머물게 하고 그곳에서 무슨 일이 일어나고 있는가를 내 몸을 투시하여 심안(心眼)으로 바라보며 관찰·관조(觀照)해야 한다.

그러나 이 과정은 결코 쉬운 일이 아님을 필자는 잘 알고 있다. 망념 중 가장 질기고 떨치기 어려운 것은 애욕(愛慾)으로서, 석가모니께서조차 말씀하시기를 "이 세상에 애욕이 둘만 있었더라면 도를 이룰 자 아무도 없을 것"이라 하셨을까? 선도 수련 초기에 부딪히는 이 과제는 선도 종국적 경지까지 가야 한다는데, 필자로서는 아직도 그저 틈만 있으면 이리저리 도망 다니는 고약스런 망념을 붙들었다 앉히기에 바쁜 과정에 와 있을 뿐이다.

생활선도의 수련 단계로서는,

첫 번째 단계, 기운을 모으는 축기(蓄氣)의 단계라 하며, 이 과정은 선도를 수련함에 있어서 초보적 단계이며 또한 필수적 단계이다. 이 단계의 수련이 부실하면 다음 단계에 접어들기 어렵다 할 수 있다.

두 번째 단계, 기운이 커지는 기장(氣壯)의 단계라 하며 기(氣)의 발생과 운기에 대하여 터득하고 전신이 기로 충만하게 되며 일상적 생활 도중에도 자동적으로 수련이 이루어지는 생활 수련 단계가 된다. 또한 신체의 구조와 원리에 대하여 스스로 느낄 수 있으며, 기와 마음이 일치하는 것을 체험하게 된다.

세 번째 단계, 기를 활용, 운용(運用)하는 단계가 된다. 자신에게서 넘쳐나는 진기를 타인을 위하여 활용할 수 있는 단계로서 치유 능력을 겸비하게 된다. (活功이라 한다.) 자신을 치유하고 생활의 리듬과 마음의 컨트롤이 이루어지는 단계이다. 단, 충분히 기장(氣壯)의 단계에 도달하지 못한 상태에서의 기의 운용은 본인의 기를 약화시킬 수 있음을 유의하여야 할 것이다.

네 번째 단계, 신선선도(神仙仙道)에서 말하는 신명(神明)의 단계를 들 수가 있겠다. 그러나 이 글에서는 생활선도 수준의 설명에 국한하고 신명의 단계에 대한 설명은 생략하겠다.

지금까지 단전호흡, 기(氣) 수련, 기(氣)의 운용 등에 대하여 알아보았다.

그러나 정작 단전(丹田)이란 무엇인가?

동양의학적 해석으로서는 사람의 신체에는 손과 발바닥의 한복판 장심에 4개의 외단전(外丹田)이 있고 아랫배 안쪽, 가슴 안쪽, 양미간 안쪽에 각각 하단전, 중단전, 상단전이라 칭하는 3개의 내단전(內丹田)이 있다고 본다.

해부학적으로 단전 부위는 가장 섬세하고도 민감한 실핏줄과 신경이 모인 곳으로서, 신체 전체의 중요 부위와 연결된 신경과 혈맥 그물

망의 스위치 같은 곳이다.

선도적 해석으로서의 단전은 마음과 현실이 만나는 자리이다. 즉 집중된 의식으로서 혈액의 집결을 유도하고 그로 인해 발생하는 열기는 진기로 화(化)해 에너지를 방출하는 용광로가 바로 이곳이다.

일곱 개의 단전 중에서 중단전과 상단전에 관하여서는 수련의 깊이가 상당히 진척된 후에라야 이해가 되는 부분으로서, 본 장에서는 그에 관한 설명은 생략하겠다.

초보자에게 있어서 단전으로부터 과연 생명 에너지가 생성되고 그것이 운기 될 수 있을까 하는 의문은 당연하다. 이것에 대하여 단전과 기의 실체적 존재를 느껴봄으로써 확신을 줄 수 있는 최초 단계를 소개하니 각자 시행해 보시기 바란다.

손바닥 장심에 있는 2개의 단전은 초보자에게 가장 접근하기 쉬운 민감한 곳이다.

양팔을 가볍게 두드리고 두 손을 두드리고 비빈다. 그리고 손뼉을 십여 번 치고 마음을 가다듬고 두 손을 밀착, 합장한다. 호흡을 깊이 하면서 손바닥 사이에서 무슨 변화가 생기는가를 감지해 보자.

처음에는 손뼉을 칠 때의 얼얼함이 있다. 그다음에는 손바닥 사이에 심장으로부터의 박동이 전달되어 핏줄의 맥박이 서로 튀는 "툭－툭"거림을 느낄 수 있으며, 이어서 따뜻한 열감이 손바닥 사이에 고이게 되어 있다. 그 열감이 더욱 커지면 그 열감을 충분히 느낄 때까지 기다린다. 그다음 손바닥 사이를 가볍게 떼어보자. 자석의 자력(磁力)

같은 느낌이 손바닥 사이에 있음을 알 수 있다. 따뜻했던 손바닥 사이에 외부 공기의 시원한 흐름도 느낄 수 있다. 손바닥 사이를 조금씩 넓히고 좁히는 동작을 해보자. 또한 두 손바닥을 옆으로 눕혀서 위아래로도 넓히고 좁히는 동작도 해보자. 자력은 부드러운 솜덩이처럼 손바닥 사이에서 짜릿한 전류와 함께 노닐고 있을 것이다.

만약 이런 과정을 바로 느낀 분이 있다면 선도 입문에 성공한 것이라고 보아도 좋다.

이 원리는 발바닥 장심으로부터도 가능하다. 이렇게 최초로 발생된 기(氣)를 하단전으로 끌어들이는 각종 보조적 수련 방법들이 있는 바, 이에 대하여 심도 있게 수련하고자 한다면 수련 도장에 입회하거나 서점에 나와 있는 선도 대가 선생님들의 수련지침서를 참조해야 할 것이다. 여기에서는 대표적으로 도인법 체조를 다음 장에 상세히 소개하려 한다.

선도를 수련하는 사람이 지켜야 할 기본적이고도 지속적인 원칙을 소개한다.

- 해로운 음식은 가급적 삼가야 한다.
- 지병이 있는 경우 치료에 우선을 두고 수련과 병행해야 한다.
- 희로애락(喜怒哀樂)에 과다히 잡착하지 말아야 한다.
- 일정한 수면과 쾌변 적절한 정규적 식사가 중요하다.
- 과다히 정력 소모를 해선 안 된다.
- 자신을 겸양하게 낮추어 생각하는 마음가짐을 가져야 한다.
- 걷기, 등산, 달리기 등의 동적 수련을 틈나는 대로 해야 한다.

- 가벼운 보조운동의 생활화가 되어야 한다. 예를 들어, 팔굽혀 펴기, 철봉 매달리기, 가벼운 아령이나 역기 운동, 앉았다 일어나는 하체운동, 기지개 켜기, 노 젓기 동작, 바른 자세 유지하기, 전신 두드리기, 가볍게 목욕 자주하기, 불편한 부분에 대하여 스트레칭 반복 동작 등등.

〈제3장〉 도인법 체조

선도를 수련함에 있어서 가장 중요하고도 바람직 한 것은 훌륭한 지도자가 있는 수련 도장에서 수련하는 것이 원칙이라고 전장에서 말한 바 있다.

그러나 시간적·공간적으로 제약을 많이 받을 수밖에 없는 현대 직장인들에게 그러한 제약을 넘어서서 자신의 뜻만 세워 실천만 한다면 1~2개월 내에 자신의 신체에서 유연성과 활기를 느낄 수 있는 방법으로 본 〈도인법 체조(導引法體操)〉를 소개한다.

도인법 체조는 선도 수련을 하는 데 있어서 준비운동이자 정리운동의 보조적 방법에 불과하다. 그러나 이것만으로도 오랫동안 굳어진 관절과 근육을 유연하게 하는 효과가 탁월하다.
준비사항으로는 1.5~2평 정도의 공간에 담요나 카펫이 적절한 두께로 깔려있으면 되고, 복장은 편안한 복장이면 된다.

도인법 체조의 특성
- 시간과 장소에 구애받지 않는다.

- 관절과 근육은 물론 오장육부의 불수의근과 일상생활에서 사용되지 않는 깊은 속 근육까지도 자극하여 전신에 활력이 일어난다.
- 혈행(血行)이 원활해지고 내분비가 활발히 이루어져서 신체기능이 정상화된다.
- 전신에 골고루 긴장과 이완이 반복되므로 근과 골을 강화시킨다.
- 신체의 균형 및 자세가 바르게 된다.
- 서양 운동(테니스, 볼링, 스쿼시, 골프 등)과 같이 한쪽으로 운동량이 편중되지 아니하고 헬스 운동과 같이 몸을 경직시키지 않는다.

도인법 체조의 수행원칙
- 식사, 음주, 피로 시에는 피할 것
- 정신적으로 안정감을 갖고 행할 것
- 순서에 따라 누운 자세, 앉은 자세, 선 자세로 점진적으로 행할 것
- 매 동작은 왼쪽부터 시작하고 오른쪽으로 이어질 것
- 동작은 무리가 없도록 자신의 신체조건에 맞게 할 것
- 몸에 과다한 힘을 주지 말고 손, 발끝까지 은은한 힘이 들도록 하여 동작의 정점에 이를 것
- 동작 전 호흡을 마시고 멈춘 상태에서 시작할 것
- 동작의 정점에서 자극 부위에 정신을 집중하고, 좀 더 강한 자극이 필요하면 몇 번의 호흡을 해볼 것
- 동작을 되돌리면서 숨을 토하며 원위치로 돌아온다. (몸속에 적체된 물질이 날숨과 함께 빠져나간다는 느낌으로)

무병 건강을 위한
생활선도의 입문
<Ⅱ>

/

도인법 체조

여기 소개된 도인법 체조는 선도를 전적으로 수련하지 않은 이들을
위하여 중첩되는 동작을 생략하고 약 50여 개 동작을 건강 체조 개념
으로 재구성한 것이다.

1. 누워서 하는 동작

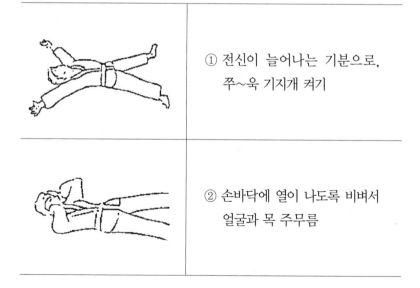

	① 전신이 늘어나는 기분으로, 쭈~욱 기지개 켜기
	② 손바닥에 열이 나도록 비벼서 얼굴과 목 주무름

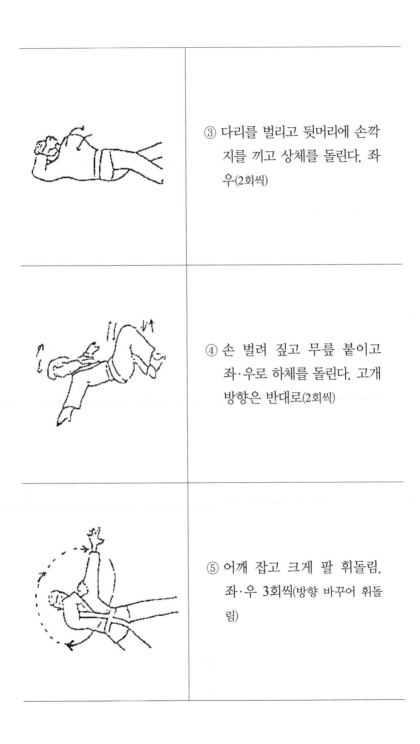

③ 다리를 벌리고 뒷머리에 손깍
  지를 끼고 상체를 돌린다. 좌
  우(2회씩)

④ 손 벌려 짚고 무릎 붙이고
  좌·우로 하체를 돌린다. 고개
  방향은 반대로(2회씩)

⑤ 어깨 잡고 크게 팔 휘돌림.
  좌·우 3회씩(방향 바꾸어 휘돌
  림)

2. 엎드려서 하는 동작

① 손가락으로 상체를 받쳐 든다. (척추 마디마다 들리는 기분으로 머리부터 천천히) 좌측으로 고개를 들고 우측으로 똑바로 바로 내린다.

② 왼손으로 발목 잡고 상·하체를 쭉 뻗어 시소처럼(파도처럼) 움직임. (배와 가슴만 바닥에 닿음) 손 바꾸어 동일 동작

③ 두 손으로 두 발 잡고 발 당기기, 시소 운동과 옆으로 구르기

3. 앉아서 하는 동작

〈3-1 한 다리 걸쳐 앉아서〉

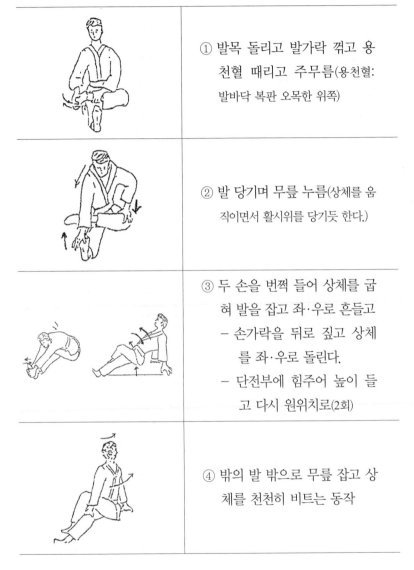

	① 발목 돌리고 발가락 꺾고 용천혈 때리고 주무름(용천혈: 발바닥 복판 오목한 위쪽)
	② 발 당기며 무릎 누름(상체를 움직이면서 활시위를 당기듯 한다.)
	③ 두 손을 번쩍 들어 상체를 굽혀 발을 잡고 좌·우로 흔들고 – 손가락을 뒤로 짚고 상체를 좌·우로 돌린다. – 단전부에 힘주어 높이 들고 다시 원위치로(2회)
	④ 밖의 발 밖으로 무릎 잡고 상체를 천천히 비트는 동작

※ 위의 4가지 동작은 좌측 동작이며 다리 바꾸어 똑같이 우측 동작을 한다.

〈3-2 양다리 펴고 앉아서〉

① 다리를 두 손바닥으로 골고루 두드린다. (다리, 무릎, 허벅지, 몸통, 어깨, 발)

② 손바닥으로 바닥 짚고 상체 틀어 온몸 풀기(시선도 끝까지 돌린다) 반대 동작(2회)

③ 두 손 번쩍 들어 몸통 앞으로 숙여(가슴이 닿게) 당기기
 - 손끝으로 뒤를 짚고 상체 틀며 목을 젖힘
 - 몸통 좌·우로 돌림(2회)

⟨3-3 발바닥 붙이고 앉아서⟩

① 발굽을 바짝 당겨서 상체 굽힘. 고개는 좌를 보고 두 번째 굽힘에 바닥 쪽, 세 번째 굽힘에 우측을 본다.

② 무릎 세워 붙이면서 양손은 밖으로 떼어내듯 무릎을 바닥에 누르며 붙임. 반복 동작 (3회)

③ 양손으로 발목 잡고 엉덩이 들기(3회)

〈3~4 양발 벌리고 앉아서〉

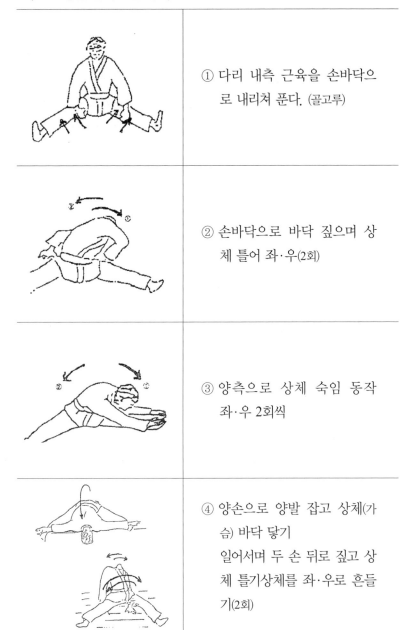

① 다리 내측 근육을 손바닥으로 내리쳐 푼다. (골고루)

② 손바닥으로 바닥 짚으며 상체 틀어 좌·우(2회)

③ 양측으로 상체 숙임 동작 좌·우 2회씩

④ 양손으로 양발 잡고 상체(가슴) 바닥 닿기
일어서며 두 손 뒤로 짚고 상체 틀기상체를 좌·우로 흔들기(2회)

〈3~5 결가부좌(혹은 반가부좌)〉

① 가부좌 자세로 상체를 크게 회전 좌·우로 2회씩

② 손을 뒤로 깍지 끼고 좌로 상체 숙이고 우로 상체 숙이고 앞으로 상체 숙이고(2회 반복)

③ 가부좌 자세로 손끝을 머리 앞으로 짚고 상체를 뒤로 한껏 젖힌다.
(2회 반복)
* 앞으로 앉은 자세에서 팔굽혀 펴기를 병행한다.

〈3~6 한쪽으로 모두어 무릎 자세〉

모두어 앉은 자세

	① 뒷머리에 손깍지 끼고 옆구리 늘리고 반대편으로 한껏 늘려 돌린다. (시선도 끝까지 돌린다. 2회 반복)
	② 반대로 같은 동작

〈3~7 무릎 앉음 자세〉

	① 목 운동
	  – 전·후
	  – 좌·우 회전
	  – 좌·우 젖힘

② 어깨 운동(앞으로, 뒤로)

③ 손깍지 끼고
　- 밑으로,
　- 위로 흔들고,
　- 좌·우로 회전

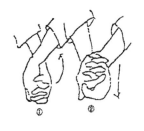

④ 뒤집어 손깍지 끼고 되 뒤집기
　- 반대로

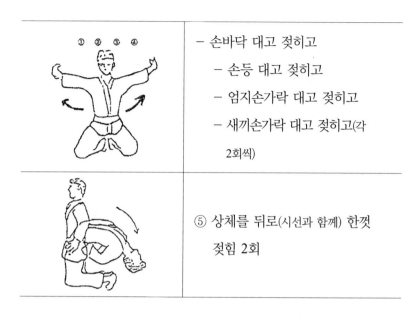

- 손바닥 대고 젖히고
  - 손등 대고 젖히고
  - 엄지손가락 대고 젖히고
  - 새끼손가락 대고 젖히고(각
    2회씩)

⑤ 상체를 뒤로(시선과 함께) 한껏
   젖힘 2회

⟨3~8 한 발 펴고 외무릎 자세⟩

손은 뒤에서 깍지 끼고 준비

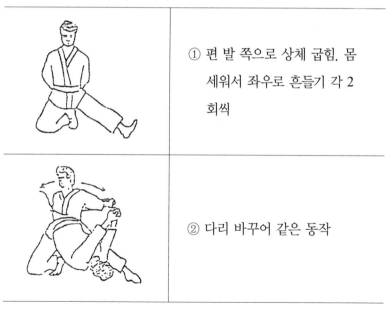

① 편 발 쪽으로 상체 굽힘. 몸
   세워서 좌우로 흔들기 각 2
   회씩

② 다리 바꾸어 같은 동작

4. 일어나서 하는 동작

	① 무릎 관절 운동
	     – 무릎 굴신(6회)
	     – 무릎 돌리기 좌·우 각 3회

	② 허리 돌리기(6회)
	③ 상체 휘돌려 풀기(6회)

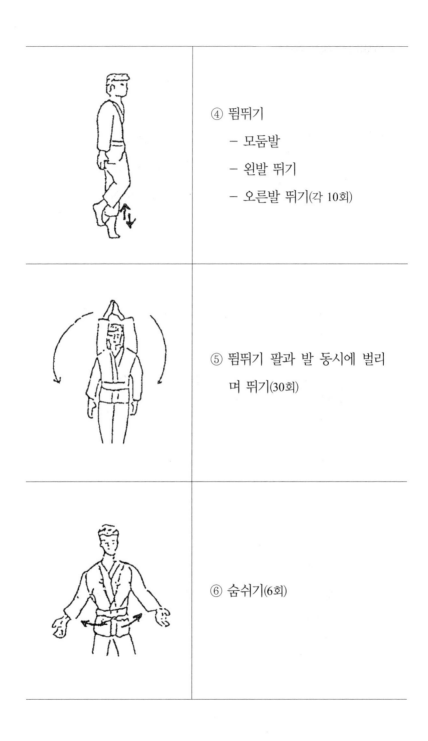

④ 뜀뛰기
 - 모둠발
 - 왼발 뛰기
 - 오른발 뛰기(각 10회)

⑤ 뜀뛰기 팔과 발 동시에 벌리
   며 뛰기(30회)

⑥ 숨쉬기(6회)

5. 다시 누운 자세

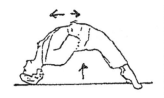	① 뒷머리를 바닥에 대고 몸통 들기(단전에 힘 줄 것) 2회
	② 두 손 두 발 들어 흔들며 긴장 풀기
	③ 무릎을 감아 안고 뒤로 굴러 일어나 앉음(척추선을 따라 바르게)(3회)

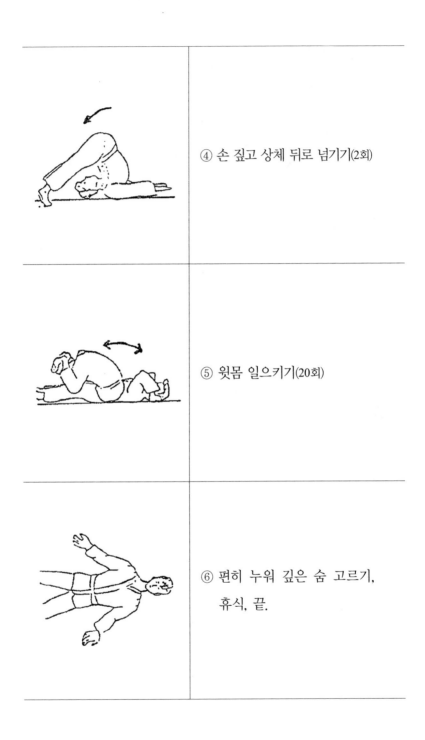

④ 손 짚고 상체 뒤로 넘기기(2회)

⑤ 윗몸 일으키기(20회)

⑥ 편히 누워 깊은 숨 고르기,
  휴식, 끝.

사막에서 정글까지 II

초판 1쇄   2022년 5월 25일

지은이   신현호
발행인   김재홍
총괄 · 기획   전재진
디자인   현유주
마케팅   이연실

발행처   도서출판지식공감
등록번호   제2019-000164호
주소   서울특별시 영등포구 경인로82길 3-4 센터플러스 1117호(문래동1가)
전화   02-3141-2700
팩스   02-322-3089
홈페이지   www.bookdaum.com
이메일   bookon@daum.net

가격   15,000원
ISBN   979-11-5622-698-7 03800